南方有岛

薛宇／著

SOUTH ISLAND

山西出版传媒集团

北岳文艺出版社 · 太原 ·

谨以此书

献给

前半生一起走过的

先走一步的

还在一起走的

朋友们

自　序

2018 年 9 月 24 日，我和猴哥在花莲起了个大早，准备乘最早的列车去台北。刚开手机，赫然看见家族群里告知外婆去世的消息。

外婆最后一年，家人都小心翼翼，一有风吹草动就立马聚齐。一天晚上她犯糊涂，半夜不睡觉，一会儿把被单剪成条状，说做拖把。一会儿又说孙儿要结婚了，给他封个大红包。第二天大家都来看她，她又恢复了精神。

有次病危，我们几兄弟都从外地赶回，她意识不清认不出我，坐在病床上等我大声自报姓名，方才一个劲儿说，这么大老远回来看我，这么远的。其实成都到乐山动车就一小时，她从前步行去很远的庙子礼佛，时常一走就是几个小时，相比下我自觉既不虔诚也无孝道。计划出院那天，她突然吐了一大摊血，我问医生什么原因，医生说不清楚也懒得说。看我愤愤然，表弟在一旁淡淡地说，她只是老了。那一刻我好像突然明白了什么。

这一年我的心尤其悬着，祖父母四人中她是唯一健在的，我很清楚她若离开意味着什么。所以去台湾前我特地问老妈外婆最近怎么样，得知她身体好些才放心出发。未料错过她最后一面。

其实我和外婆晚年没有太多具象的情感联结，她的存在更多是精神层面上存续我不想长大的妄想。她在，意味着老家在。她是我成长中最后一只锚，少了她的碇泊，我一下就漂泊起来。

小学的时候觉得日子太漫长，着急升入高年级，因为打架不会吃亏。六年级时迫切要进入初中，因为觉得到那里才能发育。到了初中盼高中，到了高中盼大学，等到大学毕业，一瞬间便觉察到自己有多傻，往前期盼根本是个错误的逻辑。

像很多人一样，我开始往回需索，这不需要什么动机，在成人世界缺乏说服力的大背景下，追忆就是目的本身。

我发现总有些人和物忠实地守卫着家乡，巷口的傻子，河堤的黄葛树，城市尽头的化工厂，还有留在家乡发展的那些鲜活的朋友们。那些城镇化遗落下的边边角角，曾被我用离奇的方式探索过每一个角落。比如骑车载着我的小伙伴飞驰在213国道，他举着一台破电扇，用风力带动风力，为我带来清凉，结果摔得很惨，磨掉了他半边乳头。比如过家家时我们翻进工厂，无意间按了个启动按钮，整个车间瞬间启动，导致工人们被迫在周末加了天班。那是一场小规模的流浪，随时可以靠岸的远航。只是还没玩够，伙伴们就陆续成家。中式婚礼上，一拜天地，二拜高堂，本期待着夫妻对拜，不料司仪话锋一转，不论贫穷富贵，你都愿意嫁给他么。然后我发现，仓促拼凑的成人世界，更加离奇。

年少时以为家乡就是全世界，长大了发现家乡真的就是全世界。

在朋友圈，可以看到群体的心智很飘忽，像个思想涣散的小孩，给颗糖，或吓一下，注意力就转移了。大家在热点事件营造的集体情绪中迁移，被时代的信息洪流裹挟。每个人抖落一些理性思考不充分的皮屑，淤积起来就是这个时代的瘴气。只有在偶尔停电或断网倒逼出的独处中，才流露出真实可爱的一面。我时常注意到，那些老练的成人，有时碍于身份会故作姿态，但就算伪装的再好，还是会不经意间暴露出孩童的一面，而那一刻，他的眼神光芒万丈。我坚信我们要的答案在于过去。于是我有个想法，用一段不成熟的文字去凝固少年时代的高光时刻，去打捞一些亲爱的人们。

记得那时，为了陀螺转得快，老爸会在底部钉一根钉子。有天我家那条街一个娃拿出自家做的陀螺，底部竟是一颗钢珠。我们都认为对方的更稀奇，转的更快，于是交换。后来发现我的确实快些，后悔了想换回来，但又舍不得这颗钢珠，在患得患失的漫长岁月中，我终于忘了我曾有颗陀螺，更忘了曾有过选择。

想这段序的时候我在出租车上，师傅一路大声放着音乐。此时是一首高亢的《敖包相会》，有点影响我思考。我让师傅切歌，结果下一首是《敖包再相会》。我不再强求，世界早已按照它的规则启动了，我也跟着转了起来。

如果社会追捧的成熟是以牺牲部分独立人格为代价，那么我情愿停留在钉子打进陀螺之前。但来不及了，我的朋友，就像万晓利唱的那样，我们只有不停的旋转下去。我能做的，只是选择与妥协并行的一条路上清醒的转，直到倒下那天。

所以朋友，在倒下前，让我带你反刍一段浑噩的时光，看看自己到底活醒了没有。

目　录

夏天里的一把火　　　...... / 001

最后浪一夏　　　　　...... / 009

乡村的东洋刀　　　　...... / 018

又见查晓曼　　　　　...... / 027

屠夫的女儿丢了　　　...... / 038

大球和小球　　　　　...... / 047

黄葛井草起草落　　　...... / 056

天煞孤星　　　　　　...... / 067

三少爷的群架　　　　...... / 076

美丽的麻花辫　　　　...... / 093

流浪大师　　　　　　...... / 105

乱套的青春　　　　　...... / 117

烟火　　　　　　　　...... / 133

狼吃了那女孩　　　　...... / 150

建设路都没有人　　　...... / 170

林荫街 17 号　　　　...... / 184

一号线的离开　　　　...... / 200

上海 2012　　　　　...... / 223

南方有岛　　　　　　...... / 247

夏天里的一把火

灼热的午后，瓦窑村在聒噪的蝉鸣中一片祥和。易北和表弟游手好闲地游荡，惹起院坝里鸽子一阵扑腾。

别的孩子添加辅食稍做调整便断奶，易北直到三岁还留恋母乳。妈妈在乳头上涂苦汁让他知难而退，但他仍开怀畅饮。断奶不遂，加之爸妈忙于生计，思量一番，小易北被托付给深居乡村的外公外婆，也借此机会让他和母乳做个了断。起初易北有些懵懂，哭着送走爸妈后，每天眺望山坡，看见男人来就喊爸爸。有次一个男的占便宜，奸笑着答应了一声，外婆破口大骂："狗日的龟龟儿，嘴巴给你撕烂。"那人灰溜溜地逃走了。

与外公外婆同屋檐的还有舅舅一家人。舅舅儿子比易北小一岁，从小生活在乡野，正缺个玩伴一同探奇。表哥一来，自然欢喜。

易北闯进厨房，勾住外婆腿闹腾。外婆佝偻着背，穿青色

的围裙，黑白的发丝整齐地别在耳后，亮出干瘪硬朗的轮廓，一双瞳仁炯然深邃，群山葱茏尽收其中。那是上了年纪的农村妇女常有的形象，恬静安好。外婆低头舒展出一道笑容，满眼温柔，手掌在他细嫩的脸上摩挲，易北痒得咯咯笑。

农村没有零食，大点的孩子会捉泥鳅来烧烤，会去橘子林摘果，会爬上屋檐抓晾晒的馤人的咸菜。兄弟俩年岁不够，只能扭着大人要吃的。外婆安慰小孩很有一套，每次两人淘气，她就舀一勺饭，隔着帆布用手捏成一颗紧实的饭球，让他们啃。普通的米饭变成一个球，就神奇得变了味道。甑子的竹香渗入米粒，酥软香甜，夹带一层淡淡锅巴焦香，随着一口口的咀嚼释放到口腔，两人很快便被美味安抚。平日里寡淡无味的米饭，变成球团却如此可口受用，这大概就是大人们常说的，吃饭有个球用吧。

一来二去，易北熟络于此间的虫鱼鸟兽，反客为主，开始带着表弟撒欢于山野。他已忘却甘饴的母乳，取而代之的是满山的烟火乡味。

有红薯的季节，外婆会精挑几个放进灶里，埋入滚烫的炭灰，等些时候，用火钳夹出，一个个外焦里嫩，绵软可口。有时候找不到火钳，外婆赤手捏红苕，身手矫健轻盈，像武林高手一般。有客人来，外婆会带着他们磨豆花，舂糍粑。他们开始跟着大娃儿去田里捉泥鳅，去水库钓鱼，去果林爬树，阳光从他们的头发间溢出，发出嗡嗡的回响。夏日把玉米烤得金黄老辣，他们偷外婆织毛衣的针，把玉米棒子串起来烤。外婆发现后，拿着篾片追着他们打，问为什么偷东西。他俩边跑边喊，去烤肉啊。外婆追不上，停在田坎上喘粗气骂道，烤锤子！外婆骂兄弟俩，外公骂外婆，说她小气，跟小孩斤斤计较，语气中藏不住的溺爱。

外婆也有出人意料的时候，有一次问他俩吃不吃马肉，易北心想，只见过马跑，没吃过马肉，吃了说不定能拥有马儿一样疾如流星的超能力。想到此，易北异常兴奋地点头，脑补外婆扛来一匹炭烤野马的场面。结果外婆提来一只烟熏的老鼠，吓得他们跳起来——在家乡，老鼠又叫地马儿。

乡野间缺乏管束，大孩子口中污言秽语横飞，对小孩产生不小的冲击。对处于语言启蒙的兄弟俩而言，那些短小精悍、吐字急促、发音铿锵的问候家人和性器官的话，总是那么朗朗上口。在大人监视范围之外，他们一起操练，相互问候，互爆粗口，继而演变成对打。

易北和表弟经常打架，不懂事的年纪打起架来是没有分寸的，经常流血见红。有一次跟外公在地里割菜，两人争执起来，易北举起镰刀往表弟额头砍下去。刀尖嵌入额上的皮肉，鲜血涌出像红布一样盖满脸，表弟痛哭，易北也吓得大哭，被惊动的外公见状立马抱起表弟狂奔向山下的诊所。

另一次，表弟用眼药水的瓶子装满水准备往易北脸上滋，易北挥动手里的铁锤，扬言说要锤他，一时间两人对谁的武器更厉害产生了激烈争吵。争吵中易北骂了一句"哈雀儿"。"再骂一遍试！"表弟瞪大眼睛说。"哈雀儿，怎么样？"易北骂得一脸轻松。"你再骂一遍看看？"这次表弟说得一字一顿，脸色狰狞。易北不耐烦，轻蔑而缓慢地又说了一次。表弟气得双肩发抖，终究不敢动手，想出一个不丢面子的缓和之计，说道："你再说一百句试试！"易北又好笑又恼怒，一锤落在表弟大脚趾上。整个指甲开了花，绽开嫩白的皮肉，旋即鲜血渗出。表弟号啕大哭，易北也哭，赶紧拿条毛巾将他大脚趾裹住。

易北也有被表弟伤害的时候。有一次易北在爬树，表弟捡了一张光碟，模仿武侠片里高手出暗器，把光碟飞出来，嘴里还发出嗖嗖的配音。光碟划过一道弧线，正好砍在他额心，留下一条很长的口子。

时常地互相伤害并不妨碍兄弟二人的感情，要是易北回家一两天，兄弟间会非常想念，但一碰面玩不久又开始打架。除了互相伤害，两人偶尔也合作，一起"自残"，比如偷外公的叶子烟抽。这种烟叶劲大无比，表弟年幼无知，学外公的样子猛吸了几口，烟雾缭绕间，头一晕便倒地不起。

有时两人也合作，一起对外界施害。比如这个夏天，他们把老家的房子烧了！

夏天，太阳像一个大灯泡，一切都被关在大烤箱里。外婆家的院坝用水泥砌成，光滑平整，吸收光热后变得滚烫。地上的柴火被晒干了水分，发出噼啪的破裂声。屋檐下的鸽子也热得咕咕叫，扑打着翅膀。这天妈妈来看易北，带了些零食，约莫着够兄弟俩消磨一阵，然后抓紧时间和其他大人在厨房忙活着晚饭。

易北撕开一个彩色的包装袋，清脆的拉扯声让一旁趴着的小花狗兴奋地抬起头。很快，兄弟俩加小花风卷残云，将零食消灭干净后，开始躁动。两人跑进厨房，妈妈以马上要吃饭了为由阻止外婆给他们做饭团。他们又争着帮厨，不管是端着簸箕择菜，还是举着大刀剁肉，两人都会抢着搭手，但新鲜劲很快就过。他俩只好抢着坐在灶前，借帮忙生火之名，行玩火之实。大人们轻易地拆穿了他们的谎言，把他们呵斥到旁边玩。这个岁数的男孩子让人头疼，眼见烦，眼不见惹麻烦。他俩百无聊赖地穿梭在厨房、客厅、卧室、院坝，经过每个角落，都用棍子敲敲打打留下些痕迹。农村的家畜和小孩区别是，一个圈养，一个放养，共同点是，大人都想把他们宰了。妈妈眼睛盯着锅里嘴朝一边大声喊："别打架，带着弟弟好好玩！"易北这次很听话，带着弟弟，四处寻猎玩物。他灵机一动，去厨房弄了些谷草，绑成个火把，从灶内偷出一点火星，点燃，学电视里举火把游行。表弟模仿能力了得，很快也弄出了个熊熊燃烧的火把。

外婆家的墙角堆满柴火，院坝里散落着干燥的谷草。两人高举着火把，在院坝里列队行进。地上一片形状特殊的谷草引起了易北注意，他大喊一声"点火"，毫不犹豫地伸出火把，表弟也模仿他的动作点燃了旁边的几根干草。烈日下的柴经过一天的暴晒，像暴躁的野兽，一点即燃。而老家的房子就是一堆大柴火。燥热的夏风一吹，火势就像风暴一样席卷开来，院坝顿时掀起了一片火海。

吓坏的他俩，跑到厨房朝着大人结巴地喊："火！火！火！"多年后张惠妹有首歌叫《火》，易北觉得，不管是歌词还是音调，她都有抄袭的嫌疑。

外婆家在农村，山高路远，消防车是没有办法到达的，况且那会儿农村也没有电话，灭火只能靠人工。火势太猛，大有蔓延之势，农村里还没有安装水管，水缸里的水无疑是杯水车薪，很快就泼完了。只能指望家门口石阶下的水井。"快去水井打水，火速灭火！"妈妈一边说，一边把几个水桶扔向水井边，大人们踩着滑腻的石板阶，东倒西歪，向井而去。

"火速灭火"四个字就像此刻呼啸的火焰，回响在易北耳边。事情已经交给大人，他开始放松下来思考，火速灭火，那究竟是灭得更快，还是火烧得更快；抑或是用火速灭火，是不是应该要先停下来观摩火燃烧的速度，再照着速度去灭火。平时消防员的速度是不是比火速还快，才能灭火呢？易北有些困惑，竟忘了害怕，只留表弟在旁惊恐大哭，直到妈妈泼出第一桶水，转身取水之际，顺带狠狠抽了他一巴掌，他才回过神，放声哭号。

大人每人一个水桶，来回狂奔，每次只能带一桶水，往火上一泼，扑哧一声，随即蒸腾为水气。火势就像与人周旋的兽群，只稍做喘息，立即变本加厉反扑过来。此时堆在墙脚的大批木柴已陆续卷入火海，火势顺着墙脚往屋檐上蔓延。外公酷爱养鸽，房檐下是他安装的一排排鸽笼，竹条编制，干燥易燃。很快一排鸽笼就被点燃，鸽笼里一些老鸽子仓皇出逃，留下一些不会飞的乳鸽，顷刻间变成了烤乳鸽。农村的房子，青瓦木梁，烧起来火光冲天。火势在升级，很快，易北恐惧的眼中映出了一片火海。

大火蒸腾着空气，整个火团左右摇摆，发出呼哧的巨响。屋子周围的树叶受热气扰动，窸窣作响，鸡鸣狗吠，小孩的哭声，大人的呼喊，水被火焰吞噬的呲呲声，电线被烧断的爆炸声，交织成一团，响彻了整个瓦窑村的午后。

大火熄灭时，房子几乎毁了一半。黑黢黢的房檐冒着烟，散发出烧烤的香味。所幸房梁架构尚好，房屋没有坍塌。事发时外公在集市上卖鸽蛋，并不知情。整个下午易北都在酝酿着如何向他道歉。

傍晚，易北老远望见山坡上外公青色的身影，主动迎上去，说自己把房子烧了，还把好多乳鸽烧死了。由于带着哭腔，刚开始外公没听明白，待大人进一步解释后，他趔趄了一下，妈妈赶忙扶住他。易北并不知道，他的这把火，把一种珍贵品种给烧绝种了。

那天他并没有再挨打，大人明白，这场火像一块烧红的烙铁，在他心里烫了一个印子。这刻骨铭心的教训，不管过多少年依旧会鲜明地警醒他。但大人显然想多了，易北处在一个恍惚的年纪，正如他恍惚地点燃了房子，这场火也恍惚间熄灭了，他只记得恍惚间，众人还沉浸在失落中，心态良好的外公已经开始整理乳鸽。

于是那天一家人还算愉快地吃了一顿乳鸽大餐。

最后浪一夏

易北夹住鸽子胸脯，筷子一横，便撕下一片嫩黄的鸽肉，鸽胸顿时露出一块丑陋的骨架。高中的结束意味着可以光明正大地抽烟喝酒，大家兴奋不已，此时桌上已觥筹交错，烟雾缭绕。易北没有心思，他囫囵吃了几块鸽肉后便独自走出餐厅。他深知这顿饭后，大家各奔东西，从此即便近在咫尺，也隔着江湖之远。城镇上空"嘣"的一声绽放出烟火，他想这定是某个金榜题名的人在欢庆，不免心中更加落寞。

18岁出头，没出过川，没见过大海，对世界触及最远的认识来自小镇上老师的言传身教，还不排除他们有吹牛的成分，事实上他们确实有吹牛。毕竟小小的城镇安定不了那些志气犹存但韶华不再的心，在无知学生面前畅谈当年的样子，就是他们努力与平凡和宿命做抗争的最后姿态。毕业后大伙都想尽量去远方的城市上大学，渴望摆脱前十几年的一成不变，渴望自由，想去远方一探究竟。而易北高考发挥失常，在亲朋的劝说之下就近去了成都。

冥冥中觉察到这会是在故乡的最后一个盛夏，七月流火，残暑的最后一丝余温会送他上车，从此经年不返，开始命带驿马，半生飘零的生活，所以这个夏天易北一扫往日的懒散，出门很勤，想踏遍城镇的每个角落似的。他躲着黄葛树斑驳的影子，沿着花盐街走，这是一条逼仄的沿河 213 国道。他经过了春娃家的饭店，大喊一声"口水流下来了"，春娃慌乱地抹去下巴上的涎水。昨夜雷雨后茫溪河奔腾的洪流在和他赛跑，他暴晒在黄葛井的烈日下，看向阳小学的旗杆疲惫地插入云霄。他把佑君街抛在身后，听中学操场广播一些和他无关的内容。他拐进城，听三线品牌的服装店员整齐地喊一声"欢迎光临"。他日复一日的游荡，让骄阳在身上留下 T 恤的印子，让每一寸街道融入肌理。

这天易北去照相馆洗照片，路上偶遇二肥，二肥说他在等一哥，然后就决定一起等。正值上午 10 点，对于无所事事又囊中羞涩的人来说，这是一个相当划算的时间，因为可以早饭午饭合并，在物价持续上涨的彼时，的确是个省钱的良策。三人在彩虹桥头汇合，一起吃了一顿早午，在街上徜徉，让亚热带的季风吹干颈项的汗水，思考着去哪里的问题。那时大家的自我认识很局限，对于宇宙哲学的思考愚钝浅薄——不会问我是谁，从哪里来的问题，只会为当下如何消磨而困惑。

　　三人一阵恍惚，相互试探着说要去哪儿，一边问一边拐进了一家网吧，玩到中途，一哥眼睛一亮大喊，我他妈是来报名的。原来一哥高考失利，今天揣着一千块准备去报名高三的复读班，被易北和二肥一阵糊弄，差点忘了正事，遂飞奔向学校。

　　下午五点，一哥报名完，三人在二肥家聚首。二肥家与刚才的网吧有一河之隔，所以得坐船。这仿佛是很遥远的事情。家乡以桥闻名，茫溪河两岸桥梁纵横，却唯独在此处少了一座，像有些女人的衣服，周身材料齐齐整整，唯独在胸前少了一块，展露一种残缺美。

　　三人飘荡在泛红的岷江水中，夕阳衔在青龙山头，层林染成昏黄一片。易北打量着眼前的二肥，他穿着一件文艺T恤，胸口写着三个大黑字"没有钱"，余晖烘出了他脸上的油腻，他眼神黯淡，思绪漂浮在江面上，对现在和未来没有一点把握的样子。易北注意到他修长的小指甲，觉得有点女人味，问他为何留如此长的指甲，是帮妈妈择菜吗？二肥直言不讳，说方便挖鼻孔，然后又把涣散的目光投向江面。一旁的一哥来了兴致，跟船夫抢着桨自己划，使得船一阵颠簸。一哥说，男人就该去当水手，去搞水；男人也应该搞女人，女人是水做的，但搞女人不如直接搞水。真正的男人应该去搞一大片水，在汪洋中与波涛搏斗，那才是男人该做的事。

　　二肥的家在建设路边上，钥匙藏在满是尘垢的窗台上。进屋后他们翻了一阵碟片，没找到他们想看的那类片，却找了一

部郑伊健主演的《中华英雄》，影片中郑伊健飞天遁地，三人看得如痴如醉，尤其是二肥，当中华英雄说出"我命犯天煞孤星，无伴终老，孤独一生"的台词时，他彻底被英雄薄命、铮铮侠骨的情结所折服。

电影观毕，他们去高中学校门口吃小吃，是那种老板端菜会把拇指抠进菜汤的苍蝇饭馆。建设路蒸腾着热浪，他们的汗水往油腻的饭桌上滴，天光随着桌上的饭菜消散。酒足饭饱后，夜已黑尽，易北心中一惊，大喊："我是出来洗照片的！"一哥赶紧转头问二肥："你快想想自己有没有忘了什么事。"二肥说没有。二肥的生活就像岷江河滩的一堆鹅石包儿，每一颗都没有截止日期，今天和明天是一个样，多一点少一点也没有差，没有哪颗想要一马当先，也没有一颗相去甚远，就这么静静地接受着时间潮起潮落的洗礼。

此时相馆已经关门，二肥便强留易北在自己家过夜，等翌日再去。二肥逼仄的房间只有一张可怜的单人床，床头还堆满各种磁带卡片。三人并排横卧在床上，让小腿部分悬于床外，风扇摇着头，六条腿上的腿毛像麦浪一样翻滚。一天的游荡消耗了太多体力，易北一躺下，睡意倏忽而至，很快就睡着了。

半夜两点，易北被一阵喧闹吵醒，二肥跟一哥正在打牌，打的居然还是动画片里的魔法卡。这种卡每一张都写有不同的功能属性，牌面的大小全凭文字叙述，由于不熟悉，每次出牌，出牌人须向对方解释这张牌的作用，有时候理解有歧义，双方还需共同研究。当时市面上不断出现新功能的牌，技能一浪高过一浪，玩家深陷其中。输家的惩罚是喝酒，一哥连输几局，一旁的酒瓶被他摆弄得叮当作响，酒劲上头的一哥叫嚣："来呀，喝死我啊！"旋即打出一张牌。易北想，终究会出现一张牌，上面写着：此牌一出，所有对手都被撂倒，任何技能也无法阻挡。多么愚蠢的意淫游戏哦！易北想着想着又一阵睡意袭来，闭上了眼睛。

再醒来是中午12点，只有一双拖鞋，三人轮流起床洗漱，换上自己的运动鞋，再把拖鞋给下一位。一阵拖沓后，他们去高中门口吃饭团。如今的饭团花样繁多，牛肉、酸豇豆、土豆、豆沙，但易北还是怀念儿时外婆做的素饭团。在他记忆中，外婆才是饭团的鼻祖。三人胡乱吃一阵，不觉已中午，才意识到，刚才又是早饭午饭一起解决。一哥电话突然响了：

"哦，录取啦！哦，我晓得啦！谢谢你，谢谢你……"

一哥被东北一大学末班车录取，突如其来的喜讯让三人惊喜不已，所以他们决定，再像昨天一样游荡一天，以示庆祝。

一哥去高中招生办要回了一千块的报名费，作为三人游荡的经费。在不需要为生计担忧，又没有足够的理想去奔赴时，生活就像发炎的创口，容易糜烂。

三人主动调整了时差，昼伏夜出，准准地十二点对十二点。为此三人下午喝了些酒，硬是把午觉睡到了半夜十二点，他们像妖怪一样半夜出洞，开始在人间游猎。

空气中弥漫着烧烤的油烟，沿岸的黄葛树裹上了彩灯，与斑斓的河面交相辉映，年轻男女挤占了老年乐队的地盘，在婆娑的树影下亲嘴。有些小青年在网吧门口聚集，动作夸张地比划，酝酿着一场冲突。街上四处是高考后的放纵。身处这样的氛围，三人全身驾驭不住的兴奋，一哥表示想下河游泳，游对河，随即被两人否决。二肥说我戏弄人给你们看，举手招呼一辆三轮车，车夫机敏地掉头而来，走近后二肥问他："几点钟了？"车夫一阵咒骂然后蹬走了。

一哥买了一包"中华"，一口气抽两支，然后慷慨地给麻辣烫店老板递了一支。锅底翻腾，香雾缭绕。一哥说他有两个梦想，一个是去流浪，踏遍祖国江山南北，体验在路上一点点变老的感觉。易北说很棒，那另一个梦想呢？一哥说，另一个梦想也是流浪，不过是去更远的地方。他想去全世界，最好登上一条船，沿着海洋漂流，然后随意死去。二肥说他只有一个梦想，找个女朋友，尝一下女人的味道，说完将一大把猪鞭塞入嘴里。易北说，这是男性的味道。二肥说，以形补形，将来有用的。

宵夜后他们在网吧坚挺到第二天大早，吃过早饭，晃荡一圈，一哥买了张彩票，说是给财富一次机会，然后三人又吃了顿麻辣烫，刚好中午，便回二肥家睡觉至半夜，然后再出洞。之后三天就这样循环往复，眼看钱财散尽，三人准备散伙，一哥的彩票居然中了一千块，于是又糜烂了三天，前后整整一周，易北才拿着照片回家。

开学前的几天，易北带着小表弟，去大表弟打工的工厂玩了一段时间。小表弟是在易北和大表弟把外婆家房子烧了之后出生的，从小机灵但不转弯——牙牙学语时，让他叫哥哥，他就喊哥哥、哥哥，让他叫舅舅，他就喊舅舅、舅舅，让他叫大声点，就说喊大声、大声。大表弟骑着摩托车来接易北和小表弟，三人挤在车上，粗糙的人造革坐垫黏着屁股，城乡结合部带沙的风把衬衫吹得噗噗作响。到了宿舍，大表弟给易北三百块作为几天的生活费。2007年大表弟在工厂当焊工，每天戴着面罩把一堆烂铁捆饬得火光四溅，汗流浃背一个月下来也就一两千块工资，这三百块于他价值不菲，放在易北手上，有一种成人迎接孩子来家做客的仪式感，来得十分有分量。大表弟白天上班，晚上带着他俩跟厂里的同事吃饭。大表弟出社会早，酒桌上人情世故一套很熟稔，带着两兄弟绕着圈敬酒，用黄段子劝酒，逗得满桌大笑。三人借着酒劲去网吧上通宵，一路上谈起在瓦窑村的肆意童年，大笑。

易北原本有很多疯狂的想法想在高三后的暑假全力释放，结果发现，高中三年的生活把他驯化成了脾性温顺的马，脱掉缰绳竟失去了撒野的技能。此时抱着一台电脑，他竟无所适从，在玩了一阵 CS，又看了一部电影后，他开始无聊，后半夜躺在烂洞的皮椅上半睡半醒，通过想事情打发时间，煎熬到天亮。

他想到儿时的玩伴，一个叫牛婷婷的女孩儿。她家是杀牛的，但她总是打扮很干净，没有屠宰场的味道。她年纪和他一般大，小时候给他吃自家做的姜糖，作为回报，他把家里的床当跳跳床让她玩。他们穿着鞋在上面蹦跳，弄脏了床单，妈妈也没有责怪。跟其他小孩一样，他们喜欢在爆米筒上咬个洞洞，把纸折成东南西北，把搅搅糖搅成白色再吃掉。只是后来上小学，他的印象中就再也没有她了，她从他的记忆中凭空消失。长大后妈妈才告诉他，她被拐卖了。之后牛家又生了个男娃，比易北小很多，初中的时候易北带他玩过一阵，高中学业紧张，便生疏了。早年丧女，老来得子，牛家很疼爱这个男孩，仙姑神婆、赐福保运的办法悉数用上，只求这娃顺利成长。有一回家里人算命，算命先生说牛家男主人需认一干儿子，生肖属龙，真心关照便可逢凶化吉，永保平安。

易北条件刚好符合，都是熟络的街坊，且幼年时与此家闺女交好，理应成人之美。但易北终究没有答应，因为他讨厌那家男主人，没正没经，经常嘲弄这一带的小孩。有一次在公共澡堂他捉了一只纺线婆塞到易北屁股沟，吓得他大哭。难得这次他有求于易北，易北便吊足了他胃口再一口回绝，弄得他难堪。那以后他看着易北总是难为情地撇开脸，也不再拿易北作乐，似乎在为自己保留着一丝转机。

转机没等到，却等来了厄运。牛家男娃后来不学好，在社会上鬼混，抢人钱财，竟上了当地新闻，他老爹酒后看到新闻，气急败坏加酒劲上头，竟抱着一瓶耗子药咕噜咕噜往嘴里灌。家人制止不及，等到救护车来，已一命呜呼。

易北的思绪抽离回来，发现小表弟在兴奋地开着卡丁车，电脑屏幕忽明忽暗，五彩的光线不断切换着他的轮廓，稚气的双眼眨巴着。易北想，他算得上一个好哥哥，小时候总听说其他同学在各自表哥的带领下，早早在电脑上认识四个名字的女生。如今自己舞象之年，并没有带他沾染不良风气，想到此内心甚是安慰。小表弟察觉了他的无聊，立马给他发来一个网址。易北点开一惊，心想自己没有教他，终究还是自学成才，突然有一种没能言传身教的遗憾。

忽然大表弟的工厂方向一声巨响，随即火光漫天。突如其来的火灾提前打破了凌晨街道的宁静。大表弟说，再玩一会儿吧，反正我也失业了。

乡村的东洋刀

火灾后的一段时间，修葺房屋，整理院落，众人回家安抚二老，一大家人经常聚，日子反倒比之前更有模样。火灾带来的沮丧氛围很快消散，众人紧绷的情绪松懈下来，兄弟二人也规矩了一段时间，没事就陪着老人做家务。

外婆割猪草是有一手的。她枯柴般的手指像小鸡一样在塞满猪草的簸箕里一阵乱啄，手里便理出一把猪草，左手把它们死死摁在菜板上，方形大菜刀握在右手，刀口带风，嗖的一声，手起刀落，锋利的刀刃贴着左手虎口落下，留下齐刷刷的一排切口，菜渣应声落地，在斑驳的菜板上脆生生地弹起。一波未平，一波又起，紧接着第二刀，第三刀，第四刀……嚓嚓嚓，快刀斩乱麻，只听见刀刃落在菜板上咚咚咚的声音，还有猪草被切割的唰唰声。菜渣在菜板上无休止地蹦跳，整个院坝弥漫着菜腥味儿。

那时外婆很健硕，上山种地，下山挑水，劈柴做饭，洗衣打扫，闲下来就一边宰猪草一边和小孩聊天逗他们玩儿，谈笑间眼睛盯着人而手上刀光飞溅，熟练得可怕，十足的乡野间的高手。更可怕的是，天真无邪的易北，居然认为自己也能做到！趁大人不注意，用颤抖的小手举起菜刀模仿，刀摇摇晃晃地落在了他手指上。妈妈拿家里的烂布给他把手裹了好几层，还是被鲜血浸透了。

外公负责打磨刀具。这也是个刺激的活儿，两兄弟抢着干。刀口在砂岩石上擦出沙沙的声响，摩得滚烫，生出硝烟的味道，滴上几滴水，呲的一声，随见一缕青烟，然后学外公的样子用指头检查一下刀刃。刀磨好后，外婆便带着易北和表弟上山。

昨夜小雨，今晨原野一片露水唏唏。外公弹着嘴皮，噗噗几声唤出鸽笼里的鸽子，悉数弹射升空。外婆穿着带补丁的青色围裙在前面开路，她握着一把锋利的柴刀，所到之处，荆棘让路，草莽开道。兄弟俩跟在后面抢着扛背篓，小花狗一路伴随。小花狗名字就叫小花，狗如其名。那个年代，取名的动机单纯朴实。不像如今的世界，名字充斥着虚情假意。一个在城乡接合部吃灰的烂尾楼，可以取一个"西海岸绝美海滩高档别墅"的称号。那些来自乡下的狗蛋、二娃子、阿旺，跋山涉水，闯进城里，弄一身劣质韩式修身西装，然后摇身一变，就成了写字楼的 Andy 和发廊的 Tony。小花就是一只传统的中华田园犬，干瘪的身材，粗糙的毛发，沉默朴实，没有任何争宠的天

资。由于不爱打声响，小花看门作用不大，打架也不行，有次和隔壁的恶狗打架，嘴被咬破流了好多血，要不是易北冒死赶走恶狗，小花恐怕性命不保。在农村，像小花这种没有狗性的狗能够生存下来，全亏一家人的人性。但小花也并不是一无是处，它最讨人喜欢的是它的灵性，家里的客人来来往往，它都亲自陪送很远然后再独自回家。最神奇的是，有亲戚去外婆家，小花似乎有所感应，早早地在山脚下等着，接到人后一路摇头摆尾走几里山路把人领进家门。农村里光源少，晚饭后，天光很快散尽，萤火虫便耀眼起来，漫山遍野。意识到客人要走，小花便一路护送，大家借着流萤的光，听着小花狗欢快的喘息，走几里夜路下山。下山后小花依然有送君千里的意思，直到叫它可以回去了，它才扭捏着转身。有好几年，它都这样迎来送往，成了童年幸福的回忆。

小花在地里来回滚着。一家人在山腰上用镰刀砍青菜，累了就眺望一下自家的房子，这样忙活一天，回家做饭，易北和表弟又开始抢着生火，黑色的瓦砾间弥漫着袅袅炊烟。饭后，外婆披着衣裳，屋脊披着夜幕，兄弟两人扯一些搞笑的话题争相逗外婆笑，以消磨时光。外婆笑起来有酒窝，很深，翠绿青山和浓稠时光，都能装得下。然后大家早早地上床，那时候睡觉真是早啊，因为确实没有熬夜的理由，在踏踏实实的一天后，全世界都很满足地睡去，没有人会贪图夜色。老家里屋的房间没有窗户，夜浓如墨，漆黑一片，根本意识不到自己是睁着眼还是闭着眼，只听见一阵的虫鸣鸟叫，眼睛眨着眨着就香沉地睡去，梦里面都是谷草焚烧后的烟香，直到清晨第一缕阳光刺透屋顶。

周末爸爸来看易北，表弟一家不在，易北无聊，缠着爸爸做风筝。老爸木工出身，当年知青插队时，被安排到就近的农场学习木工，生活艰苦，多数人混迹两三年便托关系返城，淳厚憨实的老爸不谙世道，老实巴交地在农场一待就是十年，反倒练就了一身过硬技艺。

老爸随手抄起一把柴刀，把刃口贴在屋前的石坎上，正面磨几下，反面磨几下，清冷的刀光骤现。取来准备好的竹竿，噼里啪啦挥起刀，运斤成风，木屑横飞。不多时，父亲便把木条削得轻巧匀称，风筝骨架也搭得精致有序，让人看了对最后的作品信心大增。但他没有什么美学概念，做的风筝外观不敢恭维。两张鲜纸，一横一竖，糊起来，美其名曰"飞机风筝"，还在飞机后面贴两根长长的纸条，堂而皇之称为喷气式飞机，充满了意识流的线条设计和一厢情愿的审美倾向。对此易北感到懊恼，每次看到空中满目琳琅的风筝，就很羡慕，向老爸抱怨风筝太丑了。老爸表示他们的风筝中看不中用，实战不如自家的。

事实证明老爸是对的。这天瓦窑村和风煦日，村里的小孩都出来放风筝。远处隐有人声狗吠，只闻声不见人，小花狗偎在易北脚边，隔空与它对叫。大家的风筝相安无事，挂在天空，有老鹰、蝴蝶、奶牛、阿童木、猪八戒、沙和尚等，大千世界牛鬼蛇神于苍竞争艳。当然还有一只怪异的飞机，纸白色，像一片废纸飘在天空，略显尴尬。

盛世产庸吏，风平浪静的时候容易给自己一种技艺高超的错觉，众人都露出了得意的笑。旁边有个男孩跟易北岁数相仿，衣衫破烂，顶着一头乱鸡窝发型，鼻涕吹着泡泡，指着易北的风筝，用毫无遮掩的嘲讽语气对其他人说："你看那个哈雀儿的风筝，好丑哦！"说着看了一眼自己的老鹰风筝，然后跟其他人一起得意地笑。那老鹰风筝神态凛然，乌黑的羽翼惟妙惟肖，尤其是那双犀利的眼睛，隔远看，酷似一只真的老鹰在盘桓，随时要向地面的猎物俯冲下来，搞得那天外公的鸽子久久不敢上天。易北气得双肩耸动，回骂一句"你才是哈雀儿"，被爸爸严厉呵斥，快快地闭上嘴，其他人笑得更大声了。爸爸安抚着易北，说好戏在后头呢。

人声狗吠近了些，原来是隔壁两口子吵嘴，边走边吵，相互谩骂。

"老子不出去，全家喝西北风，老子是出去挣钱。"走在前面的那男的猛地甩手，挣脱后面抓着衣角的妇女，大声喊道。由于太用力，声音都破了，唾沫横飞。

话音刚落，一阵乱风兴起。所谓英雄只待烽火时，父亲脸上露出了跃跃欲试的笑意。天上的风筝顿时乱了阵脚，有的打转，有的俯冲，有的画八字，有的画圈圈，群魔乱舞。沙和尚混乱中挂住了奶牛风筝的线，纠缠起来。老鹰一侧身，袭向一旁的猪八戒。猪八戒颠簸着一路冲向旁边树林。

此时狂风愈发肆虐，就在大家手忙脚乱时，父亲握住了易北的双手。气流拍打着飞机风筝的翅膀，噗噗作响。风筝把线拽得紧紧的，似和父子二人较劲，执拗不过时便会像小孩生气一般疯狂摇摆，此即放线的时机。父亲松开易北紧握线轴的手，线圈吱吱地滚动起来，风筝感受到张力的释放，平复了下来。

"你能挣到钱，母牛撞上高压线。"那女的说道，再次擒住了男人的衣角，抹了一把刚刚溅到她脸上的口水。奶牛风筝被乱风蹂躏，和沙和尚风筝双双挂在了高压线上，"赶紧松手"，易北爸爸对沙和尚和奶牛的小主人喊道。两孩子倏地丢下了线轴。

妇女自顾自地继续喊骂："你狗日的出去哪是挣钱，成天就是赌钱。"声音大得仿佛要让全村人听见。那男的被他婆娘洪钟般的声响惊到，怕家丑外扬，气势便软了下来。"我已经戒赌了。"声音中带有哀求，仍不忘夺回衣角。

"哎哟喂，骗老娘，你戒赌，猪上树！"农村妇女在歇后语顺口溜的储备上总是让人称奇，作为她们的男人，不管以什么样的借口为自己开脱，总会遭到这种言简意赅通俗押韵的回怼，那男人终究嘴上无言。此时又掀起一阵怪风，猪八戒风筝摇摇晃晃地挂在了树上，执线的小孩儿对妇女说："妈，猪上树啦。"惹得大家哈哈大笑。"上你妈。"妇女气愤道，旋即觉得骂了自己，尴尬地收口，唤上孩子，拉扯着自己的男人回家去了。

刚才的一阵放线让飞机风筝损失了高度，继续松懈飞机恐将坠毁树林，趁这一阵风，父亲带着易北的手收了几圈线，待飞机有抬升趋势，方止住线轴，让它乘风而上。就这样来来回回，一收一放，收放有度，其中的分寸拿捏甚是关键。劲风放线，切不可强拗，否则线断机亡，放线太过则等于自我流放，最终也是坠落的后果。弱风的时候收线，干脆果断，动作稍慢就会让风筝翩翩坠落。最终在父亲指导下，飞机风筝平安度过了这场风暴，而其他风筝悉数败阵。

多年后每次坐飞机遇到气流颠簸，易北总是想象自己坐在老爸糊的飞机风筝上，飞机一定有根线，连着地面上儿时的自己和老爸。

渐渐掌握了要领，兄弟二人开始独当一面，房舍周围的麦田菜地都被他们放得兴味索然，两人决定去更远的天桥。村里有座天桥，连接堡子山和对面的碉堡山，用作引水灌溉。干旱的时候，浑浊的泥浆水会经天桥汩汩地流向对面山村，保证万物润泽，五谷丰登。风调雨顺的时候，干涸的天桥就成了村里孩子的乐土。桥面宽一米左右，两边水泥围栏高约半米，呈水槽状。他俩个子不高，半米围栏足够护住他们。天桥上风大无阻，是放风筝的上选之地。两人背靠围栏坐在桥面上，只管放线，风筝扶摇而上，在湛蓝的天空中乘风远去。一会儿线轴就转到了头，风筝变成了目之所及的天际边的一个点。他们用大石头把线轴压着，任风筝在天上轻轻摇曳，然后走向天桥深处。

两人比谁的胆量大，敢走完天桥全程。天桥横跨山谷，离地最高的地方十多米，顺着巨大的桥墩望下去，简直让人头晕目眩。走到中间是最心惊胆战的时候，双眼只敢盯着桥面，山间的风从桥下呼啸而过，他们感觉桥在晃动，双腿也在发抖。

这时易北看到前方有个人影跑过来，一股不安的预感涌上脑门。"不好，东洋刀来了，"表弟说。"哈雀儿，谁让你们上来的？"那人如履平地般毫无畏惧，三五下跳到两人面前喊道。穷乡僻壤出刁民的道理在几岁的孩子上已初现端倪，草莽间生长起来的孩子，自带一股邪气，他看见易北两人，本能地流露出敌意。易北现在看清了，就是那天放老鹰风筝的小娃儿。

"我们来放风筝，你管锤子事。"易北不甘示弱说。

"给我放一下。"

"不给。"

"日你妈，你真的不给？"

"日你奶奶。"易北回怼一句。平时和表弟的相互练习终于排上了用场。

"日你祖祖。"

"日你祖宗。"问候的对象不断追根溯源。

"日你祖宗十八代。"对方说出这句之后露出了顶格的邪笑。

"日你祖宗十九代。"表弟慌乱中脱口而出。易北尴尬地打断他，小声表示没有这个说法。

对方破口大笑，二人顿时失去了气势。

易北懊恼地蹲在了地上，又倏地一下站起来，护着表弟悻悻地经过对方。对方粗暴地阻拦，然后拉扯起来。

空气中裹着金银花香，那是一种清热解毒的草药，家里人经常用它泡水喝，甘甜怡人且平心降燥。易北显然最近没喝，他毛躁地挥起手臂，将刚捡起的石头砸在了对方脑袋上。东洋刀痛苦地捂着头，说："老子家里有东洋刀，我拿来砍死你们。"表弟说，他家真的有东洋刀，所以大家叫他东洋刀。

又见查晓曼

九月，外公嘴里噗噗几声，鸽子们擦着夏末的热流，弹入高旷的晴空，易北乘车离开了家乡。

在大学门口拍了张刘海儿遮住眼睛（当时看很牛，现在看很傻，以后看很逗）的照片。有学长热心地带着他到处办手续，一路嘘寒问暖，话题逐渐过渡到有没有办手机卡之类的问题，在入学流程的最后一个环节，他摇身一变成为某某电信商推销员。

去宿舍铺床，妈妈一边指导一边骂他这么大还不能自理，他心想你不来我也能铺好，哪怕睡床板也能过完这四年。易北的床靠窗，他拉开粗糙的窗帘，往外瞥了一眼，窗外的野地一片空旷，杂草丛生，偶尔有几只鸟从荆棘中扑腾出来，裁云剪雾，直插云霄，隐匿在成都灰蒙蒙的天空中。

成都的天跟乐山一个样，典型的盆地气候，湿气重，腾云载雾。尤其在冬日，久不见晴，人们一贯对晴空不抱期望，很少抬头。偶尔一个晴天，大家喜出望外，抬头说，哇，蓝天。全城的人倾巢而出，聚集在茫溪河两岸，品茗聊天。往日窝在屋里的抑郁难解，全释放成麻将清脆的碰撞和字牌窸窣的摩擦。

初中时候，易北和查晓曼经常在浮桥上沐浴日光。她在耳廓处别着一簇头发，柔顺而熨帖，那耳朵精致得像一朵花开在头上。阳光很轻很短，落在她头发上，脖子的汗毛间，给她晕出一圈可爱的轮廓，毛茸茸的。

那个年纪的女孩总比男孩要成熟些，那种成熟来自生性自带的细腻和灵性。这点从鞋带上系的漂亮花头就可看出。而男孩子的粗糙，表现在小时候都想要一双不用系鞋带的皮鞋。高中以前，易北系鞋带都是粗暴的胡乱捆绑，丑陋无比且经常死结。有一次打篮球鞋带松了，他让查晓曼帮忙，她修长的手指绕着鞋带像在跳舞，轻盈雀跃间他的鞋上便生出个蝴蝶。老实说查晓曼长得很普通，初中刚开始在班上属于无人问津的一类。但初三开始，她那双眸子开始闪现灵动，齐眉的刘海儿被她盘起，脸庞拨云见日般明朗起来，竟生成了个眉目清晰的美人儿。她开始像一个受伤卧床的明星一样，座位上收到各种卡片、情书、同学录。但即便她的颜值异军突起，依旧没有打动易北，在他生活中，她一直是个不咸不淡的存在。直到那天，她给他系上鞋带，他感受到一股魔力透过她指尖渗透到鞋带，把他的心紧紧地捆绑住。之后易北经常掉鞋带，她总乐此不疲，换着花样向他炫技，双向回折、回环倒退、花式沙包，每一种系法都像一个新的魔法，一次次慢慢把他俘获。有一天他穿着拖鞋，习惯性地让她系鞋带，她竟然折了一根野草，在他鞋上编了一个结，那一刻，他觉得这个女孩可爱极了。就像买的衣服裤子，若买来时称心如意，日后必定慢慢厌旧，倘若一开始觉得将就，后来反而越发喜欢。对于易北来说，晓曼大概就是这样一个让他渐渐欢喜的女孩儿。

初中毕业后查晓曼去了当地职高，踏上了学生与社会的过渡带，学校鱼龙混杂的生源和徒有形式的管理，使得她开始接触形形色色的人。她给易北讲学校里两个男的争夺一个女的，纠集两队人马在学校操场火并。他们站在教学楼上远远地看，两队人马手握报纸在空中猛烈地挥舞，动作夸张，但神情凶恶逼人，不断有人惨叫着倒下。很快便有人头上开花，鲜血像一条蛇，蜿蜒轻巧地爬过鼻梁，从嘴皮蔓延到牙齿，弄得满口鲜红。

易北听得头皮发麻，急忙喝住她。她狡黠地笑，说这有什么，眼神里满是自以为经世阅人后的镇静和优越感。茫溪河的风把她的头发吹乱，盖住了脸。美感往往来源于徒劳的动作，就像女生不断撩顺头发又乱掉。她说，我再帮你系个鞋带，然后再见了。那是高一，易北最后一次见她，之后便失去了联络。

家人准备走了，易北的思绪抽离回来，其他室友也陆续到齐，赫然发现大家都订了同样一份英语报，均是来自学长的兜售。原本还在为自己超前的学习意识而窃喜，以为自己在新环境中

先声夺人，不料起跑线一下就被抹平，还有一种集体受害的情绪，这让彼此的距离拉近了许多。

大家开始聊起班上女生的样貌，激论一番，好不容易排出了前三名，对铺的突然跳出来狂笑三声，向大家炫耀他手机里事先要到的班花号码。临铺的男生立马追着要，斜对铺的则表示不屑，称不如他高中的女朋友，旋即拿出手机给大家看照片。聊到兴起，有人提议去学校旁的商业广场聚餐，把酒言欢，大学学业伊始，刚好也取开业大吉之意，众人附和，要的，要的。

来自重庆的室友，笑起来哈哈哈的，大家叫他哈哈哥。哈哈哥是个大胃王，为了不出现最后偃旗息鼓他独自战斗的尴尬画面，他先去食堂打六两饭三个菜做了个铺垫。走在路上，易北才把校园打量了一番。许多人中学时没有被正确引导过男女交往的礼仪，一到大学就暴露出原始的陋态。整个新校区建在城乡接合部，花草都是新移植的，支着木架，树干低矮，枝叶稀疏，虽然是夏末，却有一丝凋敝的感觉。只有人工湖边的荷叶鲜绿肥嫩，流淌着生机。新校区建成不久，旁边的商业广场也只见雏形，与其说是商业广场，不如说是个农贸市场。

大家选了一家冷锅鱼，人均十几块的自助，起初几次加鱼老板显得十分耿直，声音响亮干脆，后面再让加他便装着没听见，去后厨躲避。但大家兴致不减，推杯换盏间易北的话匣子也打开了，说到兴起大声处，旁边投来了异样的眼神。大学里有很多眼神，眼神充满稚气和探奇，那是大一的，眼神漠然甚至带有批判，那是高年级的。又好奇又漠然又批判的，那是快毕业找不到工作的。但此时的眼神不在上述之列，易北又说了几句，旁边投来更多眼神，他意识到是自己古腔老调的乐山口音在被人嘲笑。

易北感觉到了猛烈的冲击，那本无对错的标签，此刻把他打为异类。他想起了小时候，从省城回来的哥哥姐姐总是操着一嘴拗口的成都腔，想着高中时候全班嘲笑化学老师的外地口音，却被化学老师反讽说你们口音才难听，当初的不理解变成了如今的切身体会。易北像正褪去尾巴生出四肢的蝌蚪，挣扎着不知该继续留在水里还是上岸，但生活的洪流已经席卷而至，裹挟着他涌入城市，会有嘲笑，也会有冷落，这些都是离开故乡的代价。

接下来一段时间，易北感受到持续的冲突，来自四川其他地方的同学听不懂他说话，外省的同学找他学四川话，学着学着便质疑他口音的权威性。就连在食堂打饭的时候，当他说出"辣椒"两字，"辣"字古怪的入声发音都惹得大妈一阵笑。易北恼怒一阵后便也释然了，毕竟岁月还长，学会和自己和解，比什么都重要。

大学的第一个晚上难以入眠。摆脱了高中的枷锁，一头扎进大一，内心就像风筝断了线一样空乏无力。易北突然想起初中班主任讲的经历。他连续好几个凌晨都听到马路上士兵的跑步声，有一天忍不住好奇去问军官，是不是最近有什么紧急任务，军官说没有，就是纯粹的训练。可训练白天也行，为何非要凌晨折腾，班主任还是不解。军官说那不行，这些兵娃子跟读书一样，懒不得，每晚都让他一觉睡到天亮舒舒服服，久而久之人就懈怠懒散了，哪还有战斗力，必须让他们随时跑着累着。当时班主任大受启发，立马把这个故事拿到班上分享。班上男生听了大为振奋，决定去网吧坚挺一夜，以彰显意志。如今易北迷茫地望着深夜的窗外，班主任不欺我也。

打开手机看了下时间，才11点，毫无睡意的他决定下楼散步。江安河水夹裹着腥臭缓缓前进，在水闸处翻滚而下，泛起白色泡沫。旁边的树林里有对男女拥抱着，……这些来自高中的孩子压抑太久，猛然释放，难免干柴烈火。易北接到一个陌生电话，对方在确认他名字后大声说"我喜欢你"然后挂断了。他从她语气中没有听到多少表白的意思，倒像是一种告别，对一段时光和那段时光的自己说声再见。可惜易北回忆了半天没弄明白她是谁，高中本就没有恋情，加之那会儿太专注学业，以为通晓课本，走出校门就能征服世界，因此忽略了不少人和事，想来实在遗憾。

那会儿老妈确实也低估他的志向，一直担心他被那个年纪特有的诱惑分心。有天放学，老妈经过校门口，发现易北和一个女生推着车慢慢往家方向走，越走越近，肩膀挨着。老妈骑着自行车谨慎地跟着，密切关注事态发展。终于，在树影婆娑的路口，两个人嘴皮贴在了一起，老妈出于对易北的尊重和保护，没有打扰，而是准备悄悄绕到前面，等回家再正式交涉。经过两人时，她发现那个男的不是他，只是背影像而已。事后老妈说起时眼泪都笑出来了。当时易北听着内心竟是气的，气老妈竟小瞧了他的野心和抱负。

想到此时，电话叮叮了两声。有人发短信说要来找他玩，落款查晓曼。

隔天一早，易北搭乘校车去往老校区。查晓曼出现在校门口，穿着一件运动外套，青春靓丽，比起上一次见面，显得更成熟大方，像个爽朗的邻家姐姐。两人相互问候一阵，便搭公车去往锦里。她在成都一家旅行社当实习导游，每天带着游客穿梭在锦里武侯祠等地方，机械地讲解。要是遇到外国游客，也能熟练地背出一大串英文。一年下来，她早已对各景点的说辞熟稔于心，近乎厌倦。但易北初来成都，她还是兴奋地表示要带他去这些地方转一转。

旧时西蜀繁华街道，如今沦为商业浮躁之地，木廊雕窗，古树院落，琳琅小吃，各处都极力追溯古蜀国的神韵，但刻意为之的无力感暴露无遗。街口有个高大男子装扮成张飞，伫立不动宛如雕像，冷不防地大吼一声，易北和周围的游客被吓一跳，随后目光被张飞背后的"张飞牛肉"大字牌匾吸引去。然后张飞恢复纹丝不动，酝酿着下一轮的恐吓。晓曼挽起易北的手，给了张飞一个眼神，耐人寻味。张飞的眼神飞出了一丝狐疑。

易北看着人头攒动的街巷，不禁想象古蜀时期华灯初上，水波灯影的繁华景象，回过神来，满街的拉客吆喝和烧烤的焦味，不多久就意兴阑珊了。他把注意力转向晓曼，她已走到了前面几步。如今她生得落落大方，挑染成淡黄色的头发扎成马尾丢在脑后，露出后颈白皙的皮肤，干净爽利。晓曼不时回头给他介绍几句，她很久没见易北，用这种方式作为两人的重逢，是想用她最稳妥的方式跟他多说话，只是说着说着便带入了职业感，她像带游客一般举手示意，马上就意识到唐突，含羞地笑了。

"你后来怎么样呢？"易北终于打破了这烦闷的观光游。

"从哪以后？"

"浮桥上最后一次见面，从那以后。"

晓曼若有所思："哦，那以后啊，我转学到成都。"

"为什么？"

晓曼转过头看着易北认真说："我就是那个女生。"

易北问："哪个女生？"

"就是引发两拨人打架的那个女生。"

易北说："哦，你就是那个女生。"

他们跳上了一辆公交车，她提醒他注意自己钱包。她说在成都的这两年，和别人合租房子，隔壁的一个月用了2000块的电，由于水电分摊，她气得跟对方吵了一架。她去投靠一个朋友，男的，然后变成了她的男朋友，再然后变成了前男友。她尝试了关于青春饭的各种行业，说到这，晓曼看了一眼易北，发现他没有什么表情变化，便继续说，她有个姐妹，被男的搞大了肚子，向她借钱堕胎，表示找到那男的就把钱给她，后来男的找到了，但她姐妹消失了。她划开她的诺基亚，给他看她和那个姐妹的合照，说："你看我当时的发型好看还是现在好看？"她甩了下扎在脑后的头发，不等易北回答又说道："现在的好看些，现在的好看，对不对？！哈哈。"她笑的时候扯动的嘴角有一丝疲态，那是城市留给每个人的标签，只要你一直奔波其间，就能光荣地得到它。

回到老校区西门，天已昏黄，夜灯随着婆娑的树影在地上摇曳，一个乞丐伸着腿坐在地上，腿上被挖掉一坨肉，伤口新鲜，血肉淋淋。易北一揪心，把兜里的钱都摸了出来。晓曼按住他手，说："不要全掏。知道吗，这就和掏心一样，不能全掏给别人，一点点就好，一点点他会记得你的。"

"你是把心都掏出来过？"易北狡黠地问。

"何止，把心肝都掏出来了。"

"结果呢？"

"结果就像这城市，明明熄灭了一盏灯，却依旧灯火通明。"

"哦。"

晓曼接着说："那感觉就像是系鞋带，你尝试每一种方法，系出了所有的花样，却还是绑不住那双脚。"

易北说："哦。"

晓曼此刻眼神黯淡了下来，她看了下自己的鞋带，再看了下易北的。易北如今已经学会自己绑鞋带，是一个标准的蝴蝶结。

老校区球场唯一的灯光将看台照得一片惨白，跑道上的人群流水般经过，接受灯光的洗礼，随后涌入昏暗中。有的老年人一边走一边甩起双手拍打身体，有的老年人倒着走，有的动作奇异得难以形容，易北惊讶于他们的千姿百态，晓曼坐在身边，光将他俩的影子折叠，投在了一起。

由于太晚，错过了回新校区的末班车。晓曼建议易北去她那住一晚。易北先是一阵为难，而后想到确实也没有更好的办法。于是两人又跳上了一辆公车。城市的夜景变换着光线在车窗上跳跃，把两人的脸映照得青春无敌。

到了楼下，晓曼说："你看，亮灯的那个房间就是。"

"家里有人？"

"没有，灯是我自己开的。"

易北一脸疑惑，查晓曼说："每天离开家都为自己留灯，这些年习惯了。"

"哦。那挺浪费电。"易北说。

晓曼租的一个单间，一张床，一张沙发。两人一阵礼让，不善推辞的易北最终睡床，晓曼蜷缩在沙发上玩手机。时下用的塞班手机上网慢，加之流量少，娱乐性有限，最大乐趣就是翻照片玩。晓曼用蓝牙把觉得自己好看的照片传到易北手机上，再从易北手机上传一些好看的照片到她手机，这种感觉就好比小时候对谁有好感，就想要把作业本和他的放在一起。屋子里回荡着诺基亚手机收到文件的叮叮声，还有电视里球赛的喧嚣，以及易北的鼾声。

屠夫的女儿丢了

临近上小学，爸妈把易北接回家，他只是感觉和表弟聚少离多，却不知那便是一种渐渐的告别。

在幼儿园浑噩度过了半年，有天回家易北说起幼儿园两个小朋友亲嘴的事情，吓得父母赶紧给他办了退学，在家自己辅导，教简单的语文和算术。有时候爷爷来做客，他用发叉的毛笔沾了墨水写字，纸张粗糙，字在上面容易洇出柔和的边，但爷爷总是笔走龙蛇，笔锋苍劲。爸爸拿爷爷的楷书让他临摹，易北手里的毛笔不听使唤，在纸上颤抖，爸爸打趣说，和弟弟一起蚂螂儿逮多了嘛！其余时间终究让其自然生长。易北家住在茫溪河南岸的群力街，这是一条双向两车道的国道，道路边石碑上印着213，路边便是父亲上班工厂的职工宿舍房。群力街的转角有一家屠牛场，每天，一头头牛含着眼泪被牵到腥臭的场内，穿过它鼻子的牛绳扔过结实的木梁，被人死死拉住，牛便不得已扬起了头，亮出薄弱的胸脯。屠夫提刀抵住胸口细软的牛毛说，"乖，打个针，不疼不疼哈！"然后白刀进，红刀出。牛血汩汩地从刀口流出，伴随着像飞机降落的哀鸣，牛便重重地摔在地上。正值民生惶惑的年代，下岗的人如潮水一般涌入社会，工人们没事，白天在厂门口堵厂长的轿车，坐在石凳上，讨论着当天牌局上精彩的回合，把自己的牌面描述一番，再渲染翻牌过程的风云变幻，最后鬼使神差地把一手烂牌打成大胡，说得活灵活现，众人如临其境，仿佛听到打麻将的声音，啧啧称奇。晚上他们就携老带幼去屠牛场观赏杀戮表演，火药枪和东洋刀时常也出现在观赏的人群中。有些公牛临死挣扎，屠夫矫健躲闪着牛蹄和牛角，伺机补刀，十分勇猛，令小孩们钦佩。屠夫中有个刀法精湛的人叫六一，据说每头牛他都只用六十一刀，从捅第一刀到骨肉分解，一气呵成，大有庖丁解牛的风范。那时候小孩最大的快乐，就是在六一儿童节去杀牛场看六一用六十一刀杀牛。他们梦想长大后成为六一那样厉害的杀牛匠。

　　也就是在这个杀牛场，易北认识了这家的女孩，她叫牛婷婷。有人说因为姓牛，她们家就做上了杀牛场的生意，也有人说因为从事了杀牛的生意，为体现正统本源，她们全家改姓了牛。

　　她年纪与易北相仿，扎辫子，五官精致，家里人生怕她沾染杀牛场的腥味，把她打扮得喷香，单是一张干净的脸就和其他鼻涕吸溜的同龄女孩儿区分开来。他们一起吃零食，一起玩。她家杀牛赚很多钱，常请他去小卖部喝汽水。汽水要退瓶子，两人站在屋檐下咕哝咕哝地喝，间或噎着气，因为让人逗留的缘故，那时的汽水也充满了人情味，可爱极了。她们一起去爬山，易北额头摔个大包，她用手摸摸说："包包散，包包散，不要妈妈回来看。"他们把粉笔杵在邻居墙上走，留下一条线，被发现后，他勇敢地一个人顶包。边陲小镇的童年，能玩的游戏有限，一段时间后，制造乐趣的资源便枯竭。如果你觉得打麻将枯燥了，要么加大筹码，要么换个地方打。易北和牛婷婷无法给他们的游戏增加剂量，只能寻求新场地带来的刺激。人就是这样，不断地探索，小孩子也不例外。

他们沿着群力街一直走，把平日里熟悉的街景抛在脑后，经过了一座桥，桥下有浅水叮咚轻盈，沿着乱石汇入茫溪河。过桥后发现沿街门牌上的字发生了变化，爸爸教过他，那叫花盐街，他真切地感受到一种鲜活的改变，同时也畏惧，觉得已经出走足够远，好在路边的213国道石碑安慰着他们，知道自己没有脱离该有的轨道。于是他们在一个转角处停下。这里是个饭店，门口立着牌子，上面的字妈妈教过，"一路平安，停车吃饭"。但饭店处在马路逼仄的转角，停下来的车经常发生事故。门口坐着一个憨娃，下颌经常挂着涎水，眼神木讷地凝视来往车辆。小时候大人都夸这娃文静好带，可长大一点，同龄小孩都萌发古灵精怪的气质，这小孩依旧呆如木鸡，父母越发感觉不对，去医院检查，才发现是个弱智。他名字带春，街上人习惯叫他春娃，春娃十多岁了，没有上学，终日等在幼儿园门口，等三岁的孩子放学一起玩耍。妈妈每次骑车载着易北经过，春娃都会用呆滞的目光，行一百八十度注目礼。易北也会用飘忽的眼神全程和他对视。只有小孩子无邪的眼神才能长久对视，换作大人，不是一见钟情就是马上要打架。

饭店的对面是个废弃小码头的石阶，通往河滩，有风夹带着草腥味袭来。他想下面一定是个崭新的世界，以前无数次憧憬，如今终于可以一探究竟，兴奋不已。两人踩着滑腻的苔藓拾级而下，河滩上有退水后留下的一层水藻，青色连绵。二人拿出从家里偷来的甜皮鸭、黄鸡肉、甜酒等食物，找个干爽的石头，垫上报纸，就当他们的野餐了。此地的孩童从小便食得辣，易北抓起一块鸡肉，啧啧地吮吸着香辣的汁水，等露出白色的鸡肉，再细细地啃食。

突然岸边跳出一个人，易北一看，内心的恐惧轰然而至。只见东洋刀手里握着一块废铁向他们走来，鼻梁上浅浅的麻点，烘托出他一身的匪气。

"小雀儿，这是你的婆娘？"

"不是。"

东洋刀看着牛婷婷，眼神褪去了凶煞，变得耐人寻味。

"我亲她一下。"

"不行！"易北虽然害怕，但嘴上拒绝得很干脆。

东洋刀愣了几秒，说："那你们两个亲一下，我要看。"

易北听了内心一惊。虽年幼，但他早已在电视上受了朦胧

的启发，略知此事的微妙。可牛婷婷似乎还被蒙在鼓里。

"亲了你就放我们走！"牛婷婷说，似乎看到了脱身的希望。

"快亲，不然老子拿东洋刀砍你们。"

易北转头对牛婷婷说："他真的有东洋刀。"

此时东洋刀已双手交叉在胸口，一副看好戏的姿势。

牛婷婷照着平时亲妈妈的动作，轻轻触碰了一下易北的唇，嘴皮离开时淘气地发出啵的一声。易北感觉被棉花弹了一下，酥软醉人。

东洋刀笑着跑上石阶，迈上公路后他回头说："我要回去告你们亲嘴。"

不知道是不是东洋刀真的告了状，之后牛婷婷就再没找过易北玩，妈妈也对易北看管得严了些。牛婷婷的爸爸对易北的态度也发生着变化，起初眼神有些空乏，像午觉睡过头后醒来的失神。易北小心地向他打听牛婷婷，结果换来对方的漠然。

后来慢慢地，他开始捉弄易北，用力捏他的手，把他倒提起来，捉虫子放他裤衩里。易北气得大骂他哈雀儿，但越骂被收拾得越惨，他十分恼怒，心想有朝一日自己身强体壮，一定要报仇。

牛婷婷消失了，易北没有察觉，但确实感受到一阵苦涩。但苦过之后便淡忘了，时间久了，竟然忘了曾经有过这么一个人。群力街还住着个大娃儿，他说他家有火药枪，所以大家都叫他火药枪。火药枪的妈妈黄阿姨，和易北的妈妈经常交流织毛衣心得，常有往来，易北和火药枪自然玩到了一起。火药枪率先受到电影《古惑仔》的启发，开始带着易北和其他小孩儿打架。易北建议他们一起对付东洋刀，他确信他们在火药枪的统领下，可以战胜东洋刀，到时候如果东洋刀拿出了东洋刀，火药枪就会拿出火药枪。冷兵器无法战胜现代武器，火药枪一定会战胜东洋刀。

结果在约架那天，他们都没有拿出大家拭目以待的武器，也没有动手，看到凶煞的东洋刀，火药枪主动认怂。为此易北愤怒不已，他觉得火药枪出卖了大家，矛盾瞬间转移到内部。本来就久处生厌，矛盾滋生的团体内，战争一触即发。易北主动向火药枪发起了挑战，团体瞬间分成两拨，所有人都去了火药枪那边，只有春娃站在易北这边。火药枪把易北和春娃打了一顿。主要原因是春娃不知道还手。易北恼怒至极，去医院垃圾堆里捡了一个针头，趁火药枪不注意直接插在了他背上。他拔掉针头，痛苦地转身，面目狰狞，但易北早已跑远。

这件事奠定了易北在春娃心中强悍的形象，易北成了春娃名义上的老大。之所以是名义上，是因为易北经常找不到他的小弟。春娃虽然傻，但性格温和懂礼貌，碰到长辈会叫人。他终日提个水壶在镇上闲逛，渴了就喝口水，累了就在黄葛树下坐一会儿，到饭点就回家吃饭。从易北记事起，他就这样日复一日游荡着，小小的家乡，几座桥几条河就是他的全世界，时间只是他的傀儡，勉强在他躯壳上划几刀，却丝毫改变不了他的心性。易北每次在街上碰到他，都大喊一句："春娃儿你口水流下来了！"他就赶紧从口袋里摸出手帕，将下巴上垂成线的口水擦去，笑嘻嘻地喊大哥，然后问易北要五毛钱买冰糕吃。他身上时常有一些小伤口，大概是调皮的小孩儿用石头扔他造成的，完全没把易北这个老大放在眼里。易北还是欣然接受了这个玩伴。试想一下，年少时候，经常被大娃儿欺负，突然来了个高个子娃儿，不欺负你，还愿意当你小弟和你一起玩，而且智力水平上你还有压倒性的优势，可以肆意碾压他，是一件多么令人兴奋畅快的事情。

找不到春娃的时候，易北便一个人游荡。他再次经过了那座桥，他知道这里叫两河口。他来到花盐街，去向河滩。这一日天高气爽，易北百无聊赖，拿出了老爸糊的飞机风筝。

近地面风平浪静，茫溪河就像睡着了一样，水面不见一丝褶皱。他牵着风筝助跑了好一会儿，累地喘气，额头上渗出密密的汗珠，终于把风筝送上了天空。此时一阵风掠过，他抓紧时机放线，有节奏的拉扯，风筝逆风抬升，不久便稳稳地飘在对岸上空。此时便是放风筝最无聊的阶段。像大多数的电视剧，开篇通常节奏紧凑，用明快的叙事和刺激的场面轰炸你的感官，剧情上开宗明义，引人入胜，结尾处于纷繁往复中揭开谜底，余韵绕梁，让人回味无穷，而中间曲折散漫的过程最让人乏味，跳过也无伤大雅。放风筝也大致如此。

易北捡了一块滑腻的石头，把线轴压在河滩上，去旁边放擦炮。那时大人严禁小孩带火，主要是防抽烟，经历老家火灾后，父母更是对易北实施了禁火令。这给放鞭炮带来麻烦，火炮火炮，有火才有炮。而擦炮的发明无疑具有革命性意义。类似火柴的原理，在火柴皮上轻轻一擦，火药就扑哧燃了，丢手后，几秒便发生爆炸。小地方的日子总显得平淡无奇，人总是喜欢寻求感官上的刺激，用鼻子闻香的，用嘴吃辣的，用耳朵听响的，眼耳鼻舌身意都急不可待去感触这个世界。所以放炮就成了不可多得的精神良药。

火药呲的一声被划燃，调动着肾上腺素急剧上升，接着的几缕青烟，让整个人处于兴奋焦虑期望紧张的交织情绪中，然后屏气凝神等待爆炸的那几秒，眼睛不由自主地眯起来，脸上肌肉扭曲成一块，后背汗毛立起，全身奔向高潮。最后嘣的一声，身体一震，紧绷的神经随之松弛，耳朵里嗡嗡回响，身体的愉悦继续流淌。擦炮之后又衍生出摔炮，直接用力往地上摔，鞭炮受到触地的压力，随即爆炸。人多的时候，大家喜欢不停往对方脚下丢摔炮，模仿电影里丢手榴弹的场景。

、此时风向骤变，飞机风筝剧烈摇摆。易北急忙掰开石头，却手上一滑，失掉了线轴。线轴在河滩上翻滚弹跳，风筝像被抽去了筋骨，无力地飘摇，坠向对岸。河对岸有个小孩发现天上风筝局势不妙，大喊：“捡风筝！”顿时一呼百应，村里的小孩倾巢而出，聚在风筝下面起哄，抬头伸手跃跃欲试。此时易北已夺回线轴，但风力愈发强劲，飞机风筝不受控制，继续翻滚下坠。如果硬拉线，肯定线断机亡，易北试着放线减轻张力，风筝反而下降得更厉害。绝望的易北准备放弃，那毕竟只是个飞机风筝，如果他愿意，老爸可以每天给他做一个。那群小孩发出了幸灾乐祸的讥笑声，易北被刺激到，开始和对岸对骂，他带着愤怒骂，对方带着嘲笑骂。风筝一步步坠入人群中，对岸的欢腾声愈发喧闹。易北已经不骂了，准备缴械投降。

就在风筝快降落地面时，一股风扬起，风筝借势腾起，易北眼睛一亮，急忙收线。他顾不得绕线轴，双手交替不停把线往胸口拉。风好像有意捉弄他，在天上打了个旋便飘散。风筝失去了依托，又开始疲软地飘落。易北使出浑身解数加快双手的频率，几乎是用无影手把风筝收了回来。他用力地呼口气，朝对岸狠狠地骂了一句“哈雀儿”。

大球和小球

嫦娥一号整装待发，大家围着寝室客厅的电视，随直播员一起倒数，群情激昂中声音逐渐高亢。随着呼哧一声点火，火箭缓缓腾起，整栋宿舍楼爆发出震天的欢呼。由于电视信号的延迟，其他宿舍楼陆续发出欢呼。

大学人多，所有的情绪都有放大效应，难过的时候孤独煎熬，开心的时候皆大欢喜，空虚的时候如坠深渊，充实的时候焦头烂额。新生人群中弥漫的虚无感被各大社团敏锐地捕捉到，他们乘虚而入，大肆招新。校园广场人山人海，易北随便找了个社团挤进去，囫囵填了几张表格。等到面试那天，办公室外水泄不通，听说社团选拔严格，要经过层层面试，应聘者在场外相互打探着消息，为传言中有限的名额暗自较劲，竞争的氛围笼罩着每一个人。轮到易北，他被安排坐在一个大块头学长面前，他早打听过这个学长，别人叫他阿Q，易北心想不好直呼绰号，就叫了一句："Q哥好。"那人先是一怔，然后扑哧一下笑了。面试结果公布在第二天，经过激烈的面试，严格的甄选，最终所有人全部被录取，皆大欢喜。后来易北知道，这些社团，只要报名就能来，为的是收取每人几十块的会费。于是易北很快对协会失去了趣味。

易北遂转向足球队。足球队有个憨娃。开学典礼上，校长致辞勾画蓝图，鼓舞人心，问大家来大学的目的。台下一片死寂，眼看互动环节就要在尴尬中垮掉，突然黑压压的脑袋中升起一只手，然后当着全校师生的面，在没有话筒的情况下，他青筋暴露地仰天吼道："学习新知识，认识新朋友。"每一句尾音拖得很长，带着北方某地不知名口音，结束时咧开嘴笑，那憨笑声如引信一般瞬间点燃全场，哄笑一片。后来足球队招新，他也进来了，名字叫李龙。他进球队主要是因为声音大，负责场上呼喊。

职业球员和业余球员最大的区别在于稳定性。职业球员处理球干净彻底，失误率低。而业余球员处理球，想法明确，结果随机，李龙就属于这类典型。他司职后卫，每次大脚处理高空球，有时候球往前场飞，有时候踢呲，球往自家球门飞。队里还有个后卫叫老巫，思路不灵活，遇到险球统一往底线处理，也让门将头疼。他们俩自发组成巫龙组合，令本方门将甚是头疼。每次比赛，门将一边要防对方，一边要防自己人，精神压力巨大。

还好球队有"拉姆"。拉姆本名没有人记得，像每一个技

艺超群的妖人，被人记住的永远是场上风骚的走位和卓越的意识。他身材精瘦，速度快，动作灵活，处理球干净果断，司职边后卫，俨然德国队拉姆的低配版，所以大家叫他拉姆。他个子实在是太小巧，场上带球感觉在对方裆下乱窜一样，让对方毫无办法。

队里几个高年级的主力把球队撑着，在他们的带领下，几个新人也踢得有模有样。大一新生精力充沛，且残留一丝高中带来的自律和硬朗，故不会出现高年级队员在场上的那种力不从心。但新生与球队磨合不足，所谓意识不够，体力来凑，易北便是靠全场的跑动，赢得了机会。

新生入队后第一场正式比赛，对手是电气学院，队长从荷花池批发市场买来曼联客场的球衣，一身黑，把易北衬得果敢俊朗。由于对方学院女生不好看，很多高年级队员都没来，易北、巫龙组合等新球员悉数登场。秋风扫过人工草坪，一股树胶味直袭鼻腔，像廉价的兴奋剂，大家亢奋地做着热身。

没有裁判，比赛在大家商量着的氛围中开始了。新队员拼抢很积极，得球后埋头蛮带，错过传球时机，高空球抢点时落点判断失误，皮球在地上蹦跳两三次还没停稳，很快比赛就呈现出业余比赛典型的混乱场面。这时双方有队员身体接触骂了起来，李龙上前来了个震天吼，大声斥责对方球员骂脏话，对方球员指着他身后说"是你们人先开骂的"，李龙一愣，转过头看老巫，顿时理亏，再转头看对方说："他不对。"然后双手一挥说："所以你更不能学习他！"

沉闷的上半场以零比零结束，易边再战，对方的前锋很快撕破了巫龙组合奋力把守的脆弱防线，反复威胁门将。拉姆不停地补防到中路，多次下地堵枪口化解危机。关键时候巫龙组合原形毕露，李龙在回追一个过顶球时和老巫位置跑重，慌乱中一脚把球捅进了自家球门，恼怒的队长骂道："踢锤子。"

拉姆看得气愤，在一次抢断后，带球直杀对方边路，晃开空当后下底传中，想将功补过的李龙早已包抄到球门近角。球贴着地面飞向李龙，他身后的易北认为自己位置更好，忙喊漏，但李龙已经舒展身体，表情坚定地摆脚一射，球神奇地沿着来时的轨迹又飞回拉姆方向，拉姆躲闪不及，球打在他身上弹出了底线。拉姆气着抢在易北前说："踢锤子。"

关键时还是队长挺身而出，比赛还有二十分钟时，易北在前场坚持不懈地拼抢终于赢得了一个任意球。队长主罚命中，比分一比一。之后比赛又进入冗长的烦闷期，大部分时间忙于在后半场防守，易北作为前锋留守中线位置。看着后方混乱的场面，他心思开始游离，想到小学踢球的场面，眼前的这拨人瞬间变小，杆杆、宋宝、周兵，儿时的伙伴都跃然眼前，可对方仍旧是牛高马大，一时间时空错落，他们一群小学生艰难地对抗着大学生，比赛就要结束，小伙伴们体力不支逐个倒下，纷纷把希望的眼神投向易北。

皮球蹦跳到易北脚下，他回过神，抬头望见对方门将站位靠前，一瞬间有了姑且打一脚的想法。他的惯用脚是右脚，当时在左路得球，如果调整到右脚再打门会给门将充分的准备时间，为了抢射，他没等球停稳便抢起左脚，全力抽射出去。皮球像沿着设定好的线路越过门将打在右门柱上，当的一声弹进了球门。他自己惊蒙了，直到后场传来欢呼声，他才举起双手，做出一副实至名归的样子。

夏末余温残存，比赛后大家鱼贯进入公共澡堂。澡堂里雾气蒸腾，有个男的经过易北身边，眼神闪烁。易北进入隔间后，角落里赫然出现一只用过的安全套，让他感觉这个澡堂不太安全。冲凉后，大家喜欢坐在商业街边打量。傍晚街灯粲然，沐浴后的女生们轻衣裹体，湿漉的头发搭在白皙的肩膀上，膝盖处裙摆随脚步摇曳，夜幕掩护下她们五官不详，让一切更加和谐而富有魅力。几个男生讨论着来往的女生，享受集体意淫的快乐。当然，这大部分归功于傍晚暧昧的气氛和迷离的光线，要是在白天，情况就大不一样了。大一的女生们还不会打扮，不加雕琢的外表呈现出原始的混沌感，放眼望去祥和一片，激不起内心波澜。偶有少数懂事早的，率先开始涂脂抹粉，便容易引人注意。但这不算什么，能够在未开化时，以素颜真容脱颖而出的，才算尤物。商业街吹起一阵风，一股夹杂着洗发水和体味的清香飘来。一个女孩儿进入易北视线，她衬衣下角打结，露出白皙的蛮腰，埋在衬衫下的胸脯微微隆起，两条湿哒哒的辫子把肩处洇湿，显出了肉色。易北转头对其他人说，我的女孩。

话音一落，女孩儿便消失在人群中。

没有女孩陪伴的大学生活，只有自己玩球。除了玩大球，还玩小球。完成了招新，收割了一波韭菜后协会的事情松懈下来，Q哥常找易北玩。他喜欢打台球，但打得很烂。他是少有的那种打得很烂还喜欢打，而且越打越烂的选手。他说，没有姑娘的大学生活，每天和男的相处，阳气过盛，不免心浮气躁，急需修身养性的运动项目调整心态，学校商业街二楼小台斯诺克无疑是一剂良药。澡堂沐浴之后，易北穿上高中一路穿来快要丢掉的牛仔裤，Q哥穿上易北高中一路穿来前几天已经丢掉但被他捡回来的牛仔裤，两人相约来到台球室。那时候CCTV5经常放一句广告词："someone hero, someone makes hero." 回顾整个大学斯诺克生涯，易北感觉自己就是那个hero，Q哥无疑就是成就他的那个人。大学切磋了四年斯诺克，他无一胜绩，有时候被易北击得粉碎，有时候眼看要胜一局，他瞄了半天，龇牙咧嘴出杆，结果打呲。他们约好每次输家给钱，所以易北从来没给过钱，Q哥越挫越勇，越勇越挫，每次失败后主动约下一次再战，但始终无法打破连败的魔咒。久而久之，易北积累起心理上的优势，常常让他几分再开打。来台球室的女生通常腿长腰细，裸露的脚踝，披散的头发，弯腰撅臀间，有故意来此搔首弄姿一番的动机。有时为了多看几眼，易北允许Q哥连打两杆，Q哥把一条线路分两次打，先把球推至洞前，第二杆再轻推进洞。即便这样，他依旧未尝胜果。

那扎辫子女孩儿的背影一直盘桓在易北的脑海中。他刻意挑商业街的食堂吃饭，傍晚洗澡后也尽可能在附近逗留一会儿，搜索人群黑压压的后脑勺。学校不大，扎辫子的女孩也不多，他相信他们就如同锅里的两粒生米，在一片沸腾沉浮后总会再遇见，然后黏在一起，变成熟饭。抱定这个信念，他苦苦坚持，直到期末临近，才不得不把心思收一收。

易北应试能力奇强，可在短期内掌握所有知识点，考取高分。中学的时候他历史考全年级第一，书上各种战争条约的内容意义，长篇大段一字不差地挪到试卷上，但他至今仍记不住中国朝代的顺序。对他来说，那时学历史的唯一的意义就是，学的历史都成了历史。这种逻辑十分滑稽，像多年后他用"饭扫光"下饭，结果在饭被扫光之前，"饭扫光"先被扫光。

商业街的复印店会在期末兜售学校历年各科的真题，几块钱一份。据学长经验，这些真题简直是期末不挂科的制胜法宝。学校老师或出于懒惰，或出于恩赐，出题时都从上一年的真题中照搬80%，只略改数据，不变题干。剩下的20%稍灵活变化，用以拉开考生距离。所以，照着真题套，公式要记牢，换汤不换药，考试不挂掉。只要熟背上年真题，挂科是不可能的，这辈子都不可能。

易北在追求优秀的路上总是那么极端，他的目标不仅仅是及格，他要争取高分。九年义务教育和三年继续教育练就的一身应试本领，他必须全力使出。出题的老师用二八法则告诉大家，最重要的东西都在那20%的考题里，奖学金、保研、评优，以及其他因好成绩衍生出的各种利好。为了成功覆盖那20%，他宁错杀一千也不放过一个，整本书大扫荡，于是不可避免地加入俗气而浩荡的自习大军。这并非一件易事。晚睡早起，定时午休，提高效率，强化目标，抵诱惑，远女色，拒绝一切分心，这需要强大的毅力和坚定的信念。尽管饱受非议，但应试教育的体系下滋生出的坚韧品质显而易见，不要听那些读书无用的投机者的鬼话，也不要被这种体制下的人没有创造性的谬论所迷惑，这套系统甄选出的人才，从骨子里、血液里，已经奠定了他们成为高人的基因。易北此时就是这样一个高人，仿佛站在长桥上，能用意念将明远湖水激起，鱼虾翻滚。

冬日图书馆暖气逼人，催生睡意，且千军万马一座难求，最重要的是好看女生太多，稍不留神瞄到一个，一天的光阴都耗在此处，实非久留之地。所以他通常是找个偏僻的小教室，窝在角落，连日奋战。自习室的人每天很固定，雨伞、保温杯、耳机等杂物琳琳琅琅散布在各个桌上，每天早上等待众神归位。然后满屋花花绿绿的男女，相顾无言的共度一天。

第一天去的时候，易北把教室里每个人都不经意间端详一遍，以消除猎奇心理，安心投入奋战。尤其是那些女生，头发长位置远，他还特意绕到前面一探究竟，确保这个屋子里没有异性能让他分心。此后每次来新的女生，便要重新打量一番，以消除内心躁动，做到心理上的绝对阉割，全身心投入战斗。

大学第一次考试，第一个冬天，熬过去，又是一春。

黄葛井草起草落

三月草长莺飞，柳絮往茫溪河里飘，河水流得很慢很慢，易北骑着自行车向学校飞驰，穿过黄葛树夹道而成的绿色隧道，风吹着树叶发出簌簌的声音，就像要送他去未来的音效。

那时还没有公交车，自行车是每个小孩必备的交通工具。经过两河口的时候，杆杆已算好时间，从红豆坡村一路飞驰而来，追上易北。他两脚蹬得飞快，自行车发出哐哐的声音，感觉随时要散架。麻绳做的腰带多出一大截，随风飘，易北笑他，他也跟着笑，露出一排屎黄牙。

杆杆这个娃很搞笑，家里很穷，近乎一贫如洗，但除了每次老师逼着交学费的时候会感觉到委屈，其余时候总是乐呵呵的。他穿着不合身的衣服，似乎是大人衣服改的，由于洗太多次而发旧，稀疏的头发直直地插在头上。没钱买腰带，他就用绳子代替，今天尼龙绳，明天麻绳，捡到什么绳用什么绳，每天换，看起来还蛮时尚。他姓甘，原本大家想给他取绰号"甘十九妹"，但碍于他是男孩，遂作罢。因为他瘦削，骨骼又小，像一根竹竿，最终大家给他起外号叫杆杆。

因为瘦小，打架总是吃亏，但是他又喜欢打架，所以经常被打。且小学里，大家都不发育，体格相对静止，这意味着弱小的杆杆会一直弱小，于是整个小学期间，他持续被碾压。但他生性乐观，像茫溪河边的草，任凭砍杀，总会焕发新生。有一次被打得满脸鼻血，他在水龙头下冲冲洗洗，又高兴地和大家一起玩。

杆杆动手打架时，嘴里总要念一句气势澎湃的诗歌鼓舞斗志，奈何文辞有限，常常胡乱拼凑，有次在后山和人动手，嘴里大喊"但使龙城飞将在，只缘身在此山中"，意思大约就是：大爷我如猛将，如今在深山中与人决斗，必定旗开得胜。这种无厘头的穿凿附会在少年间极为盛行，各家都有一套自认为助长士气的胡乱说辞，夹带着唾沫星子和一身蛮气脱口而出，常常惹出笑话。

音乐课后，大伙儿会把音乐书卷起，模仿古惑仔分两拨人对砍。硬皮的音乐书，卷成几层往头上砸，跟石头无异。杆杆被连打几下脑门，抱头欲哭，大伙儿忙叫停，说杆杆玩不起都要哭了，准备散伙。杆杆一听急了，大喊："老子没有哭，继续来！"打转的眼泪花随即滴落一两颗。于是大家又开始疯狂地往他头上砸。

　　杆杆还喜欢看别人笑话，喝倒彩，幸灾乐祸，乐此不疲。有天放学，一号人蹬着车哐当哐当赶回家，杆杆一路和大家说笑，嘴里吐出的脏话就像机关枪子弹一样，噼里啪啦问候了每个他提及人的祖宗十八代，顺带误伤了街边修鞋的大爷，气得大爷用鞋垫扔他。他却愈发兴奋，双手丢开把手在空中夸张比画，渴望找点刺激释放浑身的戾气。就在接近两河口的时候，远远看见三岔路口躺着一辆摩托车，反光镜玻璃碎了一地，一个中年男人躺在地上抽搐，旁边一辆大货车斜在路中间，事故多发点的提示牌正好悬在车顶，很醒目。杆杆大喊："日他妈的！老子就晓得今天有狗日的会被车撞，太爽了，走，去看热闹！"他招手示意大家加快速度，随后双手回到把手，屁股离开座垫，把车蹬得左摇右摆，嘴里阴阳怪气地欢呼。可距离越近，杆杆的声音越小，表情也凝重起来，最后一个急刹停在男子跟前，杆杆跳下车，大喊："爸爸你怎么啦！"

　　家乡多水、多山、多桥、多树，三里一水，五里一桥，十里树荫，群山绵延。树以黄葛树最有名，黄葛树又叫黄桷树、大叶榕树，在佛经里被称之为神圣的菩提树。甚至有个地方就叫黄葛井，在花盐街尽头的位置，门牌变成了佑君街，213国道豁然开阔，从双向两车道变成双向四车道，向阳小学便坐落于此。易北小学六年都在此度过。菩提树庇佑下，六年一轮回，无数孩童在这里度过，此来彼往，生死不息。

　　五月阳光炙热，抹杀暮春，红瘦绿肥，万物生长。心火躁动的他们，背着大人偷偷脱掉外套，亮出短袖，上山寻乐。杆杆吹野豌豆荚特别厉害。野豌豆荚在家乡叫"哨哨儿"，剥掉里面的豌豆种子，把空壳的豆荚放在嘴里吹，可以发出清脆响亮的声音。杆杆可以一次吹五个，激起一片知了聒噪。他带大家去山上挖猪鼻孔，采苦笋。苦笋剥开最外层，露出鲜嫩的笋尖，放嘴里嚼着吃，苦香可口。易北吃不惯那股生苦味，索性把苦笋带回家，让爸妈做成了晚饭。

大家终日游山玩水，无心学习，数学老师为了激发这些费头子学习的斗志，想了个妙招。每人收取五毛钱，再集中起来发给考试的前几名。这对于成绩稀巴烂的杆杆来说无疑是劫贫济富。经历几次这样的打劫之后，杆杆终于崩溃了，在一次期末考试老师又要收钱的时候，杆杆号啕大哭。老师没办法，笑着说帮他出份子钱，杆杆一听，不知是羞愧还是感动，哭得更厉害了。由于成绩比较好，对于这样的财富再分配运动，易北自然是十分欢喜的。每次割完全班韭菜，易北就到校门口吃麻辣烫，他不想当啬家子，会慷慨地请其他人吃，一个人吃好几大串。

小学后山是个部队驻地，放学后大家会去部队的篮球场踢球，在那里踢球也是件其乐无穷的事情。篮球场地的大小正好够一个五人制的小场，两边的篮球庄正好做一个小门。篮球场是水泥地，带钉的双星球鞋吃在硬邦邦的水泥地上，很快就磨成平底。小孩踢野球都是模仿，学职业球员下地铲球，经常摔

倒擦伤。摔倒的时候皮肤和水泥之间剧烈摩擦，磨掉很大一片皮，伴随着剧烈的灼烧感，密密麻麻的血珠随即从惨白的鲜肉里冒出。班里的门将是周兵，他的发型是精准的五五中分，喜欢模仿足球小子里门将若林做飞身扑救，很多很慢很正的球，他也要很傻地故意倒地，所以他擦伤最多，身上断不了的结痂。小时候踢球不懂保护自己，经常被球打到蛋蛋。有时候胸部停球，动作不标准，变成蛋停球，结果十分蛋疼。有次易北一脚抽射，正中杆杆裆部，他蜷缩着身子在地上呻吟，泪水夺眶而出，据说晚上回家还尿血了。然而第二天他还是笑嘻嘻地来和大家踢球。

最危险的其实是球场的地势。篮球场左边靠山，右边是悬崖，前面是军营，后面是山坡。悬崖对面是栋楼房，楼顶和悬崖之间有座天桥，下面就是万丈深渊。有时候球滚下山坡，由于约定球场没有边线，谁捡到就是谁的球权，所以一群人浩浩荡荡下山抢球，一路尘土漫天，再把球带上山，中途可能还有几次相互的抢断，几易球权；有时候球踢到军营，兵哥哥会友好地把球归还；有时候球踢到对面楼顶，大伙过天桥捡球；有时候球掉下悬崖，就没法捡回来。小学几年时间掉下去无数球，趴在悬崖边用肉眼都可以看到崖底一颗颗白色的皮球。有一次皮球眼看要弹下悬崖，杆杆健步向前，用手把球勾了回来，人却因为惯性翻了下去。大伙冲到悬崖边，杆杆稳稳当当地蹲在悬崖边的石坎上，再往外半米就万劫不复。发现他的时候，他蜷缩着身子蹲在地上一动不动，叫他也不应。原来他在空中翻了个滚，正好脚着地，落到悬崖边凸出的石台上，然后他脑袋一片空白，身体也不听使唤无法动弹，直到大家不停喊"杆杆、杆杆、杆、杆"，就像台湾片里面的脏话。一阵恍惚，缓过神后的杆杆茫然地说了句："我有点困，要回家睡一觉。"

有人小时候就已经琴棋书画少年成名了，而有人小时候还在刀枪棍棒野蛮生长，但年少时没把握机会浑噩挥霍肆意撒欢，那这辈子也就没机会了。幸运的是，他们都属于后者。

踢球累了再去河里洗澡，一丝不挂的裸泳，让人神清气爽。校外面就是河，每年夏天校长都会强调安全，禁止下河游泳，但每年夏天都会有学生淹死，就像这世界上明明有垃圾桶，永远都有人乱丢垃圾一样。但奇怪的是，年年死人，校长年年都在，稳如磐石，从不换人。城镇里其实有泳池，但也淹死过人，所以生死有命，与其在逼仄的泳道蜻蜓点水，不如去河里撒泼。再说也没人愿意给几块钱的泳池门票，大家的钱可是要留着喝汽水、打电子游戏的，不能乱花。于是每个夏天，沿河的岸边，尽是数不尽的光沟子小娃儿。

大家通常选一个岸边的大石头，大石之下，必有深潭，挨个从大石头上往深水里跳。入水时身体缩成一坨，叫秤砣落水。如果姿势没调整对，整个人平躺着入水，那叫打硬板，全身会被水面打得紫青，被大伙儿踏削。也有胆大的直接上桥，从桥的中间跳下。生命就是这样，有的坚韧有的脆弱，有时侥幸有时宿命。从桥上跳下的一点事没有，从石头上跳下去的，就再也没起来。

校长在周会上悲愤交加，哀叹年轻生命的脆弱，批评班主任失职，呵斥大家不听招呼，但这也无法阻碍每年夏天前仆后继下河游泳的学生，那种赤裸着身体被水包围的愉悦感简直让人上瘾。年少无畏，连大自然都无法恐吓住大家，更何况是校长。

隔年杆杆和班里一个同学跟着东洋刀去大河坝游泳。大河坝其实是岷江，在流经家乡的这一段，河面宽阔，江水奔腾，人们习惯称之为大河坝。如果说平时众人游泳的小河是一只温柔的猫，慵懒缠绕，偶尔摆动尾巴搅动着涓涓溪流，不伤人毫毛，那大河坝绝对是一头十足的猛兽。河水湍急凶险，翻滚的浪涛就像张开的血盆大口，随时都要吞噬生命似的。在大河里游泳，无异于虎口拔牙，但三人为表勇气，誓言要去较量一番。他们选了个浅滩处游，以便情况不妙时可以立马站住。杆杆逆着水流试探性地划了几下，发现臂力单薄，难敌激流，人在往深水里淹，心生恐慌，立马站住脚跟，慢慢移步上岸去休息，顺便偷农民种在沙地上的西瓜吃。另外两人见杆杆认怂，信心大增，双双往深水区游去，势必一较高下。

橘色的夕阳照着浅滩，波光粼粼，杆杆大口啃着西瓜，村里来了一只恶狗，对着杆杆吠。两人越游越远，在激流里扑腾了一阵子，很快没了力气了，被河水卷向下游。瓜农听见狗叫来到河边，此时两人已经在呼救，不会水的瓜农赶紧扯了一根西瓜藤，蹚水到尽可能靠近的地方，把瓜藤扔给他们，东洋刀个头大，慌乱中扯开另一个人，借力抓住了瓜藤，爬上了岸。顷刻间那个同学便不见了踪影。

得救的东洋刀并没有被这件事吓到，反倒有点得意自己凭借能力脱险。过了一阵便没有人再提及这件事，他在城镇里也混得愈发挑事，常和一群二杆子混在一起，恶名昭著。

同学离开后，杆杆从此很少下河游泳，主要在陆地上玩，于是大家球踢得更频了。当时一个年级就两个班，起初是两个班对踢，针锋相对，没少打架。后来到了六年级，两个班联合起来便组成了校队，可以代表学校足球的最高水平，向外校挑战。为此大家兴奋不已，果断冰释前嫌，合二为一，摇身一变成了校队队员。大家开始放学后在后山统一训练，分配各自擅长的位置，当然还要分配每个人的绰号，很快，巴蒂、罗纳尔多、贝克汉姆、欧文、齐达内、菲哥这些名号都被一抢而空。大家迫不及待地要向镇上的小学逐一发起挑战，满心憧憬自己驰骋在球场的样子，与此同时，其他小学同样有意称霸绿茵场，一时间，小镇足坛风起云涌，群雄逐鹿。小镇只有一个公共足球场，不实行预约，先来先到。每周末的早上，全城的年轻人，从小学到高中，都自发地早起去占场。试想，两个学校的人约定了周末踢一场比赛，但届时是否有场地都不得而知。这样的未知，既蒙上一层故事的浪漫色彩，也让大家更珍惜彼此的关系。

　　冬日的茫溪河面漂浮着雾霭，恍若仙境。大家带着美好的期盼与莫名的亢奋，被闹钟惊得跳起床，比平时上学还早，比昼伏夜出的翘杆还早，茫溪河两岸同时被哐当的自行车划破宁静，早餐铺包子、豆浆，被洗劫一空，7点半，准时从四面八方汇集到球场。能否进行比赛，谜底揭晓。运气好的话可以踢上一场，运气不好去得稍晚，当天所有场次便都被其他学校占了。然而大家并不气馁，约改日再踢，遂转战至各大游戏厅，荒度一天。毕竟年少，时间黏得发稠，任何事都不用急，慢慢消磨。

　　不管赛前如何排兵布阵，实战都会演变为毫无章法的乱攻乱守。那时候谢霆锋出了首歌，很应景，叫《一窝蜂》。瓦窑沱小学乡土气浓厚，有人穿着解放鞋就来了。他们当中有个身材强壮的二肥，已率先发育，高出众人一个头。二肥射门力量奇大，可以从中场直接抽射，打在球门立柱上当的一声，吓得门将周兵腿都软了。实验小学算是一支高富帅球队，拥有数量最多的已发育球员，让向阳小学欣羡不已。他们装备高端，有人甚至穿的是真皮球鞋，引起向阳队一阵惊呼，比赛时没人敢去和他对脚，怕受伤。那时易北一直梦想有双真皮球鞋，这样在捅球的时候就不怕戳到脚趾，平时穿胶鞋只敢用脚背脚弓踢球。这时候杆杆就体现出价值，杆杆没有球鞋，通常赤脚上阵，所谓光脚的不怕穿鞋的，往往在气势上威慑住对方。

最神秘莫测的队还要数建设路小学，他们的队员皆为不可貌相之辈，能力和外表反差较大。一个短腿细手、比杆杆还矮的侏儒小子，跑起来飞快，两条腿像电动马达，变向无比灵活，盘带的时候像只老鼠在脚下乱窜，防起来令人十分恼火。一个高壮如牛的家伙，踢起球来却是个娘炮，完全无用。还有个其貌不扬、头重脚轻、体型畸形绰号"大头"的家伙，全场毫无作为，却在最后关键角球的时候，机敏地前插，纵身一跃，灵动地甩头攻门，绝杀了向阳小学，还给防守队员留个鹅丁包在头上。

每个小学都会带几个女生观战，平日看够了自家的女生，私下里大家都会赞扬对方学校的女生好看。几轮比赛后，大家把各小学的足球宝贝如数家珍——码头小学的梁小红，个子高挑，站在场边衣襟飘飘，像一根旗杆；实验小学的姚雯雯，打扮时髦，与小镇霉扑烂渣的气质格格不入；建设路小学的查晓曼，相貌平常而亲切，好像每个人都可以接近；瓦窑托小学的叶春梅，哦，叶春梅，这个小学抽不出女生了吗？

在绿茵场闯荡一番，大家得出结论，队员大多数还没有发育，体质上吃了大亏。好不容易熬到了六年级，以为变得强大，身体却没跟上节奏，让人十分郁闷。之后一段时间大家都进入了焦虑的状态，每天回家量身高，不停说话让大人听自己声音有没有变粗，洗澡的时候反复检查鸡鸡有没有长头发。这个状况一直持续到小学毕业也没有好转。大家就这样带着发育迟缓的焦躁不安，离开了学校。

大家暂且丢下黄葛井的时光，奔向辽阔而紧凑的未来。当时尘土飞扬，辨不出惊艳之处，等蹚过那段岁月后回首拂灰，也许才会发现那段日子真的是闪闪发光！但他们还年少，路还长。又是一年夏天，太阳的光线像针扎。茫溪河滩的水涨了又退，孩子们一拨一拨离开，只留下校门口卖麻辣烫的阿姨坚守岗位，看黄葛井潮起潮落。

天煞孤星

　　高中毕业后二肥没有考上大学，主要原因是：他没有考。他就近在建设路的化工厂当了工人。这让易北十分欣喜，倒不是嘲笑他的落魄，只因这意味着他随时回到家乡都能见到二肥，有二肥坐镇后方，家乡依旧是那个扎实而温暖的地方。大学是一个让人离开的机器，一旦卷入其中，除了被流水线加工一番，还要被贴上标签发往远方，遭遇异乡人的宿命。青春散逸各方后，总要有人留守阵地，大家才能漂泊得安稳。如果每个人的生命都有一个角色，那二肥的角色便是家乡忠实的守卫者。他不需要远方，也不需要大学。他注定是那一类永远守着家乡、陪着父母的人。他是当你失意归来，形容枯槁、茫然失措时，主动认出你并带你重回故里的朋友。

　　大一寒假易北回家。这天二肥正值中班，易北和一哥在麻辣烫店等至半夜。一哥像是一冬天没有理发，两鬓的毛发浓密得像戴了一个耳罩。有些发型只能专属一个人，比如白娘子的云鬓，比如一哥的耳罩。不得不说，这个发型很适合一哥，放在其他人头上难免滑稽，但一哥把它驾驭得浑然一体。易北表示这个经济型耳罩有助于耳朵的保暖，刚说完，一阵寒风袭来，绕着脖颈掠过，砭人肌骨，一哥忙把脖子缩进白色的羽绒服中，易北机警地打开他的诺基亚3110C抓拍，一哥木然的表情被定格在画面中。

二肥终于穿着一身吃灰的厂服出现，席卷来一阵刺鼻的化工厂酸臭味。二肥熟练地接过烟点上，他较之前又胖了些，头发稀疏，鼻翼上有泛红的油腻，但收敛了些憨态，举止间透着成年人的烟火气，长大就是那么一瞬间的事。由于晚到，二肥一个劲地填肚子，不断地把猪鞭往嘴里塞，听大家七嘴八舌地聊大学的逸事。话题引向大学的女生，大家兴致盎然。周围的人，有的进展神速，已初尝人事，有的在热恋，准备攻克最后一垒。易北突然想起那个女孩，没有联系方式，也不知她在何方，内心一阵暗淡，但终究藏在了心里。这时二肥已经七分饱意，抹了一下嘴巴的油渍，加入了话题的讨论。二肥告诉大家，他还没有尝过女人的滋味。

与学校里不同，社会上混的男人，少了女人的打磨，就像黑道上的人少了文身，虽不见得是必须，但茶余饭后的谈资里，酒过三巡的荤段子里，总是缺乏一股底气。这一股底气就叫二肥彻底泄了气，总觉得背后有嘲笑的眼光。他不断让身边的人给他介绍女朋友，对工厂里的女同事也加倍留意，经常光顾以前班上女同学的 QQ 空间，奈何女人们都退避三舍。二肥心烦意乱，身边又有同龄人每日鼓噪，平日里猪鞭吃了无数，精壮的身体禁不起这样的窝憋，长久的骚动，在此刻他喝下一杯酒后，到了必须爆发的时候。

但还未爆发，他就倒下了，因为他刚喝了一杯酒。其实大家都知道二肥是一杯倒，但没想到真的是一杯，而且真倒下了，不省人事那种。两人急忙把他送去医院，医生说他是酒精中毒，给他打点滴，两瓶过后，二肥醒了，拉着易北手啜泣着说："我是不是真的命犯天煞孤星？"一哥在旁一跺脚，说："不会的，我们走！"

夜色的掩护下，出租车快速奔向另一个城市。司机知道一行人来意后，变得很健谈，胡乱说起自己的风流往事，一身落拓不羁的气质便抖落出来。说起即将要去的地方，他更是如数家珍，说到兴头，猛转身对后座的二肥说，记得要讲价。二肥看到后视镜里的司机，似曾相识的感觉，却想不起来。他想可能同是性情中人，相由心生，不免觉得眼熟，也没多想。总之他们在省道上飞驰了一阵，一座夜色璀璨的新城便映入眼帘。司机一阵七拐八绕，不知来到了哪条暗街陋巷，街边灯光一下变幻了色调，暧昧起来，一看便知是野鸡流莺之地。车在一个橱窗停下，半掩的窗幔中，霓虹光线散射出来，里面有个女的寻着汽车熄火的声音迎出来，着装轻佻，一切昭然若揭。乘坐的出租车司机一眼便认出了那女的，试探性地喊出了一个名字。那女的身体一颤，努力保持着平静，说认错人了，转身便把二肥领了进去。

二肥做爱就像高铁进站，速度快。即便如此，易北在车上也如坐针毡，度日如年。易北问："有没有感觉过了很久？"一哥说："你看收音机的时间，也就几分钟。"车载收音机里主播已下班，放着不知名的流行歌曲，此刻听来更有靡靡之音的味道。易北说："为何我感觉如此漫长。"一哥深吸了一口烟，一副了然于胸的样子，说："洞中一日，世上千年。"说完，二肥丧着脸出来了。这沮丧一半是为自己的短暂，一半是快感后的空乏。男女之事就是个毒物，瘾来时穷情极欲的贪求，但盈满则亏，高潮后便是加倍的落寞。二肥如今终于有体会。回程的路上，大家追问二肥感受，二肥不语。司机却活泛起来，说那女是他年轻时的女朋友，没想到现在生活如此不堪，又想想自己并未好到哪儿去，不免一阵唏嘘。随后是一阵沉默，等大家再想起问二肥，二肥居然已经睡着了。

回来已是凌晨四点，这夜熬得太久，竟不知该算是夜已深邃，抑或是第二日为时尚早，是个尴尬的时分，一伙人索性约去二肥家打牌，以消残夜。这个城镇似乎永远有年轻人醒着，等待着召唤，在这个点，二肥居然约出来两个牌搭子。眼看凑齐四个，管他麻将、扑克，都够他们畅欢的，易北便如释重负般倒在床上睡了。

　　梦里他见到了爷爷。

　　以前过节，亲人四面八方聚拢。家里其实没几个小孩儿，但爷爷总是早早地去商店，拎几大瓶可乐，颤颤巍巍走过石桥。易北迎上去接过，告诉爷爷小孩儿不多，喝不了，他一听就来气了，说："就是要买弄多，就是要弄多。"爷爷奶奶晚年伶仃，子女不在身边，易北小时候去玩，日子久了想回家，奶奶总是孩子气般地硬要留他。爷爷要走的那年，奶奶心里特别不稳当。他睡午觉久了没动静，她就会紧张地大喊他名字，直到他举手示意，奶奶才放心下来。这种情况持续了很久，直到有一天，爷爷午睡得很沉，奶奶再也没有叫醒他。那是易北高二的时候。时隔两年，在易北的梦里，爷爷又活过来了。依稀是某个节庆，一大家子人又聚首老家，爷爷自然是高兴的，但依旧不流露，伴着亲人的喧哗，兀自坐在门槛上，想着自己的心事。饭后众人忙着要走，为了宽敞而卸下来的一块块门板，又被众人匆匆安上。爷爷便开始发火，埋怨着短暂易逝的团圆，惹得大家一阵黯然。易北内心也憋屈，心里的难受向周身扩散，最终变成身体上的压迫。他醒来时七点，身边多了四个人，两左两右，五个人并排横挤在床上，鼾声起伏。离开二肥家，易北走到建设路上，初春寒气料峭，透人心骨，他哆嗦了一下，街上有三轮车的叮当声，孤独而凛然。但晨曦的温度已经扬起了建设路上的第一粒灰尘，他看到远处的山峦披上红幕，今天又是个好天气。

今天确实是个好天气，而且是个好日子。正月二十四，外公生日。

不同于爷爷文人般的傲然风骨，在盐井上干了一辈子的外公，待人接物热情，前者清寡一生，后者市井一世。每年生日他都要办酒碗，杀猪宰羊，把远村近邻的亲朋都请遍，吃流水席。易北还记得小时候有一年杀羊，舅舅让易北帮忙按住羊腿，屠夫一刀封喉，羊的腿使劲蹬了几下，力道透过手掌传递到全身，易北不禁战栗了几下。舅舅吓唬他，逮了羊腿，晚上羊来找你，腿要痛！那天晚上易北果真梦见羊来踢他腿，第二天起床也感觉腰酸腿痛。

每年请的是同一个厨子，在那一带远近闻名。他做的菜易北年年吃，到后来易北不吃都能想象得出那个味道，但依旧百吃不厌。宾客众多，食材都是用大盆子装，可以躺个人进去洗澡那么大，里面盛满了生鸭子，脱完毛又白又肥，家里的猫刚下了小崽，闻香而来，扑向澡盆，各自咬住鸭身一角不放，上演一出群猫夺食，那场景简直是一部低配版的动物世界。外公坐在主人家一桌，从头吃到尾，别的桌翻台好几次，他那桌依旧是几个老友觥筹交错，碗筷碰得叮当响。

席间的菜肴也顶有特色，名震西南的甜烧白，那甜而不腻的肥肉、糯而不糊的米粒，是年年都叫人垂涎的。还有外酥里嫩的酥肉、味香汁浓的三鲜鱿鱼、色香味俱全的肉馅鸡蛋卷，都是乡肴中的必备，加之现成的皮脆肉嫩的甜皮鸭和黄鸡肉、豆腐干，让这一带的孩童从小就口味刁钻。其中一桌上，易北看到了火药枪一家人。小镇上的生活很难没有熟人，一些是麻将往来，一些是二七十往来，一些是抬头不见低头见的熟人，还有一些是多多少少的沾亲带故。走在小镇的街上，千万不要随意骂人，因为一不小心就骂到自家人。这天易北发现，细说来火药枪一家也算是远房亲戚。火药枪三十来岁，整天受糖尿病困扰。席间火药枪的妈妈黄阿姨小心翼翼地给儿子甄别着菜品，哪样能吃哪样不能吃。火药枪贪嘴，大块的甜烧白往嘴里送，黄阿姨一阵咒骂。火药枪来了气，用力扣下筷子说："吃饭有个屁用。"桌上顿时起了尴尬，众人忙劝慰，好一阵圆场后气氛才又活跃起来。火药枪却一个人默默进屋，取出针筒，注射一剂胰岛素。

七分醉意后，外公兴起，唱起歌谣。以往在电视上听人咿咿呀呀地唱曲，总是在那冗长婉转的音调间辨不清歌词，今天外公唱的民谣却分外清晰：

正月里采花无哟花采

二月间采花花哟正开

三月桃李树上开

四月菊花哟开满园

五月桃李满街摆

六月黄花是正在开

……

这是他年轻时候在盐井上歇工时唱的提神的歌，为夜班打起精神用。酒足饭饱后，外公邀人打二七十，把烘笼放在两腿间，交杂着暖意醉意，窸窸窣窣地洗牌。待到晚饭，余下的客人再聚餐一顿，才各自散去。

隔日，大约是为了易北户口问题，易北妈妈去社区开一个他妈是他妈的证明。街道办公室人头攒动。街道办主任老练地应付着各种前来求济的民众，有一句没一句地和易北妈周旋，像文人惜字如金一般，始终不肯将他的章落在证明文件上。这时门口出现一个人影，主任瞥见了，眼神一下变得机警，明显不同于往日工作中的涣散倦怠。易北妈从他的眼神里看到了复杂，表面强作镇静，背后却流露着几分惶恐和讨好，心想哪位大领导来让这个老油子现出了狗样，回头看一眼，原来是火药枪的妈妈黄阿姨。黄阿姨平时脾性温和，待人平易，不见有何凶煞之处。易北妈一向喜好看热闹，主动左右挤了一下，给夺路而来的黄阿姨腾出了个位置，等着看好戏。街道办主任驱赶群众不及，被黄阿姨抢先发言："都别走，人多最好。"说着顺手将门带上，疾步行至办公桌前。没等黄阿姨开口，主任苦着脸说："已经跟你说过很多遍了，名额没了，我也是照章办事。"黄阿姨也毫不含糊，二话不说，掀开了衣襟。除了街道办主任预先有准备，众人目光都躲闪不及，一颗硕大如球的乳房瞬间暴露出来，因为病变乳房肿胀显得畸形，由于动作幅度过大，乳房在胸口不停抖动。相比之下，另一只乳房干瘪下垂，被旁边的庞然大物挤占了原本属于自己的地盘，一大一小显得极不对称。"我也不怕笑话，我得这个病很久了，家有老小尚要吃饭，加上我这病，我娃儿糖尿病，花销大得很，一家人揭不开锅盖，主任你不要装疯，我不够这个低保资格，哪个够？哪个够？"大伙儿连忙避开视线，女同胞则报以同情，嘴里发出啧啧的惋惜声。有个中年男人，称自己多年行医，经验丰富，毫不避讳地谈论一番，被旁边的人嗤之以鼻，男人却自诩心正无邪。一番折腾后，事情也不了了之，大伙儿作鸟兽散。

三少爷的群架

　　三少爷终于上学了。他早听大人说过，要好好读书，考高分将来才能挣大钱，他们把读书考试和钱想得如此线性相关。三人成虎，说的人多了，他不觉沉浸在这种粗放的逻辑中，心系着高分迈进了大学校门。

　　小学报到的第一天，三少爷一眼便认出那个在河对岸放风筝的男娃儿。他叫易北，外表素净，如同他放的飞机风筝，没有一处闪光，浑身却流露出一种韧性。为了抢风筝的恩怨，两人在学校的后山约架。三少爷家境优渥，打之前，他提醒对方使出全力，彼此都别留情，不管谁把谁打翻，医药费他都出。对方第一次遇到如此耿直的兄弟，心生好感，表示不想打了。但是约好的架不打可惜了，他建议他俩一起去打别人。于是那天杆杆被莫名其妙地打了一顿，三少爷拧开水龙头让杆杆打湿后颈，把鼻血止住后，从衣服内兜里摸出五块钱给他，杆杆开心地把钱揣进内兜。那时候有内兜的衣服特别受欢迎，因为电影里的人都是从内兜里摸出抢，潇洒地点射。大家兴奋地让妈妈给自己的衣服缝内兜，只有三少爷的衣服买来就有内兜，且他摸出来的是钱，别人摸出的都是水浒卡。

茫溪河发源于井研县，慵懒不兴，徐徐而来，顺西南方向随山谷一路逶迤向前，在四望关汇合涌斯江，然后一同注入岷江。期间流经曾繁华一时的盐坊重地，茫溪河将此地一分为二，河水以北为北街，谓之工农街，河水以南为南街，由群力街和花盐街衔接而成，两岸的屋舍沿河而坐，依山傍水。清朝咸丰三年，太平天国运动风生水起，阻碍了淮盐进入两湖的通道，民食寡淡，盐课受震，清政府下令，"川粤盐斤入楚，无论商民，均许自行贩销。"此地遂盐业大兴。由于盛产花盐，故此街得名"花盐街"。抗战时期，沿海沦陷，川盐再次接济两广等地。加之国民政府将盐务总局搬迁至此，一时间各路志士名人，风云际会。一业兴，百业旺，家乡再次迎来无限的生机，文化昌明，建筑新式，商贾络绎，盛极一时。

可惜因盐成邑，盐去即衰。两次川盐济楚后，卸掉盐业卫国的历史使命，此地日渐没落，两岸业态凋敝，只留下一座座为风月啃噬的深宅大院，鉴证着昔日的辉煌。三少爷就住在北岸的一处老宅之中。这是一座清末古宅，穿斗结构，一根柱子就撑起了一个家的重量，像极了家里的父亲。他父亲略有书法造诣，门上一副对联便是出自他父亲之手，"且喜蜀中风景好，

桥滩春色似杭州"，正楷的字体遒劲有力，又灵动飘逸。宅子虽是个玲珑小四合院，中间天井不大，但因房屋朝南，靠山面水，一年四季天光尽收。易北家住茫溪河南岸，两人经常隔河呼喊，商量着去哪儿玩。

冬天河水很浅，喜得晴日，水面波光潋滟。昔日河道上运盐的船帆如织，如今只剩零星几叶扁舟。他划只小船来南岸接易北，有时一只鸬鹚站在船艄，机警地望着水面。船时常搁浅在河滩中央。他大声喊，我给你唱首歌《太阳怀孕》。易北大声问那是什么歌，他喊道，《月亮惹的祸》！然后就开始唱起来，鸭公般的嗓音回荡两岸；曲调随心所欲，漫无边际，易北在南岸也跟着唱和。那会儿流行听张宇，大街小巷都放着他的歌。总角少年，刻意压低还未发育的咿呀童音，模仿张宇的沙哑声音，以至于影响了后来嗓音的发育变声。

年末的时候每家都会做香肠，他会偷出两节，先是把香肠当双节棍，模仿李小龙乱打一通，累了便和易北一起在南岸烧烤，北岸的父亲发现了，望着他们没办法，只是隔岸骂几句。那时有种鞭炮叫春雷，威力无比，因响声震耳欲聋像平地一声春雷而得名。他们点燃一颗春雷，扔到河水里，它并不会熄灭，冒几股带青烟的泡泡，然后水中火光一闪，沉闷的一声震颤。之后静观水面，运气好的话就会有鱼浮上来。他们把鱼简单清理下，撒几撮盐，烤着吃。

饭饱后再划船去北岸三少爷家听歌。阳光穿过树叶的缝隙，折射出温柔的光圈落在地上。两人踩着青色的石阶，身姿洒脱，脚步随着逶迤的台阶雀跃而上，一口气爬了十来米，便到了家门口。三少爷房间的窗棂上是张明星海报，眉心处被戳了一个洞，光柱射进来，尘埃翻滚期间，明星成了一尊佛光普照的佛像。光柱的尽头照在一个木箱上，那是他的宝盒，里面很多磁带，一大堆水浒卡，和没开封的干脆面。他几乎把水浒卡集齐，就差一个宋江。全校都没有宋江，小卖部的干脆面卖了一箱又一箱，每个人取出卡片后，失望地把面扔掉，然后继续期待幸运女神的眷顾。他们把张宇的磁带放进 Walkman 里，就着光线，沉醉其中。张宇有首歌《蛋佬的棉袄》，讲述一个卖蛋为生的老人，寻找失散多年的亲人无果，旋律好听又小众，被两人视为经典。

他们听完张宇听 Beyond，听完 Beyond 听刘德华。他们讨论张宇和刘德华的唱腔，感觉两者唱腔有异曲同工之妙，都像是嘴里塞块馒头带点沙子发出来的声音，只不过张宇要加一点鼻子不通的感觉。他们听到很晚，直到工农街静得能听见细雨拍打屋瓦的声音。而老宅是静中取静的地方，正堂有两层，二楼长廊设有美人靠，两人凭栏冥思，瞭望夜色中对岸闪烁的人影，便有一种少年听雨歌楼上的意味。

小学二年级之前，三少爷冥顽不灵，花一天的时间也分不清数字大小写。有次考试偶然得高分，却不见老师给钱，遂对大人的谎言失望，最终放弃学习，整天带着班上的人和隔壁班干架。放学后老师把他留下补习，反复讲解后，被他的愚钝气得暴跳如雷，准备打他，突然看到他老爸伏在窗台上，一副看你敢不敢动手的样子，老师只好强忍怒火给他讲解，竖着的 1 就是小写，横着的一就是大写，他一笑，质疑老师为何此规律不适用于二和三，老师彻底宣布教学失败，改由老爸亲自辅导。结果那天老爸把他打了一顿。能在同学面前被老爸打是件很威风的事情，尤其是老爸解下皮带啪啪地抽在他身上，他的不动声色立刻俘获了全班学生的崇拜。

更让大家崇拜三少爷的是他的慈善事业。他在家排行老三，前面有两个姐姐，都无故夭折了，家里人众星捧月把他养大，习惯叫他三少爷。三少爷名叫宋宝，人如其名，他喜欢送财。家境殷实的他，手里有花不完的零花钱，经常给班里人发钱，班级的生活在他的广施恩泽下变得丰富滋润。班里同学最喜欢的项目，莫过于放学后去他家玩找钱的游戏。这个游戏每天会玩几轮，每一轮他把一块钱藏在房间的某个角落，让大家寻找，谁找到归谁。那段时间大家都喜欢去他家写作业，人数越来越多，戏码也在升级。终于有一天，他把十块钱藏在某个生僻的角落，十来个人发了疯似的把屋子掀了个底朝天，还毁坏了一些家电，这个精彩的项目终于在大人的干预下叫停。

二年级的一天，可能看中他在班里带头大哥的气质，抑或是确实没有人选，班主任突然把他叫到办公室，委以纪律委员的重任，问他有无信心。那一刻他感觉天降大任，像小鸡碰到蚯蚓，拼命地点头。一股强烈的责任感轰然而至，逼迫他换一种有效方式来彰显自己的大哥地位，最好的方式，便是学习好。那会易北已经担任班长，老师让易北一个学期内帮助他快速提升学习成绩。

首先要解决作文的问题。老师让写去买菜的作文，他写道："我到菜市场问白菜多少钱一斤？老板说2元一斤。我问老板5元两斤卖不卖？"字里行间，三少爷的豪气挥洒得淋漓尽致。老师一阵恍惚才发现其中的荒谬，把它作为反面教材在全班朗读。起初台下一边死寂，没有预料中的笑声，老师顿时尴尬，解释一通其中荒唐的逻辑，台下顿时哄堂大笑。他被罚到走廊上站着，易北负责给他辅导作文。他一边吃着干脆面，一边念着作文，把味精沫喷得易北一脸。作为报答，他会把手中重复的水浒卡给易北。此时天空黑云压城，妖风四起，他的白色背心被吹得鼓胀起来，露出半截没有乳头的胸脯，丑陋无比。

他那颗乳头丢在了学校后山的山坡。一次踢完球，他和易北决定飙自行车下山坡。车没有后座，他坐在前杠，易北双手环过他，握在车闸的位置。水泥地的山坡，陡峭光滑，自行车滑行一段时间后跑得飞快，两人异常兴奋，大喊大叫，其他人也纷纷助威。速度越来越快，车轮高频响动，车身开始飘忽起来，易北心慌，开始握紧双手，三少爷大喊："别刹车！"眼见车已不受控制，易北猛地刹车，只听见嘣的一声，众人惊呼，后刹线断了，唯独前轮突然被制动，自行车往前翻起。两人鱼跃般地飞了出去。如老师所愿，三少爷确实迎头赶上了，他超越了易北，落地时恰巧三少爷垫着易北，在地上滑行了一段距离。起身的时候，他球衣已磨烂，胸口血红一片，众人忙拭去血水，却不见左边的乳头。旁边有人惊恐地说，三少爷以后没法生小孩了，也有人说，乳头会重新长出来。他身上的零花钱足够他去医院做个简单的包扎，本想瞒天过海，只是晚上洗澡，热水碰到伤口，他撕心裂肺的叫声还是在父母面前露了馅。

易北一直给三少爷辅导至放学，此时已雷雨大作，两人奔向校车。易北老爸上班的工厂内职工小孩众多，且集中住在单位宿舍，厂里配了一辆校车，负责接送单位的孩子上下学。这在当时的镇上是出了名好福利，中巴车驰骋在逼仄的213国道上，走路回家的学生时常投来欣羡的眼光。司机师傅偶尔发善心把沿路的孩子捡上车，上车的小孩像是接受了莫大的恩惠，总显得羞赧。加之司机师傅艺高人胆大，看见前方骑车的小孩儿，会用车头轻轻触碰自行车屁股，吓得前面小孩儿飞快地蹬车，把大家逗笑。这一切带给全车小孩儿莫大的优越感，感觉只要坐上这辆校车，就所向无敌，无所畏惧。正是这种傲慢，这天让他们闯了大祸。

易北邀请三少爷去他家吃饭，两人随人潮鱼贯上了校车。车上大伙脱下的雨具乱作一团，溅起的水打湿了车座。有人书包落到了湿漉漉的地上，发出怪叫；有人手中水浒卡被碰掉，落在地上打湿，发生争吵。校车内瞬间炸开了锅。司机一边催人关门，一边点火。汽车一路溅着水花飞驰，在经过两河口的时候，看着一群在校门口狼狈不堪的小孩儿，全车人兴奋地探出头异口同声地骂："哈雀儿，淋雨活该。"对方回骂，毫不示弱。就在短暂交错的几秒，双方的对骂让大雨黯然失声。

他们嘲笑的那所小学叫河口小学，是全镇最差的学校，楼房斑驳，场地坑洼，设施简陋，生源紧张，就连校门口的豆浆都要更难喝一点。小人物之间总是通过相互的嫌弃来慰藉廉价的自尊。本来就寥落的小镇，相同境遇和同属底层的命运并没有使大家抱团取暖，相反，在生活的细节中充斥着互相践踏。他们万万没想到，在那群被骂的人当中，有一双眼睛恶狠狠地盯着他们，他是河口小学第一扛把子——东洋刀。东洋刀彼时已经是远近闻名的恶霸，势力极强，是河口小学校园黑势力的中心，全校学生都听他调动，他每一句煽动的话都可以快速传遍整个学校的神经末梢。他在外惹是生非，家人对他深恶痛绝，连亲手带大他的奶奶，也曾几次主动报警把孙子抓起来。

夏日的暴雨就像一场高潮，来去都快。阳光转眼就撕破了乌云，地上的雨水被烤干，小镇很快又蒸腾着滚滚热浪，只有河里的洪水还昭示着刚才的大雨。三少爷、易北，还有单位楼里的几个小孩，在大院里踢球。他们约定输赢的彩头是水浒卡。三少爷光着脚带球，连过三人，把球射进拖鞋摆成的球门，大家都围着他庆祝，欢呼雀跃。一旁人声鼎沸，发出的音量与现场人数明显不匹配，他才意识到，这么大的声音是来自工厂大门。

河口小学一个年级只有一个班，一个班30个人，加上学前班，全校 200 多人，倾巢而来。他们推着自行车，许多不会骑车的低年级小孩就坐在后座。热空气在抖动扭曲，三少爷看不清他们的脸，只感觉到腾腾杀气，随着哐当当的自行车队逼来，当中一个小孩儿突然指着他们对东洋刀说，就是他们骂的。东洋刀大喊一声，人群黑压压地冲过来。

易北捏紧了拳头，大喊一声："上！"迎着人群走去，走到一半突然发现只有自己一个人在向前，转身喊："快跑！"几个人遂跑向院内，引来后面乌泱泱一群人。奈何人腿不敌车轮，很快他们就被追上，三少爷指着一旁的校车说："快上！"几人疾步跳上了校车，熟练地关上车门和车窗。

一阵刺耳的金属碰撞声，人群纷纷把自行车摔在地上，两百多号人密密匝匝围住了车。车对小学生来说太高，对方够不着车窗，所以堵住车门是他们唯一的措施。东洋刀带人不停地踹车门，一股股力透过车门落在几人背上。车上有人开始哭，三少爷透过车窗喊话，表示想花钱了事，被对方嗤之以鼻。这时人群开始聚集到车一边，东洋刀喊着口号，所有人有节奏地推，车开始剧烈摇晃。三少爷往前一个趔趄，气急败坏地站定，说："我们数一二三冲下去决一死战，大不了再废我一边乳头！"

人类一直在找寻控制时间的方法，以实现时光穿越、长生不老之类的妄想。而时间是很主观的意识，在特定的环境，人会因心境的变化而对时间产生微妙的掌控。就在倒数的三秒钟，三少爷感觉到了这样一个美妙的时刻。他听到肾上腺素被蒸发到空气中的呲呲声，人群的喊骂声降低了频率，低沉怪气。他清晰地看见大家面部表情的细节，每块肌肉的抽动，皮肤的褶皱，汗水缓缓滴落在地上，发出声响。时间像涂上了胶水，黏稠凝固，口中的"一二三"被无限拉长，低频缓慢。这三秒很长很长，长到他似乎走完了一生，从历历往事，到未经的将来，所有的画面变得真实客观。他感到全身黏糊糊的，充满潮气，不停哭叫，一群人围着他笑。他坐在自行车后座，妈妈的头发迎风打在脸上，有皂角的香味。他在河边伸手去够对岸飘来的风筝，差点就抓到那摇摇欲坠的家伙。他走下青石台阶，在茫溪河上划着船，他看到自己从自行车上俯冲出去，被卷入了浪涛里，水花呛入肺中，一点点窒息，之后就再也没有画面。为什么之后就没有画面了，他不得而知，他只感觉自己越来越难受，意识越来越模糊。

瞬间时空变幻，大家喊出最后一声，三少爷回过神，猛地一闪，车门随即松开了一个缝，众人大喊"冲啊"，顷刻间，两队人马在车门口碰撞起来，火光四溅。对方声势浩荡，外圈的人层层压近，里层的人鱼贯而入，并不断有拳头落下，寡不敌众的他们很快被逼到了车尾，一片惨叫。"开窗开窗！"三少爷大喊。他们一边招架来势汹汹的敌人，一边拉开窗户，准备夺窗而逃。对方的人通风报信，于是一拨人立马转移至车窗下等候。但管不了那么多，三少爷决定第一个跳，让下面的人给自己当肉垫。他猫着腰，头在前跃出了车窗，控制自己的方向朝人多的地方砸去，心想压死几个算几个。但马上他就意识到自己的愚蠢和众人的机智，他刚飞出窗，地面就闪开一大片空当。三少爷再次迎头赶上了，他落地时痛苦地惨叫，抬起头时已经掉了半颗门牙。对方被他的惨状惊到，竟没有人上前。大人像香港警匪片里的警察一样姗姗来迟。工厂守门的大爷闻声赶来，几声呵斥就把一群小孩儿给轰走了。临走时东洋刀歪着脑袋说："改天弄死你们！"便跳上了自行车。

事情很快就在学校传开，怕东洋刀带人来报复，大家都提心吊胆地过日子。火药枪已经上六年级，自称是学校里老大，平时大家懒得理他，这个时候大家一致认为必须要给他这个名分，怂恿他出战。听说火药枪上次在东洋刀面前怂过，怕他这次又掉链子，三少爷出钱在校门口请他吃了一顿饱饱的麻辣烫，外加一碗冰粉，最终他同意和东洋刀谈判。三少爷说："你是老大，不要怂，能谈就谈，不能谈你就和他单挑。"火药枪问："他不同意单挑怎么办？"三少爷说："不能单挑你就群挑他们，你的医药费我出，别怕。"火药枪说："老子有火药枪，怕锤子！"

校门口的黄葛树巨大参天，火药枪和东洋刀站在下面显得异常渺小。大家在教室走廊上焦急地眺望。许久，他们俩都没动作，杆杆等不及，咚咚咚地跑下楼打探情报。终于，大家远远望见火药枪从衣兜里摸出东西给东洋刀。"快看，火药枪在给钱！"易北指着远处说。三少爷嘴角露起一丝诡笑，说："这就对了，钱能解决的问题，何必打打杀杀。"火药枪终归老道，大家暗喜选对了老大。突然，东洋刀也摸出了一些钱给火药枪。大家顿时炸开了锅，不明所以地议论着。有人说："他们已经议和了，在换零钱准备去打电子游戏。"有人更激动地说："看见没，东洋刀给的钱多些，东洋刀在示弱。"在大家的欢呼中，杆杆气喘吁吁跑上楼说："哦，那个鬼迷日眼的火药枪在和东洋刀交换水浒卡！"原来在谈判中，东洋刀表示这场架一定会打，他不会给面子，不过听说火药枪有宋江，他表示自己可以用其他卡跟他换，保证到时候不打他。就这样，火药枪再一次出卖了大家。

这场架约在周末校门口的河滩上。

决战来临之前，两边的人忙着纠结势力，镇上沾亲带故的小青年都被游说，有些两边都有渊源的人，不得不临时站队，这时候三少爷就不遗余力地挥洒财力。就这样，决战首夜，三少爷的屋子里聚集了一屋子的外援。屋里烟雾缭绕，背景放着《古惑仔》的音乐，高潮部分大家一起用蹩脚的粤语唱：刀光剑影，让我闯为社团显本领。兄弟们，我来介绍，三少爷站起来，把人一个个从地上领起来，这是建设路小学的二肥，这是码头小学的一哥，这是实验小学的胎毛，胎毛的爸爸是补胎的，他们店叫胎神补胎，大家车胎破了记得去照顾生意……各学校的高手都被宋宝招揽，群英荟萃。最后他说，这是我们学校的王旭东，但他已经不读书了。大家的眼光突然都落在这人身上。他就是曾经和易北打过架的隔壁班的王旭东。当时两人在后山踢球起了争执，针锋相对，双方剑拔弩张，相互说着当地小青年发生摩擦时的经典台词"你要爪子"，这句方言翻译成台湾话更好懂些，叫"你到底想怎样"。当对方把唾沫星子飞到易北脸上时，他先发制人擎住对方颈项，用脚猛扫对方下盘，想撂倒对方，不料对方稳如磐石，迅速反杀了他，最后又是三少爷出钱才摆平此事。不得不说，王旭东确实是个打架的好材料，还没发育的身体，已然是一副宽大的骨架，高出众人半头，拳头硬，打架之前会把手指捏得啪啪响。他在学校打架战无不胜，高年级都不是他对手，悉数败阵。

比起利益与权力互换的当下，那真是一个好年代，原始的力量得到推崇，有看得见的公平，只要你勇敢地站出来，谁都有凭实力征服众人的机会。那时，像三少爷这样有钱的并不是大哥，像王旭东这样打架厉害的才是老大。可惜眼看打败最后一个火药枪，就能当学校老大时，学校开除了王旭东，才让火药枪苟且以老大自居。

王旭东站起来说，我是王旭东，但请大家叫我王鬼东。房间里瞬间此起彼落的"王鬼东"喊不停，王鬼东笑了。码头小学的一哥说："我已经收买了对方一些人，他们混在对方当中，动手的时候我会和他们做做样子，到时候请大家不要帮我，以免打到自己人。"大家纷纷赞叹一哥的智慧。建设路小学的二肥不甘示弱，说道："明天我会藏一把刀在裤子里，要是东洋刀拿出他的东洋刀，我就摸出刀和他对杀。"二肥声调亢奋，瞳仁闪着火光。众人听了一阵惊叹。

大家激动成一片,三少爷示意大家压低声音,然后在众人的注视下,从箱子里摸出一捆两指粗的钞票,易北赫然看到面上是一张五十的,差点叫出声。三少爷说,今天先给大家一部分,明天战胜东洋刀后,再给剩下的。当晚雷雨交加,有些好战分子躁动不已,有些准备看热闹的兴奋难耐,有些因为骂人而惹祸上身的焦虑不安。总之,全城无眠。

周六的上午晴空万里,昨夜的暴雨拍起了茫溪河底的淤泥,夹带腥味的洪水在滚滚奔腾。三少爷赶去学校路上,碰到迎面而来的易北,二肥裤子里的刀没挂好,走路的时候划了屁股一刀,他正忙着去买创可贴。转过黄葛井的路口,三少爷看到校门口黑压压的人群。中午时分,两队人马如约到齐。对方来了几个初中的娃,有人手里持着铁锤,在空中乱舞着试分量。相比之下,宋宝这边个头小了一截,唯一鹤立鸡群的是易北喊来的春娃,但他目光呆滞,缺乏杀气,好在人数占优,加上二肥裤子里的那把刀罩着,大家显得很有气势。

但问题来了,昨夜发水,河滩被淹,战场没了。大家堵在校门口的213国道上,每经过一辆货车,人群便骚动出一条道,随后又合拢,反复几次后,双方都有些为难。烈日当头,每个人的额头都渗着汗珠子,人心开始涣散。对方有人提议不打了,被东洋刀臭骂一顿,又黯然地退了回去。抱怨的人越来越多,杆杆说家里还有点农活,先回家一趟。另外一个人怯弱地说他作业没做完。人群开始窃窃私语，三少爷听见有人在约待会儿打电子游戏，渐渐地议论声音大了起来，场面变得尴尬。夏日的风间或拂过，黄葛树投下的巨大阴影在国道上摇曳，路边的石牌上红色漆刷出醒目的"213"三个数字，由于漆太重，1和3连在了一起。现在大家都站在路面开裂的213国道上，因被束缚了暴力而显得很傻。突然，刚被东洋刀骂的家伙又站出来，对东洋刀小声耳语说："快三点钟了。"东洋刀大喊："你妈，差点忘了，回家。"

　　小镇的电视台内容匮乏，收视率低，为了创收，平时除播一些领导视察化工厂的新闻和壮阳药广告外，还设置了点播节目。点播节目在下午时段，小孩会趁家长不注意，拿起家里电话拨打屏幕上的号码，根据提示熟练地点播动画片。那一阵在缴费营业厅经常出现这一幕，大人拿到账单惊呼一声，然后把旁边的小孩痛打一顿。点击率最高的动画是《数码宝贝》，易北和杆杆时常约在三少爷家，刚开始三少爷偷打电话，后来被发现，挨过几次打，他爸把电话锁在了自己房间，他们只好守着电视，等着某个神秘人物的赏赐。在无人点播的时候，背景音乐会一直循环蔡琴的歌声，"像一阵细雨洒落我心底"，他们就这样等着，有时候内心被细雨滴落了一下午，快滴透了，才看得上一集《数码宝贝》。东洋刀可就幸福多了，他让每个小弟轮流给他点播，今天的点播定在下午三点，时间差不多了，东洋刀急匆匆地推动自行车，屁股一腾便跳了上去。于是大家开心地散伙。

东洋刀再没提起约架的事情，消弭了一段时间。后来，三少爷请他打电子游戏，大家冰释前嫌。再后来，三少爷和东洋刀混在了一起，他们到处游泳，田边的水沟、山里的水库、茫溪河、涌斯江，最后准备去大河坝。易北听后大呼，敢去大河坝游？小心被淹死！

而在命运跌宕、生死随机的小镇，任何的坏话都可能一语成谶。

美丽的麻花辫

　　好像有神助，易北开始在学校各个地方碰到那女孩，在食堂、选修课、商业街、自习室，在校门口卖蛋烘糕的小摊上，甚至有次尿急，他跑错厕所，在女厕所也碰到了她。每周二的英语课，他们俩的课正好在同一个教室前后接着。易北下课她上课的间隙，他会在教室门口不经意遇见她，说几句话，她总冷淡地扭开头，有一句没一句地回。她身边有个女生，扎两条马尾，在一旁笑。她身上有特有的香味，仿佛为她一人量身定制的香水，能够和其他女生区别开来。易北每次闻到这香味，仿佛断掉的钨丝灯泡被疏通了电路，内心变得敞亮欢快，她淡然的态度带给他的黯然也一扫而光。她在医学院读护理专业，易北习惯用"小护士"称呼她。每次遇见她都和好几个女同学一起，他找不到合适的机会要电话号码。

　　大学真是个拉开差距的地方，有些男生，脸皮跟鳄鱼皮一样厚，钢筋都戳不破，见到喜欢的就饿虎扑食般冲上去。对漂亮女生死缠烂打，像夏天头顶挥之不去的蚊子，一直要尝到肉味才肯罢休，面对这样老练的男生，再矜持的女生也难免沦陷。而易北还处于生性羞怯、拙于言表的阶段，他的路还很长。但他必须加快成长，进步的速度一定要超过好姑娘沦陷的速度，才能避免在炮火纷飞的年代沦为二炮手。

　　班里男生得知他喜欢小护士，怂恿他要电话。这就像一群女人怂恿一个女人买下心仪的包包，大肆的鼓动，把氛围营造得好像这件事跟所有人有关，但最终还是要买东西的人自己决心掏出腰包。易北还是需要自己面对这一关。这周英语课，易北和小护士又在走廊上碰到，再次和她的电话号码失之交臂。他懊恼到了极点，痛定思痛，下次再遇到，他会写个字条，前面是"电话号码"四个字，后面是一条横线，他要厚着脸皮让对方像做填空题一样把号码填进去。他计划下周的英语课执行这个计划，但计划再次泡汤，突如其来的"5·12"地震让全校停课，能碰到小护士的机会微乎其微。

　　那天正在上课，不知何处传来轰鸣声，墙上的投影剧烈晃动，歪成了四十五度。等反应过来是地震，楼道的人已哀号一片。脱险后，易北给亲朋好友发信息报平安，但最想联系的那个人，竟然没有号码。他懊悔自己的胆怯。之后几天信号很差，仿佛随着无数的屋舍一起崩塌了，发出的短信都石沉大海，电话也时常打不通。天空绵雨淅沥，余震不断，学校禁止大家回宿舍，各处都是露宿屋檐的学生。食堂结构牢固，里面挤满了学生，但随着余震一次次反复袭来。易北和几个同学扛着硬纸壳，四处寻找干燥的地方，第二天睡醒后离开，地盘很快被别人占据，晚上又重新找地方。大家就这样随处流浪着，校园里涌动着一股不用上课的兴奋，只是看到食堂电视里的新闻画面，又不禁潸然泪下。易北白天没事就去医学院宿舍附近转，用手机刷校内网，终于成功地把手机电耗尽。

这天夜里没有下雨，学院组织大家到操场去露宿。球场人潮汹涌，高耸的灯光把人群照得苍白，有情侣搭起了帐篷，周围人欣羡不已。易北不经意看了那女的一眼，一旁男的立马警觉，随后嘴角轻浮一笑，然后吻了一下女孩的唇，瞥了眼易北，得意的眼神宣示着主权。易北赶紧躲开目光，并不是被羡煞到，只是不忍再看这对男女丑陋的摆弄。老实说，那女的外表普通，男的也属于绝对安全的长相，而往往这样的搭配，才异常稳固，风雨无阻，像茫溪河边的野草，无须经营，旱涝保收。反倒是那些俊男靓女，隔段时间，旁边就换人了，在学校一时青春贪欢尚可，出了社会，在这种朝不保夕的感情里浮沉，人难免经历命运菲薄的悲剧。他又想起了小护士，她如今在干什么，是不是也和他男友在这操场的某一角，远处那顶在夜风习习中耸动的帐篷，是不是就是他们呢？易北不禁内心痛了一下。远处辅导员带着一个女生，捡着人群的缝隙，曲曲折折地朝易北走来。近看原来是查晓曼。她一脸的憔悴，黑黑的眼窝子像是被烟熏了，

惹人生悯。

易北愣愣地看着她，很长时间没有说话，就像愣神时不想被人打扰。他不相信自己的眼睛，直到低头看到那一对精巧的鞋带，才回过神。查晓曼突然抱住易北哭了起来，周围的人权当他们是灾后重逢的情侣，纷纷鼓起掌，远处的人不明所以，也跟着鼓掌，顷刻整个操场都掌声雷动。

原来地震第一天，查晓曼看到新闻里的惨景，立即托旅行社的同事帮忙，跳上了一辆前往灾区的车。汽车碾着乱石，一路颠簸，途中她好奇地掀开了车窗帘，路旁放着的尸体，用草席裹着，触目惊心。汽车躲过一处山体滑坡的险路，下一秒一块大石头就滚下来，正好击中后面一辆货车。到达灾区，她强忍着悲痛做了两天义工，晚上睡觉全是骇人的梦境。由于缺水，大部分时候都是把泡面当干脆面吃。到了第三天，看到一个被钢筋穿破头的遇难者，她吐出了一摊泡面，开始大哭起来。决心不能再添乱帮倒忙，她赶紧返回了成都。期间她一直联系不到易北，发现他手机关机，心急之下就来学校找他。

两人在学校里走着，或许是街灯的粉饰，此时她脸上气色好些了，眼底荡出了往日的水灵劲儿，话也多了起来。她跟他讲一路上的见闻。去灾区的车上，有个大姐和晓曼聊天。她从衣兜里小心拿出一张泛旧的全家福，指着上面泪渍斑斑的人头介绍说："这是我的丈夫，他在县里机关工作；这是我的大儿子，在县里上初中；这个是小女儿，也在县里上学，很调皮呢。"

大姐抚摸着照片，停顿了片刻，又说："他们都不在了，我这次回去就是料理后事。"这个可怜的母亲和妻子，她说话全程都在坚强地微笑，车上一行人都泣不成声。说到这里，晓曼开始轻声地抽泣，而一旁的易北早已安静地淌着泪。"你们学校呢，伤亡情况如何？"晓曼整理了心情，向易北问道。"没什么，只有一个受伤的，腿断了，自己跳窗户摔的。"说完两人都乐了。

有飞蛾在绕着橘色的霓虹打转，扑在灯罩上沙沙地响，路边袭来一阵的夜来香，沁人心骨。树上有夜莺在叫，低矮树枝上隐约可见它闪动的身影。树木枝叶扶疏，灯光从叶间筛下来，光柱交错，在地面留下星星点点，两人前方的路恍如仙境。易北从来没有发现校园这么美。这场灾难平息了往日校园的焦躁，课停了，生活节奏慢了，学生活动也偃息，连树林里的摩挲声这两日都消停了些，大家开始重新思考生活的含义。

"你以后有什么打算呢？"易北问。"我能有什么打算呀！在成都买个房子啊，然后找个人结婚啊，要找个有钱的。"说着晓曼咧开嘴朝易北笑。易北本以为她会说一些"珍惜当下，岁月安好"的话，冷不防被这样的现实当头一击。那些在余震不断的麻将桌上泰然自若的人，是因为震前就每天雀声四起，他们对于生活的无忧贯穿始终，却被误读为灾后对人生新的领悟。而那些奔波的人，前前后后依旧劳碌，再大的风浪面前也不敢放慢脚步，查晓曼大约就是这类人。易北大概还不能体会，一个吃过苦的女孩子在物质上的焦虑，怎会因一场天灾就瓦解。

但他也并不反感，因为这个人是查晓曼，她知道如何漂亮地绑紧自己的鞋带，肯定也知道如何优雅地设定未来的生活，她的每个选择都有她的道理，就像小学的课本，每一句话都可以画条线，让你说出它的道理，要是你说不出，那便是你没道理。同样的年纪，晓曼对于生活的成熟练达让易北相形见绌。只是易北依旧有顾虑。

"要是他不喜欢你或你不喜欢他怎么办？"易北问。"以前想要又帅又有钱又喜欢我的，现在放宽条件，哈哈，天下所有的好不能一个人都占啦，懂吗？""懂得。"易北说。晓曼接着说："人总要妥协。以前喜欢买白T恤，惹一点灰都要反复洗，时间久了，粘上污渍也懒得去管它。再后来，干脆就买件经脏的深色衣服，省得经常洗。人也一样，刚开始的时候一心寻找那个心动的人，他叹口气你的全世界都会下雨。日子久了，就算全世界下雨你也懒得撑把伞给他。再后来，你索性找有钱的，自带三百平屋檐，管他情不情爱不爱，就算吵架也是在遮风避雨的温室里闹腾，余生也省心不少。这世间的人和物啊，大抵都是如此。"

之后很长时间，易北都没再遇到小护士。如同无数生命被这场地震夺走，他俩的缘分似乎也被这场灾难耗尽。这天易北接到了一个陌生电话，一听是一哥，他说他在来成都的火车上。

起因是这样，她女朋友发现他电脑里有其他女生照片，整整一个压缩包，尺度很大。这个东北女人不一般，动口又动手，一气之下，一哥跳上了长春开往成都的火车。用他的话说，一是散心，二是慰问灾区人民。易北问他为何劈腿，一哥说："那瓜婆娘懂个毬，那是毛片封面。"

易北对一哥来成都表示怀疑。一哥说话不容易兑现。中学时打牌输钱都是欠账，一直欠到发过年压岁钱才还。但这次一哥真来了。四十八个小时，两天两夜，站票，到的时候脸上油腻得像抹了几层猪油。他从火车北站的人群中灰头土脸地钻出来，依旧保留着冬天的耳罩发型，耳发盖住耳朵，把两边脸颊闷出豆大的汗珠。一哥说东北风大，头发随时都是飞扬的姿态，不觉得热，且东北太阳大，头发长一点可以当太阳帽，没想到这顶帽子一到成都就让自己变成傻帽了。他的衣服像在火车上反复被捂出汗再被身体捂干，留下许多汗渍和折皱。腿上是一条丝滑宽松的篮球裤，没过膝盖。如果说大学后大家真正开始了各自的道路，有的人漫步于林荫小道，有的人走上了康庄大道，甚至有些人开始步入歪门邪道，那一哥，一定走的是机耕道。

公交车上，面粉挤成饼干，饼干又挤成面粉，他们怀着他乡遇故知的欢喜，一路颠簸着回学校。一小时后，公车呼哧一声停在校门口。暑热逼人，空气在车水马龙间晃动，一哥主动提出请易北去星巴克坐坐。推开玻璃门，凉风拂面，人顿时精神了许多。平日里大家生活费紧张，一哥在谈恋爱，花销自然不小，从他朴实的着装上可见一斑，所以当他反客为主，请易北去星巴克，易北内心满是感动。但很快易北意识到自己的自作多情。一哥没有点东西，径直走向了一张空桌子。他说坐坐，就真的只是坐坐。易北表示不好意思干坐着，想起身离开。一哥机警环顾四周，从书包快速拿出两个星巴克的杯子，其中一个推向易北，动作一气呵成。杯子触及桌面时有清脆的叮咚声，易北确定是空杯子，汗颜得环顾四周，最后目光落在一哥狡诈的脸上。

一哥说："书包里还有肯德基、麦当劳、德克士。"

易北问："你准备玩多久？"

"不玩了，开始融入社会。"

"什么意思？"

"实话说吧，我被学校开除了，准备在成都找工作。"

"为何？"

一哥沉默了。易北想从他躲闪的眼神中捕捉答案，但转念便随他去了。

"你可以暂时住我宿舍，每天经过门卫时低调些，就不会被发现。"

一哥说："好！"

易北把查晓曼约出来，三个人一起吃了顿火锅。他们聊起了初中的生活，聊二肥的 BP 机，聊校花梁小红的追求者，聊一哥的摩托车，聊晓曼指数型的颜值提升，聊易北淡淡的存在。

聊到服务员都加第五次汤底了，才意犹未尽地散了。

大一上学期的期末考试，易北一战成名，他名列前茅的成绩和耿直的人品，惊动了高年级。很快有补考的师兄和他取得联系。几顿酒肉之后，Q哥成功预定了下次考试他旁边的座位。

Q哥其实挺喜欢学习，经常去听各种讲座，他一边悄悄百度，一边滔滔不绝地给旁边的女同学科普，但终觉荒废了专业课，不得不求助易北。易北并非德艺双馨的人，但对于作弊这种手段也是反感的，他之所以答应，并不是为了别人往他饭卡里充一两周伙食费，而是想享受支配别人命运的权力感。试想考场上有双摇尾乞怜般的眼神央求着你，你不过施舍一小撮才华，就能如神一般主宰他命运，闲暇间还能检查一遍自己的试卷，这种游刃有余的操作带来的成就感，多么酷爽。

为了不辱使命，易北又开始去自习室。夏天自习是考验意志的事情，到处都是摄人魂魄的肉色，走在路上有白花花的大腿，室内有一片滚圆的胳膊和白皙的脖颈，怎能不扰人心智？但易北驾驭住了妄念，每天猫在自习室角落，用教科书的章节当日历，倒数着期末考试的日子。他开始找回高中时代的专注，有时候埋在课本里一天都忘了吃饭，只是偶尔会想起小护士。在几万的人海里，丢掉一个人，想凭运气再遇见她，几乎是不可能的。就像钓鱼，失手跑掉一条鱼，再想钓上同一条是不大可能的。大概率的结果是，你会钓到其他的鱼，而且可能钓很多条，在湖光山色的垂钓中，慢慢忘记那条鱼。

夏天湿热，教室里没有空调，几排吊扇整天吃力地搅动着黏稠的空气。午睡的时候脸枕在手臂上，醒来会是一片红印，上面是滑腻的汗水和隐隐的痱子。等熬到傍晚，天气透出点凉爽，易北才会到人工湖散步去。这天傍晚，天空乌云压得很低，近地面有凉风在空旷的广场上回旋，雨水呼之欲出。成都有两种天气最宝贵，冬日连阴后的暖阳，夏日久旱后的雨霖。很快一场阵雨平息了溽热，雷电过后，空气异常清新。易北在长桥上站了一会儿，让零星的雨点落在肩膀上。湖边的荷叶肥嫩，绿得像裹了层油。这个时间湖里的鱼都出来活动，聚在荷叶下方，乌泱泱一片，眨巴着嘴巴。这些鱼游在水里挺好看，端上桌就不然了，每天中午食堂就供应这些鱼，饲料喂养的鱼肉死绵绵的，全靠卖相骗个一次性买卖。等全校的学生都尝过一遍后，这湖里的鱼估计就安全了。

趁着夜凉心静，易北回到教室做习题。正埋头苦算，有对情侣捧着电脑看电影，不小心扯掉了耳机，一阵喇叭聒噪惹得教室里啧啧声一片，易北抬起头，发现那女孩儿正坐在前面。没错，就是小护士，虽是背影，但那两根辫子搭在肩膀上，跟他印象中的画面完美重合，连发梢略微的分岔都如出一辙，恍如昨日。他甚至怀疑这段时间女孩没有洗头，每天拖着脏辫子翘首以盼，生怕他在人海中没认出自己。

易北脑海中响起郑智化的那首《麻花辫子》，那是小时候每晚守着点歌台的必听曲目，为了听这歌，他要忍受《纤夫的爱》《大花轿》之类的曲目，最终盼来《麻花辫子》，郑智化沧桑的嗓音唱得小易北满心忧郁，尤其是 MV 十分良心，不是海底世界，不是比基尼美女打把伞随意走一走，是真正的 MV，这在当时盗版猖獗的地方电视台十分罕见。MV 中郑智化扮演的残疾人手持信物，在民国风的街头，遇到童年时曾海誓山盟的麻花辫女生，奈何沧海桑田，物是人非，最终两人陌然殊途。易北每次看到这剧情便伤心不已。但此刻眼前的女孩如此真实，没有身份的悬殊，没有距离的阻隔，触手可及。但他还是需要一个正面的确认。他拍了下她的肩膀，她转过头，露出惊喜的表情。米白色大领口下的胸脯，随着呼吸温柔地起伏。

再次相遇，双方都有久别重逢的喜悦。这次他终于迈出了勇敢的一步，具体经过他已记不得，但这已不重要。青春就是这样，任凭当时多么缠绵深刻的情愫，多年后回忆起来，竟都变得语焉不详。总之，他要到了她的手机号码，表达了他的心意。那一刻起，像一滴水打破平静的海面，从此日升日落，潮涨潮退，再没有停止过。

流浪大师

他睡过桥洞，挤过通铺，天冷的时候用树叶生火取暖，天热的时候穿条火裤四处游荡；卖过电脑，干过火锅，做过烧烤；他挣扎于市井杂巷，却游离于尘世之外，他不屑于愚夫俗子，却又平庸之极；他外露而不奔放，含蓄而不内敛；他的眼神平静中带着沧桑，迷茫中不失希望；他在全身只有十块钱的时候可以苟活半月，却又在手持大钞时挥金如土一夜散尽，而在穷困潦倒之际又能东山再起。他在熙攘的人群中会被淹没，却在时代的洪流中孑然独立。他时而神秘，时而苍白，时而暴躁奔放，时而平静如水。他是家乡的一个印记，是儿时的兴奋剂，是成长的催化剂，是悲伤的洗涤剂，更对生活保持热忱的强心剂。他名字里有个"一"字，大家习惯叫他"一哥"。

城镇里的学校从小学到高中数量依次减少，呈金字塔状，只要保持读书，同龄人终会在上一级的学校相遇。而小镇的就业机会主要由几个化工厂创造，那些离开学校流落社会的人，也会在各个厂房车间遇到儿时的伙伴。所以，这个玲珑小镇是个流动性有限的江湖，而江湖中人的相遇都是如期而遇。一哥、二肥、易北，初中分到了一班，而一哥小学喜欢的校花梁小红分到了二班。除此之外，班里还有些熟悉的面孔，都是熙攘之间有过一两次谋面的。

初中是个美妙的阶段，青春期是一个分水岭，将大家分成两拨，发育的和未发育的，彼此性情泾渭分明，迥然异趣。发育的男生说话粗声瓮气，嘴上开始长毛，发育的女同学胸脯隆起，开始梳妆打扮。发育的人抽条子，没发育的人干瘪瘦小；发育的人矫情泛滥，没发育的人天真烂漫；发育的人听许绍洋，没发育的人听《种太阳》；发育的人看《流星花园》，没发育的人看《数码宝贝》；发育的人表现欲高涨，英语课间会拿老师的收音机，放流行磁带，故意把后门打开，让隔壁班也听听。发育的是梁小红，没发育的是一哥。

但一哥就是一哥，虽然身体没跟上，心智已率先成熟。他决定跨越生理的鸿沟，甚至是性别的差异，离喜欢的女生近一点。为此，他凭借自己浮丝般的声线，小巧的个子，顺利入选梁小红所在的女声合唱团。老师给出的解释是，我们纯粹从艺术角度甄选好的声音，杜绝性别歧视。于是每天放学，一哥以男儿身，一枝独秀安插在一群女娇娥当中，接受放学人潮的瞩目。

梁小红长得明眸皓齿，面白如玉，一头黑发如泼墨一般在夏风中摇曳，是码头小学当之无愧的校花。即便到了初中，四方尤物云集，她也能脱颖而出，在学校里掀起一阵议论。一哥在合唱团挨着梁小红站，隔着柔软的校服挤着梁小红的胳膊，美妙醉人。两人偶然的对视让他触电一般酥麻。近水楼台的一哥，惹来了一众男生的嫉妒。二肥提醒过一哥好几次，但一哥并不在意。他们青梅竹马的纯洁情谊，从小学六年一路走来，从未遭受威胁或质疑。

音乐老师把合唱团分为两个声部，这是他自鸣得意的建议，他说城镇里的合唱比赛没有见过分声部的，我们是唯一，很可能也是第一。问题在于，乐感不好的人唱和声很容易被主声部带跑，一个人跑偏，其他人也跟着跑偏，所以经常唱着唱着就成了一个主声部的大合唱。等反应过来，大家哄笑一片。

比赛在一年后，合唱团不紧不慢地练习着，谁也不着急，他们都享受这绵绵密密的陪伴。只是有一件事情比较尴尬，梁小红的个子早已生得挺拔高挑，而一哥的发育像迟到的花期，初一下半学期，他依旧像片干瘪的叶子，衬托着梁小红这朵亭亭玉立的花朵。眼看着梁小红手里蜂拥而至的情书，一哥心里很不是滋味。

一哥带梁小红去瓦窑村的天桥，初夏的风清爽宜人，吹得漫山的花草簌簌作响。风灌进他们的袖口，两个胀鼓鼓的人在天桥上小心地走着。梁小红一手拨弄吹乱的头发，一手牵着一哥，像大姐姐牵着小弟弟。他们走到天桥的中央，勾出身子在围栏的外立面写下两人的名字。除此之外并没有说什么。

又过了些日子，树上蝉噪彻底平息，一哥带梁小红去时下流行的滑冰场。南方没有冰，所谓的滑冰，其实是滑旱冰。滑冰场里高手很多，正滑倒滑，急停跳转，各种花哨的动作如行云流水，而高手通常都牵着好看的姑娘。一哥自然也是期待的，所以他提前练了好几个星期，直到踩在滑轮上如鱼得水，才把梁小红约出来。

那时候流行直发，女生争先恐后地把头发拉得直直的，像瀑布一样垂下来。梁小红的发质很好，离子烫后如绸缎般光泽，身体滑动的时候发梢摇荡，闪现出雪白的脖颈。她跟着一哥谨慎地滑着，第一次感觉这个小伙子可靠，每次要摔倒时都娇弱地往他身上靠，一哥心里小鹿乱撞，结果脚下轮子一崴，一头撞在前面人的胸口上，梁小红也被放倒在一旁。被撞的人似乎早有预谋，定定地站着，一把提起一哥的领口。一哥抬头一看，是东洋刀！

东洋刀就像《西游记》里的妖怪，总在顺风顺水的日子里突然冒出，搅乱生活的节奏。成长的修行路上，东洋刀注定是一道无法逾越的难关。

"一哥"这个绰号取得好，如果他在某某卫视工作，大家就会叫他某某卫视的一哥；如果他在某某社团，大家就会叫他某某帮派的一哥。奈何一哥只是一个无名小镇的无名小卒，这么大的名号，是不能承受的皇冠之重。当东洋刀问他叫什么名字，

他说叫"一哥"时，东洋刀直接给了他一巴掌。

一哥这时才看清了他的模样，东洋刀已经生成一副标准城镇小青年的样子，白皙的鼻梁上全是麻点，穿着一条很省面料的牛仔裤，痞气十足。一哥想起了三少爷，如果他还在，一定能找人收拾东洋刀，可是他不在了，哦，是啊，可怜的三少爷已经不在了，他的命还要算在眼前这个混蛋身上呢。一哥还沉浸在旧恨当中，东洋刀又给了他一巴掌。东洋刀这种人很可恶，让人看着就想动手。势单力薄的一哥深知此刻若动手，那这双手最终只能用来抱头。但想到三少爷他就有了力量，他仿佛看到三少爷拿着一卷钱送到他面前，说："你拿着，替我报仇。"一哥振奋起来，汇集一股真气，直灌拳头，当东洋刀又准备扇他一巴掌时，一哥雨点般的拳头便落在了东洋刀脸上，后者没有料到一哥敢动手，没有防备，脸上硬生生吃了好几拳，头一晕跌倒在地上。旁边几个小弟立马围攻上来，和一哥扭打成一团。

一哥个子小，重心低，他脸朝下，双拳在空中凭感觉乱舞，并不断旋转身体，像一个人肉螺旋桨，想让自己的拳头雨露均沾到每一个敌人身上。天下武功，唯快不破，他想象自己是武侠小说里的高手，用无影拳给四周筑起一道屏障，以一敌百，管它四面楚歌，八面来风。但这样的幻想只停留了几秒，随即挨了东洋刀一记重拳，一哥惨叫一声，顿时无数蝌蚪在眼前闪着白光，痛苦地蜷缩在地上。恍惚中他听见东洋刀对梁小红说："我们要朋友吧。"

青春乍到的少女，蒙昧无知又有点虚荣。遇到一个打扮洋气、有权势的男生，难免招架不住。更何况东洋刀有一辆聒噪的摩托车，坐够了一哥破自行车的梁小红，迫不及待地醉倒在东洋刀皮软的后座上。就这样，一哥失去了梁小红。

梁小红开始有意疏远一哥，合唱团里她换了一个位置。每天排练，看着旁边粗糙大脸的女生，一哥会在一片祥和轻柔的吟唱中，冷不丁爆出一句，"刀光剑影，让我闯，为社团献本领"。几次下来，一哥便被开除出合唱团。但他依旧每天守着合唱团，肆无忌惮地捣乱。对于一哥的失意，梁小红表现得无动于衷，每天排练结束后，她会换上东洋刀给她买的漂亮外套，跳上摩托车，留下一股青烟。

东洋刀常载着漂亮姑娘飞驰在小镇上，他的车载音响放着蔡依林的《骑士精神》，随着音乐律动摇摆，想象自己是骑士。里面有句歌词"莫名其妙那些话语，莫名其妙那些话语"，乍一听像是"莫名其妙地怀孕，莫名其妙地怀孕"，而后座的女生也纷纷应验了这句话。如今后座变成梁小红，一哥生怕她落得那样下场，每天放学骑自行车尾随，发现他俩躲进僻静处，就赶紧找个电话亭给梁小红家里报告。

梁小红被家里逮了几次现行，东洋刀每天接她放学便没有那么勤了，但一哥仍坚持查岗，而校门口也有一拨人坚持着堵他。这天放学，一哥没有躲过他们视线，被三个人截下来。先是一记毫无来由的耳光，一哥不敢多问，他知道要是问为什么打我，会得到第二记耳光。但因为他的沉默,他还是得到了第二记耳光。
一哥开始说些缓和的话,但对方眼神中的敌意丝毫不减,一哥
想起这一带挨打的惯例,都要唱首《征服》,霸凌者才会满意
地离开。于是一哥开口了,"就这样被你征服……"才唱了一句,
又挨了一记耳光。这个时候,易北和二肥骑着自行车赶到,后
面跟了一群人,瞬间无数自行车唰唰地停了几层。外强环视下,
三个人怂了,拍了下一哥肩膀,说了句"不好意思,打错了人",
便逃之夭夭。

这天排练结束,人潮退去,留梁小红在原地。她已经换了
卷发,看上去很成熟,一副和过去决裂,要重新开始的模样。
一哥猜想是自己的告发起了作用,抑或是东洋刀给她带来了伤
害,想到这儿一哥心痛不已。梁小红踱步向一哥,看得出有话
和他说,一哥挪步上了一个石阶,以平等的高度等待着梁小红
的到来。周围光线在抽离,昏暗中鸟虫的叫声被放大,蓝白相
间的校服很显眼,原来校服的色调便是要学生在黑暗中无处遁
形。一哥想,要是等下会发生浪漫的事情,他会建议两人先脱
下校服外套,再换个僻静的角落。这种事情,一哥平时对着镜
子反复演练过,只是他不确定,冰冷的镜子和实际的感觉相差
多少。一哥后悔没有买口香糖,但他听说女人的嘴自带香兰,
亲一口满嘴蜜汁,想到这喉咙已咕哝作响。

梁小红也挪上了一个台阶,恢复了高度的优势,说:"我
被父母逮了,我知道是你干的,你这样做只会让我瞧不起你,

我喜欢有男子汉气概的人，像东洋刀那样，和他在一起我有安全感，安全感你懂吗？"梁小红足足比一哥高半个头，说话时像是教育小弟弟。她漫不经心的语气像钉子，掷地有声，扎到了一哥的心窝上，又像一泡随意的尿，浇熄了一哥内心最后一点火苗。懵懂的一哥确实不太理解女生所谓的安全感，他只隐约知道安全套可以给人安全，但女生扑朔迷离的心思对他来说，就像电路图一样复杂。一哥如今心灰意冷，说什么都没用。

就这样到了期末的合唱比赛，一哥去听了这场演出。比赛中他们成功地从两个声部唱到了一个声部，指挥老师意识到后，对大家抛出一个警告的眼神，他们顿时又分成不和谐的两个声轨，老师又做了一个统一手势，大家又二元归一，用排山倒海的气势做了个结尾。就这样，像一哥和梁小红的关系，这场演出在分分合合中散场。好在听众素养不及，听不出其中的差池，当然，更没有人注意到他们曲折的经过。

除开上学，其余时间一哥都在流浪。一日三餐随机，四海为家，哪里都是他的衣食父母。父母离异后他就开始这样的生活，没人能说清他的具体行踪。但他每天会准时出现在学校，有时精神焕发，有时睡眼惺忪。蝉噪声和阳光一个频率，让人心烦意乱，整个暑假他会在每个同学家轮流住一段时间，白天待在网吧，戴上耳机，把自己丢进枪林弹雨的世界。当下流行打 CS（"反恐精英"游戏），几乎是全网吧的人在同一张地图里面厮杀。一哥练就了一手盲狙的绝技，当别人在用瞄准镜费力瞄准时，一哥直接敲击左键，对方应声倒地，一哥手中即刻换成一把沙鹰，机警地游走。他已经连续一个星期在网吧，中途他出去找过二肥一次，是因为遇到了排款。当时有个混混给他跪下，说："哥，麻烦你借我点钱，我瘾发作了，难受。"一哥说："没钱。"然后那人就摸出一把刀，说："哥你不帮我，我就只有弄你。"一哥说："你别冲动，我们讲道理，我身上确实没钱，我脚上这双新鞋或许值些钱，你要就拿去。"一哥光着脚去二肥家借了双拖鞋，然后又回到网吧继续待了一个星期，网吧老板怕他猝死，终于在一天早晨把他赶了出来。

一哥眼睑间像黏了浆糊，绵软无力，他眯着眼睛抓了抓蓬松的头发，空气中有嗡嗡的声响，阳光打在油腻的脸上，生出灼热。空气中的湿热在上升，茫溪河的风吹来，单薄的身体开始像餐巾纸一般晃动起来，他想他必须找个没风的地方待着，安稳地度过这一天。没有困惑，无须纠结，毫不犹豫，他走进了游戏厅。

小学时候去游戏厅经常被大娃儿排款。当你投币之后，马上有大个子过来问你要钱，你说没钱，他就说我帮你打，可以不死人，打很久。然后不管你情愿与否，你只有眼睁睁地看着大个子把你币打完，如果你反抗，大个子就会从电子格斗模式切换成真人格斗。所以识趣的往往一边看一边表现崇拜的神情，一哥也是这样机灵的人。每个人都在盼着长大，长大意味着你可以处于勒索链条的上游。如今一哥长大了，他迫不及待地要尝试一下大鱼吃小鱼的优越感。

一个小学生在打"彩京1945"，飞机吐着火龙一般的子弹，吞噬着扫过的一切，屏幕爆闪出的光线，即便在白天也显得扎眼，让人暂时失去对周围的视觉，一哥不知不觉已经站在了他身边。一哥并不擅长飞机游戏，不想出丑，所以直奔主题，问那个小孩儿带钱没有。小孩儿流露出恰当的恐惧，贴切而不夸张，表明他对于这种勒款有过经验储备，这从他接下来的表现中也得到印证。他镇定地从兜里摸出两块钱，送到一哥面前，一哥没想到这么顺利，喜出望外，一把抓过钱转身准备走。不料小孩儿突然大哭，说他妈就在楼上打牌，他马上去告诉他妈。一哥慌了，急忙阻止他，问他有何条件。小孩儿止住哭，说除非你还我一块。一哥从两块中挑一张旧的还给他，说不要告诉大人。小孩儿抹掉眼泪，点点头。

正所谓退一步海阔天空，更何况双方各退一步，于是皆大欢喜。这是一哥的处女勒索，比勒索处女还开心，虽然是一次妥协式的勒款，但他很满足。他用这一块钱买了四枚币。一哥说，四枚币老子就可以在游戏厅过一下午。

一哥恍惚的心神延续到了新学期。他带着满口的黄牙和一头钢丝球般的头发，回到课堂。物理课上，老师在黑板上画出迷宫般的电路图，那是关于电源、电阻、灯泡和开关的组合游戏，老师指着一个电阻问："向左滑动电阻，旁边这个灯泡变亮还是变暗？"

"变亮！"有人喊。

"变亮？"老师反问。

"变暗！"又有人喊。

"变暗？"老师再反问。

坐后排的一哥缓过神来，看看黑板，一副了然于胸的样子，大喊一句："不变！"

老师狠狠地盯着他说："不变？去死吧！"

乱套的青春

他们开始手机联系了。晚上躺床上，易北一边玩手机，一边和她发短信。校内网正流行一个叫"古惑仔"的网页游戏，玩家在上面可以加兄弟，做任务赚钱，赚到的钱买车买武器，时机一到就带兄弟和别人火并，壮大势力，赚更多钱去投资房地产、会所等大生意，然后钱生钱，蒸蒸日上。

每天寝室熄灯后，所有人手机都闪烁着古惑仔的光芒，大家的终极目标是买汽车列表里的陆虎。现实生活的打拼太艰辛，沉浸在平步青云的梦幻中是最好的慰藉。易北在"古惑仔"上面从来没怂过，动不动就找人火并，输了也能立马东山再起。但小护士的短信声响起，他心窝子一下就软了。她发短信言简意赅，并一贯以惊叹号结尾，不知是易北语意冒犯，还是她在强调某种语气，没有表情包的年代，一切情绪都靠猜，易北只好字斟句酌小心翼翼地回复。

　　日子就像校门口卖蛋烘糕的小摊，不温不火地过着，但烘出的糕饼总叫人流连。时间一长，两人的短信交往密切了，偶尔会有打情骂俏的互动，字里行间品得出蛋烘糕一般甜丝丝的味道。按照惯例，这时该试探一下对方的恋爱状况，单身或者名花有主。但他们的关系还没到那份上，小护士一向强硬的语气也让他不敢越雷池半步。更重要的是，易北害怕幻灭，好不容易有个喜欢的女生陪他用完手机每月三百条短信的套餐，他想这份美好保留得久一点，于是继续享受着不知是单向或双向的暧昧。加之期末考试临近，易北想等考试完再大胆往前一步。

　　考试之前，Q哥又约易北去打台球。Q哥除了击球，其余动作都很标准，比如立着球杆原地思考，猫腰审视角度，用粉笔擦球杆，只要不出杆，一切都流露着专业的调性。这点很像冰岛足球队，只要不拿球，他们就是世界上最好的球队之一。Q哥似乎找准了自己的路子，尽量做样子不出球，有时候机会不好，他会让易北再打一杆，这样就算输，也输得体面。

　　Q哥终究还是输了，他心甘情愿地掏了钱。

　　易北和Q哥双双通过了期末考试，差别是，Q哥是刚刚过，易北是过了很多。Q哥以平均分61分的成绩全科过关，最高分62分，最低分60分。考完当天，易北给小护士发短信，问她暑假怎么过。小护士回说跟男朋友去旅行，言简意赅，把易北的希望击得粉碎。由于提前有心理建设，易北不至于太难过。毕竟小护士这么可爱的女生，被捷足先登是情理之中。只是一想到她和男朋友去旅行，意味着可能会亲密接触，不免难受。

他奢望还能同往日一样互发短信，像朋友一样打发时间。但捅破暧昧就像往水泥里掺水，若筑不起爱情的小屋，就会僵成一堆烂石。他们聊着聊着就语言匮乏，变成没话找话的寂寥，但易北依旧聊胜于无地发着。暑假待在家里，易北没事就看旅游频道，想象着小护士跟她男朋友正在电视上的某个地方畅游。傍晚时他会出门，找一哥、二肥踢球。小镇的球场已荒芜得不成样子，中央被磨成了黄沙，四周杂草丛生，像个秃顶的老头。踢球的人还是小时候那拨，都长大了，看不到年轻面孔。他们走后，小镇的年轻人不再踢球，大都混迹网吧，小镇的足球一下就没落了。只有春娃还在场边瞎吼着，好球！喜欢的人和事物都在凋敝，闷热的夏天，易北内心也不免有一丝凄凉。他还要熬过五十一个茫然若失的夏夜，才能进入大二，重新寻找自己的意义和方向。在这个过程中，他和小护士渐渐断了联系，他也开始淡忘这个扎辫子的可爱女孩。小护士大概会像他见过的其他漂亮女生，惊鸿一瞥，然后归入他人怀抱，不会再见。

开学后，易北热衷于吉他协会每周的例会。除了可以看到很多漂亮女生外，还能见识到高手。时下流行指弹吉他，一把吉他同时呈现节奏、旋律、和弦的丰富效果，编配和演奏的创造空间很大，完全颠覆了他对吉他的认知，好比一个乐队的活儿揽到一个人身上。这种奇特的演奏方式让观众赏心悦目，表演者也可以穷尽各种技巧。更关键的是，比起电吉他一大堆的

音响效果器等设备，一把木吉他就能方便地诠释出这种风格，于是很快聚集了一大批人气。传统美式指弹对右手的律动、节奏、速度都有较高的技术要求，直接劝退了大部分尝试者，加之这种风格不太强调旋律性，主要依靠和弦的走向，在以旋律审美为主的东方人中，愿意涉足这种风格的人略少。于是旋律清晰优美、节奏舒缓、难度适中、听众广泛的日系指弹，成了大家追捧的对象。

易北也开始翻弹一些日本大师的作品，比如中川砂仁、押尾光太郎。他们的风格常伴随着在吉他箱体上的敲击，演奏起来十分酷炫。为此易北省吃俭用，换了一把面单的吉他，丢掉了中学时期那把烧火棍。由于太久没进油荤，拿到新琴那天，易北和寝室哈哈哥报复性地冲向了学校食堂。食堂十分自信地推出了自助餐，每人九块，猪鱼牛羊，任你饕餮。在两人的带头下，一众选手悉数登场，不到一个星期，自助区就不堪亏损停业。

平日没课，易北会在宿舍园区的梧桐树下练习吉他。守停车棚的大爷有个小孙女，开始像只猫咪一样蹲着看，眼睛瞪得像灯笼。久而久之熟悉后，她会凑过来，用小手拍打易北的琴弦，有时误打误撞也能拍出几个泛音，逗得两人哈哈大笑。她问这是什么歌，他把歌曲的英文名和作者日本名告诉她，她听不懂，只是笑。有时候他会带些零食去，和她分着吃。秋凉的季节，小女孩还穿着凉鞋，她喜欢把鞋脱掉打赤脚，易北提醒她小心感冒，她说不冷。易北忍不住摸她脚丫子，还真是滚烫，难怪说小孩身体都有火。

这周末有个叫田中彬博的日本指弹家，在小酒馆演出，易北约上了查晓曼一起去看。电话里晓曼确认时间地点后爽快答应了。查晓曼总是一约就出来，好像从来没有工作应酬和男女情爱。易北上大学以来，都没有听说查晓曼谈恋爱的消息。这种情况，要不就是没有男朋友，要不就是有很多男朋友不便公开。但这又何妨，每个人的生命，都是一个分时租赁的产品，不同人会占据你不同阶段，上课时老师占用你，工作时老板占用你，恋爱时恋人占用你，一个人时孤独占用你。而今晚，他们想相互占用一下。

日本人的表演很有热情。只是音响系统老是中断，每次弹到一半就没有声音，等调试好，他都会耐心又搞怪地重新介绍自己，重新演奏开场曲。在第三次失去音响信号时，他索性没有停下来，继续原声演奏。全场顿时鸦雀无声，静静听舞台上吉他音孔震荡出的微弱声波。在集体营造的沉静中，易北转头看了眼晓曼，她竖起耳朵专注在台上，一副很仔细的表情，仿佛一不小心就会弄碎空气中的音符。舞台柔和的光线晃到她，把她新烫的卷发挑拨出许多层次，又在她的下颌和脖颈处留下阴影。等到一曲完毕，大家爆发出掌声和欢呼，晓曼的眼睛闪动着欣喜的泪光。

一个月后的吉他协会会演，为壮大声势，社长让大家多联系同学来看。易北想到了小护士，翻出许久没联络的号码，顺带发了一条，心想就算她婉拒，姑且也算一次短信对话。没想到她竟答应来看。像投一个石子到河里，原本只期待冒几个泡，不料砸起来一条大鱼，易北喜出望外。

演出是在图书馆底楼的咖啡厅，当晚她迟迟未现身，短信里说有事情，易北以为她临时变卦，内心的郁闷随着人群的聚集堆叠起来。开场后几分钟，她突然出现在门口，穿着牛仔裤和红白条纹针织衣，两根俏皮的辫子，随着她的脚步弹跳着。他恢复了明朗的心情，领着她穿过拥挤的观众池，在舞台边找了个角落坐下。台上一个乐队已经调试好，演出马上开始。

由于灾后不久，这支乐队写了一首鼓励四川人的歌，叫《四川人雄起》。主唱拨动吉他弦，几句低吟清唱，随后嗓门爆开，一阵嘶吼，架子鼓和贝斯便一起躁了起来，周围的观众也跟着沸腾了。普通观众会把注意力放在鼓手身上，觉得挥舞鼓棒的样子很帅，但协会内部的人通常羡慕吉他手，因为吉他手总有换不完的女朋友。以往一个人看乐队时，可以随着鼓的律动摇摆，可以跟着贝斯轨漫游思绪。但今天带着一个女孩，注意力便不会在舞台上。他们手臂贴着，中间隔着柔软的羊绒衣料。易北静静看她的脸，想象着人潮中这个女孩儿独属于自己，这算是他们第一次非正式约会，她的每个表情动作都鲜活而神秘。她发觉了他在看她，转过头，用两颗月亮般闪烁的眼睛盯着他，易北惶然失措，赶紧把目光移回台上。

乐队演出太噪，引来图书馆管理员，一帮人精心的排练和策划，最终被叫停，演出草草散场。小护士不想太早回寝室，两人在学校里走。她有一种魔力，只要不说话，自然嫣笑间就透着一股让人生畏的成熟，这股凛然的气质，几度让故作老练的易北原形毕露。但聊几句后，易北立马觉察出她的单纯，两人角色便转换了。他们沿着学校长桥走，易北步伐比她快一点，被她喊慢下来，两人距离一近，他便闻到她身上的香味。不同于任何一种香水，那香味雅淡自然，像是从她身体散发出来的。她倾诉了一些寝室女生相处的烦恼，都是女生日常的琐碎，换作男生全可以用喝酒来解决。他们交换了对自己专业的迷茫，随着谈话的进行，易北恢复了自信。他发现她有些表达障碍，对于某种感受或观点，总是找不到合适的词汇，嘴里"嗯嗯嗯"地想，像是口吃。很多时候她话都只说一半，剩下一半让易北猜。易北觉得她可爱之余，适时地给她补充一些形容词，她总是报以微笑，嘴里说"对对对，就是这个意思"。易北好奇她来看演出的原因，小心试探后发现，她刚分手。看着她黯然的神情，易北有些怜惜，心想，居然会有人舍弃这么可爱的女生，心中升起一股自作多情的疗伤王子的使命感。

青春的男生就是这样，容易给自己加戏，把一些不相干的情绪，牵扯在一起，编成剧本，填充在自己的生活中，为今后的怅然若失埋下伏笔。但在自编自导自演的生命中，还没来得及看清场景，易北就入戏了。易北送她到寝室楼下。他终于成为女生楼下徘徊的众多男生之一，他会得到其他女生的打量，以及其他男生的打量，当然，还有楼管阿姨的打量，毕竟送一个这么可爱的女生回寝室，得此殊荣，外表气质都会受到周围人的点评，看看是否实至名归。

他们开始经常见面，在食堂、自习室、图书馆、开水房。少女仅有的矜持，像一层薄薄的云雾，给点阳光就化开了。她开始露出女孩调皮的一面，在商业街偶遇，她会从背后冷不防吓他一跳。她胃不好，饿了会胃痛，吃多会反胃，点菜时常拿捏不准食量，剩下的都喂进易北的嘴里。正当易北大快朵颐时，她诡异地亮出解剖课的照片，害他喷饭。作为报复，易北会在她吃最爱的双皮奶时，讲自己手机掉进厕所的故事。相处中，她变得主动，冬日的图书馆闷热，眼睛干燥难受，她用凉水打湿纸巾敷在他眼睛上。她说眼睛喜冷怕热，不舒服就要冷敷。她胃凉，他会提醒她喝冷开水要在嘴里焐热了再吞下去。他们每晚固定去开水房打水，他帮她拎回去，再自己走回寝室。如果你去过大学的开水房，就会知道，这世界上颜色和形状的表述根本不够用，满地的热水瓶，交错循环的色调，密密匝匝，像现实版的消消乐。有时看得眼花缭乱，也找不出自己的。有些丢水瓶的人会顺手拿走别人的瓶子，于是恶性循环。所以很多人用马克笔在瓶身上做标记，低级的就写名字、寝室号、手机号等，高级的就写"偷瓶挂科""此瓶水有毒""第五个了，手下留情""旁边那个更好"。

这天是易北的生日。易北从中学开始就不过生日，他不喜欢造作的仪式感，两人在校园广场吃了点东西，照例去开水房打水。小护士不太重视，光溜溜的热水瓶没有任何记号。两人找了很久，终于确定是丢了。她并没有丧气的意思。"今天好特别，你的生日，我丢个热水瓶做纪念。"小护士说。易北问："有什么寓意吗？"小护士说："失一样，得一样。"易北没有接话，心里咀嚼着这话微妙的意味。小护士说的失自然是她的热水壶，那得到的是什么呢？是得到易北这个朋友？甚至是男朋友？若是这样，这句话便算作小护士婉转的表白，易北嘴角泛起得意的微笑。"今天是你生日，我失去一个东西，老天爷会变出另外的东西补偿到你身上的。不过你得到的会是什么呢，这个要好好想想。"小护士露出若有所思的表情说。易北刚才接受了臆想出的来自小护士的表白，经小护士这么一说，瞬间就变得被动。即便小护士还是同一层意思，那起码也需要易北迈出主动的一步。易北感觉自己被小女生狡猾的心思牵着鼻子走。

也许是小护士的话给了他鼓励，易北确定，今天自己的生日，老天爷一定会满足自己的某种需求。他陪她走在回宿舍的路上，平时拎水瓶的手今天空着，易北有些不习惯，几次想搭在她肩膀上都未遂。他们走到宿舍拐角，这里人迹罕至，霓虹灯射出橘色的薄暮，营造出一种不可浪费的阒寂氛围，易北愈发听清自己的心跳，终于他腾起手，勇敢地捉住了她下巴。她把头偏向一边，易北猜不准是拒绝还是羞赧，但内心的炽热让他顾不得拿捏对方的心思，他也把头一偏，吻住了她的唇。

这双时常用来捉自己的手，终于捉到了别人的身体。他俩贴得很近，能够感受到彼此心脏的颤动。这是易北的初吻，他为此等待了 20 年。按照心脏平均每分钟跳 80 次计算，他要忍耐心脏跳动 841651200 下，才能迎来这一次的加速。

他们的技巧还不娴熟，相互试探着对方。易北把手伸进她的发根，再环绕她脖颈，像电影里一样缱绻缠绵。他意识到，小护士身上特殊的香味，其实是洗发水的味道。在氤氲的香味中，他不断挑拨她的嘴，她口腔传来甜丝丝的气息，让他愈发热烈，他的手往下游离，触碰到酥软的胸脯，却被她拦住了手。他们就在这个程度上甜蜜了一阵，才依依惜别。

学校往日里冗余的边边角角，成了他们挨个幽会的地点。他们躲在满是涂鸦的桥洞下长吻，在鱼塘边的枯草中拥抱，成都冬天的晚上湿冷，两人都穿得单薄，抱在一起的温度刚刚好，每次拥吻累了，两人依偎着聊天。

跟一般的女生一样，小护士喜欢谈论星座的话题。

"你是天蝎座，你猜我是什么座？"

"我不知道。"

"我是双鱼座，你知道有什么特殊的吗？"

"我不知道。"

她倏地箍紧他的胳膊，古灵精怪地说，"天蝎跟双鱼最配的哟！"

易北问她："我想问你，你以前为什么总是酷酷的？"

"哪有？"

"我在教室外跟你说话，你都不看我，爱理不理。"

"哦，我那是紧张，都不敢看你呢。"

"原来是这样，那以前发短信都是惊叹号结束呢？把我吓到了。"

小护士思考了一下，好像在回忆发短信的习惯，说："其实我都没有意识到，可能就是习惯吧。"

相处得越久，易北越觉得小护士单纯得可以。她从小爸妈就不在身边，爷爷奶奶带大的结果就是身已长大，心智未成熟。她性启蒙很晚，大学以前不知道戴胸罩这回事，进了大学，跟寝室里女生一交流，才知道要为她的波波戴上罩子，以免波涛汹涌。课堂上，有男生找她借卫生纸上厕所，她会扯出一小张停下问，你是解大手还是小手。成年人谈话拐弯抹角，旁敲侧击，她却永远意识不到言外之意。聚会聊天中晦涩的黄段子，她总是在大家的哄笑中不明所以，易北点破后，她倏地反应过来，勾着他的脖子笑个不停。她谈论事情的角度古怪离奇，像天外飞仙，把易北的逻辑拦腰截断，然后开辟一个新的思路。易北常常为她和自己不在一个频道而懊恼不已，也无意进入她怪异的思维空间，尽管她的意思他都心知肚明。而小护士并未意识到自己的不同，偶尔也会埋怨易北不理解她。但所有分歧，都被小护士纯善的性格抵消掉，每次有不愉快，她总可以从硝烟弥漫的氛围中抽出一丝快乐，把头埋在他肩膀上，咯咯咯地笑。

期末考试之后，大家回家猫冬，学校里人气冷落，显露出冬日的凋敝。他们约好玩几天再各自回家。白天坐校车去老校区，在市中心兴奋地游荡，像外地游客一样四处打量。大街上每一份新鲜事物，都折射着她身上可爱的气质，车水马龙的声音夹带着暖意，使两人关系升温。走累了就在公园找一个长椅坐下。小护士把她酸疼的小腿放在他的腿上，让他按摩。等天色朦胧，又坐校车回新校区。

第二天依旧坐上校车一路摇晃到老校区。两人都晕车，加上昨日逛了一天，身体乏得很。吃过午饭后，他们去浣花溪公园望着湖水呆坐大半天。易北打开手机想给两人自拍，小护士含羞遮脸回避。易北有些不高兴，交往至今，他们一张合照都没有，小护士也没有把易北介绍给她的朋友，这让易北在两人关系中存在感很少。那晚第一次接吻后，她让易北暂时不要公开两人关系，她不想被人觉得，刚分手又好上另一个男生，给人一种轻佻的感觉。易北表示理解，略带几分卑微地帮她维持着好女孩儿的形象。只是如今两人恋情已落实，易北却似乎一直没有名分，他感到懊恼。

但转念一想，易北早已习惯这个羞赧的女孩。相处这段时间，易北见识了小护士是多么的单纯至极和不谙世事。有次易北带她去亲戚家，姨妈开门，易北相互介绍，小护士没有人之常情地叫人，准确地说没有任何动作，僵在那里。好在姨妈体贴，机警地打破尴尬，急忙请他们坐下。小护士不懂任何客套，吃饭时没有端碗摆筷地帮衬，只顾盯着电视上的韩剧傻笑，易北望着这个天真无邪的女子，心里略微有些凉，不停地给姨妈打帮手，弥补着些什么。那天回来易北很生气，小护士辩解说以前家里人没教过，小时候跟爷爷奶奶走亲戚，也没叫过人，但长辈也很喜欢她。她这话更加激怒了易北，但他一时无法阐述清这类人情世故的必然逻辑，恼怒不已。小护士从易北的怨气中意识到这种礼仪的重要性，努力地转变，但称呼长辈对她来说似乎是件很难的事情。到舅舅家，易北介绍说这是舅舅，他期待她只是简单重复一遍这个称谓就好，但她像喉咙被卡住一般，在原地说不出任何话。这种情况持续了很久，直到把成都所有的亲戚都探访了一遍，也没有改观。好在小护士的单纯不言而喻，家里人都欣然接纳了这个不谙世事的孩子。但回归到两人的关系中，小护士这种不思进取的羞涩，给他们的恋情也蒙上一层不置可否的态度。小护士觉察到易北的怨怒，就在他生气地关上手机时，小护士俏皮地说：“好嘛好嘛，来拍照。”于是咔嚓一声，两人第一次定格在同一个画面。

这天接下来的时间，她都依着他的情绪。易北有些得意，得寸进尺的念头在脑中萌发。天开始下雨，阴冷的雨点从树叶上滴下，浸到她的脖颈处，她打了个寒战，抱紧了他。易北忍不住吻上了她的唇，又缠绵了一阵儿。天光开始抽离，城市的灯火渐次亮起。公车站的石板路凹凸不平，要是不小心踩到翘起的板砖，会吧唧一下溅起脏水，打脏裤管，他们小心地等在公交站台下。公车来的时候，易北突然说："我们去吃火锅吧。"然后不由分说地拉着小护士进了街对面的火锅店。

吃完火锅，坐上公交车摇摇晃晃回到学校，已经错过回新校区的末班校车。易北估算了下高昂的打车费，用数学老师公布正确答案的口吻说："比住一晚贵多了。"小护士深信不疑，但又犹豫不定。易北问她想要什么，她想了半天也说不上来。一对没有被物质世界吓到过的人，会需要什么呢？天色暗下来，这时他们最需要的，应该就是一张床吧。

关系好的兄弟会彼此分享春宵一刻的心情。易北群发告诉大家今晚的可能性，各种权威指导和学术性探讨的短信便接踵而至。酒店正对着老校区大门，打开窗户，可以看见行政楼前婆娑的树影。易北把酒店的环境描述给大家，全国各地再次飞来祝福的短信。一天的寒气入身，手脚冰凉，小护士迫不及待地钻进了浴室。听到花洒的声音，易北的心便猛烈跳起来。他按捺住激动和紧张，轻轻带上门，往楼下走，半路又折回来带上身份证。短短几十米的路上，他脑中预演着各种问答。问需要什么东西，就用手指。问要什么牌子，也用手指。问满十八岁了没，就紧急出示身份证。他准备好各种零钱装在兜里，以防对方找钱。总之他策划了一套精密的方案，以最短的逗留时间，最少的对话，最少的尴尬，完成计划要办的事。

店内灯光昏黄，案板上摆着一块猪肉。一个神态猥琐的老板，专注在一台砖头大小的电视上，努力从满屏的雪花中分辨掩映其中的图像。见到易北进来，态度随意地问买什么。"避孕套"，没有想象中的难以启齿，说出这三个字后易北瞬间轻松了许多。他甚至得意地想多说几句，"还有一块猪肉没吃呢"，易北调侃起那块肉色暗沉的五花肉。"是啊，猪肉涨价凶，留着下顿吃，而且是注水肉，闻着臭，也没胃口。"老板的话匣子打开，气氛轻松了不少。易北彻底平复了紧张，开始环顾店内。店内的产品颇有点围绕如何烹制那块肉而配备的意思，有各种棒子，似乎是打肉用的，有产自异域的油，炸煎焖炒必不可少，各种汤汤水水，附带各种味道，似乎是调色调香的上乘佐料。"你要什么牌子？"老板问，易北用手指示意，老板顺着方向移步过去。易北继续欣赏着肉色横飞的包装，突然老板问，"对了，你要多大号的"？这个问题在易北的题库里没有答案，易北陡然失措起来，心慌之下，把目之所及那个品牌的盒子悉数取下，结完钱，仓皇而逃。

　　刚出门电话便响起，电话那头一哥热切地问："战况如何？"

　　易北答："乱套了。"

烟火

　　入冬，天亮得晚，大伙相约早早去学校，摸黑打开教室门，点上蜡烛，烛火荡漾间男男女女围坐着聊心事，是一种情窦初开的浪漫。易北会把作业拿出来，大家一边观摩，一边聊天。

　　易北作业写得好，成为被竞相参考的对象。通常他分享作业仅限早课铃之前，只要没打铃，就在放学的范畴，良心便不必受学风纪律的拷问。可一旦上课，他便做回一个规矩的学生。白天在学校，他不想别人看自己作业，离开座位时会在本子上夹根头发，回来若发现头发不在，便知有人剽窃。久而久之，大家熟知他的套路，有一次他回到座位，二肥拔了自己头发，想还原他离开时的现场，慌乱中揪下一大把，发出惨叫。后来二肥工作后毛发日渐稀疏，到而立之年，发型已如杰森斯坦森般硬朗，不知是否源于当年的那一拔。

　　至于女同学看作业，他倒是网开一面。把自己学习上的才华向女同学展露，是一种名正言顺的殷勤，女同学抄完后的崇拜，交作业时把两人作业本放一起，就够他幸福一天。因为学习好，家长都很喜欢他，周末时常被邀请去女同学家辅导作业。对这个年纪的男孩子，女生的闺房有股魔力，靠近情怯，离开惦念。查晓曼的房间总收拾得很干净，窗明几净，易北环视一周，想搜寻一些不规整，最后发现最不规整的竟然是自己，眼光只好回到课本上。晓曼有少女的体香，宜人醒脑，两人可以在练习题中混一下午。易北单纯，从来都是正规的辅导，不会往岛国片方向发展。家长主动留他吃饭，他通常是拒绝的，但若家长提出家里忙不过来，给钱让他们去外面吃麻辣烫之类的，这时易北总表现出再三推却、盛情难却的样子。

查晓曼最喜欢聊前夜做的梦，易北质疑她怎么每天都会做梦，她说人就是每晚都会做梦，只是大多数都忘了。晓曼说她昨夜做了噩梦，梦到有妖怪，后来易北来了，带着她一起去捉妖。晓曼把诡异离奇的梦境描述得活灵活现，梦境之间的跳跃她也能流畅地衔街起来，仿佛段落式的电影，每个片段都有些草蛇灰线。又像那些阐释梦境的电影，每个场景都显露一些蛛丝马迹，每个不经意的细节都在反复呼应着主题。晓曼讲着讲着就提高音量哎呀一声，说："你知不知道第二场梦某某跟第一场梦的某某其实是一个人啊？"她转向易北说："那个人就是你，换了衣服，我梦里时没察觉，现在想起来，原来我自己给这场戏埋了条主线，你贯穿始终，最后把妖怪收拾了，梦境才变得平静。

哈哈，我导演的梦可以吧？！"说着她对易北得意地挑了一下眉毛，额上白润的皮肤牵扯出细微的抬头纹，随即又恢复细致平整，脂粉不施的年代，一切都是素净的美，多美！

　　对于在别人梦里自己勇猛的形象，易北还是感觉挺意外。每个人的梦境都是自我的坦白，易北在自己的噩梦里总是怯弱的，等待着别人的施救。昨夜刚好他也梦到可怕的事情，他拼命地跑，但脚底像黏了一坨胶，怎么样也跑不快，鬼怪也好似配合他的节奏一起慢跑，整个梦境像一锅黏稠的粥，他在里面艰难地蠕动了一宿，第二天起床一身疲惫。但他没说出来，他不好打破自己在别人心目中勇敢的形象，便说自己没有做梦。

夜幕在消退，天际泛白，乘势而来的光线照亮了教学楼的走廊，大家把蜡烛减少几支，接着聊。二肥说他昨晚梦见自己买了个 BP 机，一晚都在响，哔，哔，后来他就醒了，听见闹钟在哔、哔地响，非常失落。学校上千人，有 BP 机的不超过 10 个，每次有 BP 机响，那声音比打铃的声音更敏感而富有穿透力，刺激着整栋大楼的神经，惹得楼上楼下一片欣羡，这时摸出 BP 机的人全身像闪着金光。大家议论 BP 机的归属不会落到某个人身上，而是以班级为单位，一年级三班有一台，二年级二班、三班各有一台，三年每个班都有一台。二肥说为了班级的荣誉，一定要攒钱买一台。大家很兴奋，表示到时候轮流去电话亭呼他，让他的 BP 机响彻校园。

作业抄得差不多了，易北会热心地给每人检查一遍，略做修改，以防千篇一律，更要严防二肥这种经常把名字也一块儿抄的。

蜡烛一点点被火焰吞噬，随着天光明朗，彼此间的情意式微，等到生活委员来啪的一声按开电灯，大家一阵扫兴，又回归到平素的同学关系。为了这美好的感觉久一点，大家每天来得越来越早，且分成了前后几拨人。一哥失意后，成了最早来的一拨，但除了用他的童音高唱几句《古惑仔》或是《青藏高原》之外，并不多说话，大多时候都是听大家聊。

一哥最近不想说话，但又想有更多的参与感，逐渐他把早晨的蜡烛会发展成为打牌活动，女生们对这个活动失去兴趣，一大拨男生倒是乐于早早赶到教室。他们打牌的钱，都是来自大人，大人之间相互打牌的输赢，在他们几个间被抹平，钱兜兜转转又回到原来那家人，这么一个轮回，时间便悄无声息地打发掉。

在玩了一阵扑克牌后，不过瘾的一哥，提出了打麻将。麻将毕竟动静太大，于是他带了一副纸麻将，一种画在纸牌上的麻将，像扑克一样抓在手里打，规则与麻将相同。一哥说这个东西携带方便，便于隐藏，安全性很高。所以他们放肆大胆地玩了一个星期之后，被老师抓住了。

全校批评会上，校长搞错了一些情况，念出了二肥的名字，说他虽未参与，但帮其他人带牌来学校，性质同样恶劣，说"恶劣"二字的时候语调激愤，话筒发出尖啸。本来一句话带过，没有人认识二肥、一哥等人，台上的批评声在茫茫人海中落不到具体人身上。但二肥受不了这股冤枉气，一时性急大喊："我没带啊！"然后转向一哥喊："一哥我有帮你带牌吗？"易北想捂住他的嘴，为时已晚，全操场的人头唰地转过来，他们顿时被一阵嘲笑淹没。

经历了这一场自取其辱，他们决定去易北外婆家散心。在山脚下的菜市场，易北看到了外公。外公站在肉摊前，提起一坨肉兴奋地说："你们看我这肉割得多好，精瘦肉。"然后哈哈笑起来，干巴的皱纹挤满一脸，说罢从兜里摸出了一叠钱，每张钱只露出小角他就知是多大面额，很快抽出几张把钱付了。

外婆和外公都没有文化，但在物华流长、湖光山色的世界里，文化是多余的，经验是必需的。该认识的他们都认识，不需认识的认识了也徒增烦恼。在他们的世界，基本的技能足以潇洒自得。比如他们都不认识字，连数字都不认识呢，但认得钱，是根据钱的颜色来区分金额的，每出版一套新的纸币，他们就重新熟悉各种面额，几十年从未出错。他们用经验活了一生，很少出错；很多人用准确的认知费心生存，却经常犯错。

易北问外婆去哪儿了，外公说在地里瞎忙呢。外婆一辈子都喜欢做事，一闲下来就不自在。一个人的时候总是去地里弄她的瓜果蔬菜，每次去易北家吃饭，饭后也忍不住麻利地收拾碗筷，要等易北妈打她手才不情愿地停住。与其说是她客套讲理或者心疼儿女，倒不如说她习惯于做事。从艰辛奔波的年代一路走来，她很难完成坐享清福安享余年的身份转换，依旧被劳碌所捆绑。

很多年来，他们就这样，日出而作，下山赶集，日落而息，上山回家。没有通讯，随时带着儿女归来的期盼，一边细数时光，一边远眺山坡人影，享受随机的惊喜和意料中的衰老。今天盼到易北来，当然高兴。外公问爸妈有没来，易北说没有，就他们同学三个。外公突然皱起眉头，带易北去公共电话亭，让他挨个拨通各家电话，然后外公亲自把每家人都骂回了老家。

家门口的水井废掉了，要到几里外的地方打水。三个人负担了这个任务，又砍了些木柴，然后去地里叫外婆回家掌厨。

由俭入奢易，由奢入俭难。假如你踱步过光滑的地板，就不愿再去踩踏泥泞的山路；假如你习惯了水电自来，恐怕很难再适应打水烧柴。但这个道理不适用祖父母那辈，任凭他们在儿女的家里住多久，还是老家习惯，三里打水路，五里砍柴道，才能撑得起他们漫长的生命。把山水间的时间节约出来，浪费在摄人魂魄的城市里，他们会老得快。

大人们回来得差不多了，人多了屋子就有灵气，连院坝的鸽子都欢腾起来，扑打着翅膀咕咕叫。帮厨的人多，炊烟弥漫，不多时一桌川菜便呈上。外公一生饮食重盐重味，古稀之年照旧五香麻辣，大鱼大肉，喝茶饮酒，什么都吃，胃口极好。他往嘴里吃了一筷子回锅肉，抿了一口酒，龇牙咧嘴地说，"以后周末都给我回来，一家人不聚在一起，怪头怪脑的！"

饭后三个人去天桥玩。沿途农家的狗嗅到他们身上外来的味道，不停地吠。天桥有被修葺过的痕迹，补刷的水泥像狗皮膏药一样到处贴着，伤痕累累的天桥疲惫地连接着堡子山和碉堡山。

二肥问："碉堡山和堡子山是男的还是女的？"易北说："听名字都像是男的吧。"二肥说："好，那你们看这天桥，是从堡子山伸去对面的碉堡山，还是从对面的碉堡山伸到这边的堡子山？"易北说："都一样，有区别吗？"二肥说："有区别，你看，如果从这边伸到那边，那就是堡子山把碉堡山干了。反之，就是碉堡山把堡子山干了。"一哥说："有道理。"但不管哪座山干哪座山，他此刻心里最想干的，是东洋刀这座横在面前的大山。

农村里沸腾的炮仗声，惊起漫山的狗吠。外公和家里人一起打字牌，坚持到十二点，亲手点燃了迎新的鞭炮。家乡的春秋很短，翻过年头，夏天倏忽而至。

一哥终于下定决心振作起来。青春期的男孩决心做一件事，连生长激素都要帮他忙。初二的下学期，一哥终于开始发育，饭量陡增，身体日新月异，拔个子就是一两个月的事情。如今万事俱备只欠东风，一哥要的不仅是风，还要造风的机器。他找到二肥和易北说："我要买辆摩托车！"自从东洋刀骑着摩托车把梁小红抢走，摩托车就成了横在他心头的刺。一哥开始不停地念叨：要买辆摩托车，要买辆摩托车。上课传纸条给易北，以为有什么重要事情，打开一看，"我要买辆摩托车"。可二肥帮不上什么忙，因为他正攒钱买 BP 机。易北暂时没有需要花钱的事，所以他需要和一哥一起挣钱。

初二暑假，以为农民工每天百元的收入好挣，两人去了建筑工地。晚上他们和几十个工友挤在潮湿的仓库里，易北小心地躺在毛刺横生的劣质棕垫上，有苍蝇降落在他黏腻的手肘处，他一翻身，新的毛刺像一把针密密匝匝刺入皮肤。除此之外，他还要忍受脚臭、方便面、酒肉混合的酸臭味空气，整个晚上他难以入眠，但不敢辗转。

一哥也很煎熬，索性两人起床到外面换气。因为是工地，所谓的换气，其实是吸灰。凌晨三点依旧有大货车在穿梭聒噪，烟尘漫天，车灯前的光柱随着汽车的颠簸，在晦暗中比划交错，像乡村版的《星际战争》。易北呛了一口灰，不停地咳嗽，他说："你看，工地这么多人吃饭，在旁边卖稀饭都比干这个强。"一哥说："吃稀饭饿得快，干重活儿的人是无福消受的，他们要吃干饭粗粮，才有力气。"易北说："你懂得真多，一定能干大事。"一哥说："我们就是干大事的，只是还没找到大事干。"

工头照顾他们，给他们分配铲沙子的轻松活儿。起初觉得新鲜，两人挥舞着铁铲，像玩游戏，没多久手臂就像绑了石头一样抬不起来。他们躲到角落偷懒，看工友们热火朝天地干着。工地上一派鲜活的景象，很多人都光着膀子，黝黑结实的肌肉在阳光下扭动，凸起的青筋彰显着力量。这里的人都有一股硬朗劲儿，有石子儿蹦进眼睛，他们会冷静地把钢錾子的尖头戳进眼窝，绕上一圈，石子就嘣儿一下被挑出来，然后他们若无其事地回归到生活的抗争中。

干了三天，感觉全身都要散架，他们算了一下账，每天吃饭，下班按摩，买烟打点工友，加上不想睡工地每天回家的通勤费，入不敷出。在阵亡之前，他们果断离开了工地。走的时候把脏烂不堪的上衣脱下扔掉，意外发现，嘿，收获一身背心印子。

相比之下，二肥聪明得多，小小年纪就知道啃老。为了买BP机，二肥求助他爸，甚至为此和老爸吵了一架。蹬三轮车的老爸最终妥协，加紧了蹬车的步伐。二肥的老爸三轮车蹬得特别棒，彩虹桥的桥头设有石墩，防止汽车通过，但石墩间刚好能过一辆三轮车。为了避免车被刮擦，所有的车夫过这个口子都下车小心地推，唯独二肥的老爸每次经过都几脚猛蹬，车头一顺，一个漂移就过去了。

当然，二肥也在自己出力，他老爸开源，二肥就负责节流。为此，连租碟片的钱都省了，他跑到建设路的音像店租碟片，报易北的账户名，省了不少钱。二肥最中意武侠片和《古惑仔》系列。有次看完《古惑仔》，心火躁动，她妈让他去打酱油，他顺手夺过瓶子，模仿电影情节照着他妈的头想敲下去，被他妈喝住。他妈拿鸡毛掸子一直把他追上了青龙山，他跑得快，经过一个同学家门口，还进去喝了两口水，他妈也没追上。最终他妈在山坡上摔了，腿骨折，二肥便不再看《古惑仔》，转向武侠系列。与《古惑仔》同样出自导演刘伟强之手，如《中华英雄》《风云雄霸天下》《决战紫禁之巅》等作品，成了二肥的最爱。影像店规定一张碟片最多借两天，超过就加钱。二肥反复续借，花光了易北一个月的额度，一直重复看那几部，对里面的台词倒背如流，他爱用蹩脚的粤语模仿那句经典台词："我命犯天煞孤星，无伴终老，孤独一生"。

易北一直没有发现，直到二肥开始用这个账户租黄片，良心未泯的老板向易北妈告发，事情才暴露。二肥主动认了错，因为他已经攒够了钱。最终二肥得到了BP机，此时小镇上手机市场已现端倪，更别提 BP 机的普及。那些曾经得不到的东西，随着生活的推进，都会有的，但过了那股稀罕劲儿，即便得到也是怅然若失。

但二肥还是决定来个迟到的显摆，聊以慰藉。夏日溽热，但他要把衣服扎进裤腰，让 BP 暴露在腰带上，屏幕在阳光的反射下熠熠生辉，晃遍学校每个角落。大家都知道，初三一班有一台 BP 机，准确地说，大家现在确认，学校里每个班都有 BP 机了。二肥的做法有点像中国足球，就算注定是垫底，也要喊出为荣誉而战的口号，他堂而皇之地开启了这捍卫尊严般的炫耀，他尽可能地不穿外套，让 BP 机像勋章一样在腰间闪烁。但待夏日余温散尽，几乎毫无过渡就迎来萧瑟秋意，人不禁裹上外衣。这个时候二肥只能盼望着别人呼他，用清脆悦耳的铃声向别人证明，你们有的，我也不会缺。

这天，二肥坐着三轮车，BP 机突然响了。二肥虎躯一震，潇洒地甩身，荡开了他的外套，一记反手擒拿，帅气地摸出了他的 BP 机。一看，并没有呼叫。这时三轮车突然一个急刹，二肥一个趔趄，差点摔下车。他正想骂，只见车夫撩起他破洞的夹克，亮出一个黑色 BP 机。兄弟，不好意思，我去回个电话。车夫的声音爽朗干脆，把车横在路中央，跑向了路边的电话亭。留下车上石化的二肥和车后刺耳的喇叭声。

一哥也终于攒够钱了，买了一辆二手"一二五"，他幻想载着梁小红奔驰在建设路上，划破烟尘弥漫的空气，让骑自行车的小杂碎们看看自己的尾灯在阴霾中留下的光影。然而，上路的第一天，一哥油门轰得太猛，冲进了街边的音像店，左手骨折。

女孩的心思就是一阵一阵的，就像她们头发的时尚，一会兴卷发，一会兴直发。也有可能是摩托车起了作用，总之，换回一头直发的梁小红，又出现在了一哥病床边。一哥已发育成挺拔的小伙，尽管身板单薄了些，但张开手就能把梁小红放进胸口，他确信自己这个港湾能够让梁小红停靠。一哥每天在校门口把油门轰得震天响，等着梁小红跳上车。一哥自从有了这台"一二五"，生活便开出了一条狂浪不羁的赛道，他在上面驰骋，划破茫溪河面吹来的风，尾气把他的潇洒弥散到小镇的每个角落。梁小红坐在后座，头发飘起来和晚霞黏在了一起，整个夏天都黏糊糊的。

一哥带着梁小红去青龙山的防空洞里探险。两人举着蜡烛猫腰前行，前方的黑暗被光晕一圈圈荡开，不断有蝙蝠从深邃处迎面飞来，掠过他们头顶，梁小红开始后悔这个愚蠢的决定，但此刻前后都是暗黑，进退两难，她只好紧紧抓着他衣襟，任由事态发展。越往深处空气越稀薄，烛火变得微弱，这时头顶悬挂的一只蝙蝠扑打了下翅膀，蜡烛熄灭了，梁小红惊得叫出声。而一哥的探险，此刻才刚刚开始。

结束了惊险的旅行，两人坐在青龙山的山坡上休息。他们透过尘埃看远处，夕阳挂在工厂白色的烟囱上，像一颗被串起烧烤的橘子。一哥喜欢把烟圈吐在梁小红脸上，看她带着笑一脸嫌弃的娇嗔样，这种假厌恶表面下的真欢喜，像一把蜜糖，洒在了一哥的心坎上。他们聊近段时间的经历，梁小红始终小心地避开东洋刀，仿佛一提及，这把刀就会刺向一哥的心脏。但一哥偏要奔着刀口去，话题正被他领着一步步向东洋刀逼近。这也难怪，东洋刀的出现，阻隔了他们从小一路相随的情谊，成了这段关系中的一块飞地，他只有彻底理清并接纳这部分，两人感情的版图才算完整。

"你现在有那种安全感吗？"

"哪种安全感？"

一哥怔了一下，说："东洋刀给你的那种。"

谈话突然凝固了。两人沉默了很久，天空依旧旷远，有鸽子绕着圈飞，把白色的翎毛插入火烧的晚霞中。工厂持续发出未知的响动，给这座城镇铺上一层底噪，恰如其分。当最后一片晚霞融化在涌斯江的滩头时，他们下山。一哥说："今天是你的生日，许个愿吧。"她说："没有愿望，说个奢望吧。"他们沿着石梯走向公路。易北问："为什么？"梁小红说："愿望本身也是一种欲望，但它有被实现的可能，我不要。只有遥不可及的奢望，才是催人前进又不堕落的精神良药。"一哥说："对于有些人，愿望就近乎奢望了。"他们顺着石梯，来到建设路边吃宵夜。

晚上的大货车稍微消停了些，车流掠过的风把路上的沙尘扫向两边，于是马路中间亮堂堂的，连路面嵌入的石子都清晰可见，而路一边的房屋前，积灰如山丘般起伏。路另一边河岸的柳树也蓬头垢面。避免扬起沙尘，一哥缓慢地骑着摩托车，两旁粗砺的房屋缓缓后退。街灯初上，霓虹染色的街道贯穿了整座浑沌的城镇，这座小城藏没在地球中不起眼的角落，地球只是浩瀚宇宙中渺小的一粟，无数的星球正在一点点流逝，万物抽离，不断地缩小，压缩，最后汇聚成一点，跳出了一哥深邃的瞳孔，原来，一哥的眼睛才是全宇宙最终的出口。

烧烤摊前，杆杆把头埋进油烟，双手把持着嘶嘶作响的竹签，戏说自己家的烧烤味道冠绝家乡，以后要把家乡的烧烤卖到美国去。一哥顺着缭绕的烟雾，看到旁边桌上有个人憨头憨脑地啃着肉串，笑着说："春娃儿，这么晚还不回家！口水流下来了！"

一哥和梁小红的早恋曝光在一节物理课上。当时在讲动滑轮和定滑轮，老师强调一定要选对研究对象，是单个滑轮，还是整个滑轮组，这对于受力分析至关重要。"来，你说说这题应该怎么选对象？"老师用教鞭指着一哥。一哥匆忙放下立起的书，连带里面藏着的漫画一起盖在桌上，站起来随意指了一个滑轮。"错！"老师立马说道："你看你就选错了对象。"这时有人大声起哄，选错了对象，选错了对象，你对象在隔壁班！教室里一片哄笑声。

老师调查清楚后，自然是请双方家长。请家长的结果是，发现一哥没有家长。老师做了个经典的扶眼镜动作，说："你们太不像话了，作为学生这么不正经。"一哥没说话，在他心中，只有荒诞的少年时光，才算得上一本正经的生活。

这几天连续暴雨，河面水位上涨，触及桥身，洪水泛滥将上游的作物冲向下游，很多人拿着叉子站在桥上抢菜。桥上一排叉子唰唰地插在水面的瓜果蔬菜上，像无聊的电子游戏。一哥一边看一边："估计快没了。"梁小红说："你看河前面，冬瓜西瓜南瓜苦瓜，还有很多呢，估计加起来能凑一个农贸市场。"一哥说："我是说我的家。"

岷江边上有座王爷庙，供奉治水祖先李冰，但每年夏天这位祖师爷都会失手导致洪水大作，今年尤甚，据说庙里面都灌了水。一哥家就在旁边，自然免不了受灾。一哥带着梁小红去了他家。院子里的水已经退去，弥散着一股腥臭，空荡的庭院，衰草遍地，所有的东西都蒙上了一层黄沙。家道中落，父母离异后各奔东西，竟没人管他，一哥独自守家，房子从青砖黑瓦日渐风蚀为残砖破瓦。每年暑假，无所事事的他，一边浪迹在各个同学家，一边抽时间找父母，母亲改嫁后有固定居所，找起来不费力。但父亲就像个游击队员，神出鬼没，一哥四处打听，有时花上一个多月才找到，刚找到又要开学了，一顿饭后匆匆告别。

梁小红站在瓦砾中，一束阳光正好穿过她的头发，把她的耳廓照得晶莹剔透，又在锁骨旁留下一道阴影。她就像精灵一般垂着头发，透过她白皙的皮肤，可以看到浅蓝色的血管。一瞬间，一哥迷糊的眼睛看到，她萧索的四周突然都开出了花。

　　初三弥漫的紧张，在寒假略微缓和了些，政府举办新年烟火晚会，今晚镇上的人倾巢而出，一哥、二肥、易北三个人，也夹杂在人潮中向前蠕动着。走了一会儿，他们拐进一个巷口，避开了熙攘的人群，周围静谧了下来，可以清晰地听到踩在湿地上的吧唧声。没走多久，又迎来一阵新的嘈杂。"拐过这个口子就是游戏厅。"一哥说。离烟火表演还有段时间，三人决定暂且抛开外面的繁华，气定神闲地玩会儿游戏。游戏厅里又是另外一种喧嚣，每个游戏富含逻辑的音效，混在一起就显得阴阳怪气。这是一家 PS 游戏厅，不同于街机室，这种游戏厅显得相对单纯，很少存在排款现象。玩得最多的游戏是实况足球 5 代，这个游戏换光标键和传球键一起按，会出现一个完美的二过一，伴随着解说员铿锵有力的一句"one two"，防守队员便被过掉，几乎无解。很多人就单凭这一招用门将就可以过全场。

　　又过了一个钟头，他们走出游戏厅，寻得一座吊脚楼，在楼下有一个宽敞的角落，他们坐在岸边，等待着对岸的烟火。易北想起小时候和牛婷婷一起放鞭炮，刚领的压岁钱买了一大袋五花八门的烟花，不知哪个人的魔术弹飞到了口袋里，一瞬间，火花四溅，看着五块钱的炮仗顷刻间化为灰烬，心里的难过至今依旧鲜明，但关于牛婷婷的反应，他已无从追忆。一个只在他童年记忆中碎片化存在的人，却时常让他想起，真是种奇妙的体验啊。

一束火光咀的一声弹射升空，带着一条闪亮的轨迹，划破黏稠的夜色，砰的一声在夜空中炸开，两岸的人也随之沸腾起来。人们太寂寞了，在广场舞还没发明的时代，迫切需要一场集体事件来调剂众人的躁动，总不能把四人麻将升级成千人麻将吧，于是这转瞬即逝的烟火表演便成了飘浮在空中的兴奋剂，渗透进每个细胞，冲击着大家的大脑，让全城一起高潮。

爆开后的烟火像天女散花一般分出丝丝金线，伴随着噼里啪啦的声音闪烁一阵，不等湮灭殆尽，后面的烟花又跟上，夜空跳跃着此起彼伏的光线，乏味而幻变的形状不断切换。声音在空荡的夜空起伏、交错，乱花一般迷离了耳眼。烟火辉映下的茫溪河，像褪了色的银河。日本电影《烟花》里面，情窦初开的孩子争论着烟花的形状，决定去一探究竟。而对于此刻河岸边的三人，烟火纵然有上千种形状，那深埋在最底层的轮廓，才最能罩住他们的心房，要细说那是什么，三人都说不上来，但在爆破的间隙，他们却分明感觉到，那是寂寞。

烟火的高潮来自几个震天雷般的响声，大家一阵惊呼，二肥说："嚯，这几下，跟步惊云的排云掌一样厉害哦！"

他们坐到很晚，显露疲惫，但没有归意。烟花做伴，可消永夜。

狼吃了那女孩

　　大二下学期，医学部搬到老校区。有一栋混住的宿舍，阴阳失衡，留下半楼电子学院的男生"哀嚎遍野"。易北扛着两个鼓胀的编织袋，一路服务到老校区，最后在楼管阿姨的特批下，兴奋地踏进了女生寝室。进门前，小护士再三强调不该看的别看，但易北还是一眼就被那张挂满各色内衣的床吸引，然后目光落到旁边的人。这是他第二次见到林湘湘，脑后一左一右两条柔顺的马尾，挑染得五颜六色，像拖着两条浮夸的彩虹。同属可爱路线的打扮，小护士是纯粹的俏皮可人，林湘湘的装束却多了几分妖冶，一种对男人的引诱呼之欲出。见到易北，她略微下坠的眼角荡出笑意，尽管涂脂弄粉，被牵扯的皮肤依旧泛起隐约的皮屑。就是这个女生，曾用一种抢车位的态度，疯狂地给小护士物色男生，试图用熟人填补小护士的空窗，但都被小护士一一拒绝，直到易北的出现。

　　小护士总是把林湘湘当亲姐姐一般挂在嘴边，赞叹她如何机灵干练，用超脱年龄的智慧，游走于各色社会男人间，用若即若离的态度铺垫她早日踏入社会的野心。又感恩她如何保护自己，帮她拆穿男人的诡计，以及不计回报地陪伴自己无数的低落时光。小护士羡慕林湘湘非凡的识人本领，一眼便能识破对方的面具，让牛鬼蛇神原形毕露。相比之下，自己常常因看人不准而吃亏，所以小护士凡事都让林湘湘把关，成为躲在她背后的小女孩。

　　她对林湘湘那保护神般的描述，并没有让易北对这个女生刮目相看，反倒更为小护士担忧。易北清楚，小护士叹服别人的老练不过是因为自己过于稚嫩，误把常识当知识，把人之常情当作高深莫测的读心术。上学期他们在校门口酒店的那夜，易北最后一下抽搐，让她以为易北生病了，竟把她吓了一跳。易北也被她的无知吓了一跳，才意识到这个纯白的姑娘真是一张白纸。易北欣喜她幸存于前男友之余，也更加心疼这个酥软的女孩儿。他在这张纸上画下第一笔，觉得有责任永远描绘下去，确保未来是一幅美好的蓝图。他躺在床上，给她科普一些男生的生理知识，直到两人缱绻睡去。

　　平时交往中，易北见缝插针地给她普及人世间的种种，但又不能说得过于邪恶，让她对这个世界失望。这确实是个费力的培训课，在学生看来，这个刚二十岁出头的老师资历不够，对于世道的解读让人质疑，在老师看来，这个冥顽不灵的学生让他绞尽脑汁，怕教学不成功，她不染风尘，风尘却染她，心急如焚。有时候易北用普通人的思维帮她揣摩遇到的状况，她会不以为然，说多了则会抵触易北腹黑式的解读，这种交流常常不欢而散。小护士在街上总会碰到各种热心的男人，帮忙提箱子的、带路的、要电话的，或者直接搭讪的，她总能由衷地感受到别人的热诚，有些便发展成短信联系的好友。易北总是从男生的思路给她预演这些男人接下来的套路，每当说到最后一个环节，小护士总是恶心地一皱眉头说："世界上哪有那么多的坏人！"

但奇怪的是，同样从性恶的方向剖析人心，林湘湘的话总能让小护士听进去。林湘湘说有次有个开宝马的男的送她，中途停车要去买东西，林湘湘淡淡地说："买避孕套就别想了！"吓得那个男的一脸讪讪地跑掉。

不知林湘湘究竟施了什么魔法，让小护士言听计从，就连有时候跟易北的约会，都会因林湘湘临时带她参加活动而搁浅。易北建议小护士少和林湘湘来往，以小护士的单纯，断不能应对林湘湘圈子带来的险象环生。但小护士还是一贯的不以为然。

虽然搬去老校区，但每周有一节专业课，小护士要回新校区上，两人便借此相聚一天。四月第二周，小护士一大早坐校车来新校区，易北在车站接她。小护士手机不离手，从下校车开始，她就不停地给新校区的熟人回信息。即便小护士公开了恋情，她乖巧可爱的气质依旧吸引着众多男生。她坦然地给易

北介绍那些五花八门的男生，并一再强调她对易北的专一，让他宽心。易北摸不清小护士有多少蓝颜知己，各种男生形象渐次在他脑海中叠加，不时闪出总有一天会失去她的念头。

　　"下午老狼让我去他工作室帮忙。"

　　"哪条狼？"易北已经习惯每次都会有新的男生名字灌入耳朵。

　　"大一交谊舞课认识的。有次我迟到了，没有人和我搭档，还好他解救我。他叫袁朗，大家叫他老狼。他在校外有个舞蹈工作室，今天试讲，让我去凑些人气。"易北脑海中出现一个男人故意撒开自己的舞伴去牵小护士手的画面。

　　"他不会喜欢你吧？"

　　"哎呀，你又来了，他长得很丑的，他朋友都经常挖苦他的。"

　　见易北不说话，小护士接着说。

"反正你下午有课。中午一起吃饭，然后我去找他，他要请我吃晚饭，晚饭后我来找你。"

小护士的语气有种主动把自己分享出去的意味，但她说话时甜美的声线和单纯的眼神，让易北不得不表现得大度。但他内心真切地感受到有人在霸占自己的领地，心急火燎地想要宣告主权，于是拉着小护士往校外跑。

校门口有大片金黄的油菜花，阳光烘烤下，一阵阵的香味扑进旅馆的窗户，让人精神焕发。这是他们一周一次的幽会，只是今天受到小护士的刺激，易北急不可耐地要把对她的占有变现为身体上的愉悦，于是把晚上的活动提前。他们惯常的前戏，是小护士深鞠一躬，然后说："先生您好，我是7号小护士。"被调动起来的易北立马开始奔腾，想象着自己是一匹孤傲的狼，在自己的领地撒欢。而小护士也纵情地配合，让彼此的关系在一次次的碰撞中变得密不可分，直到两人用默契的节奏完成最后冲刺，然后酥软地瘫在床上。

易北喜欢凝视小护士的身体，少女的每一寸皮肤都像凝脂一般紧致白润，她害羞地用被子遮住自己的私处，易北狡黠地夺过被子，她立马换枕头遮挡，脸上流淌着亲热后的余韵和佯怒交织在一起的娇媚。她倏地用枕头捂住易北脸，问："你娶不娶我？"见易北不着急回答，她又说："不娶我就杀夫，然后去当尼姑。"说罢两人都笑了起来。

小护士给他看自己手背上的针眼。

"我们的实践课，都是同学之间相互扎针的。"

"那你的搭档技术肯定很臭！"易北摩挲着星星点点的针孔。

"有个女生落单，自己扎自己。她平时内向，我感觉她在自残，就把手给她了。她有一针没扎准，针头在肉里挑来挑去，疼死我了。"

易北听着不禁打了个冷战。

"你应该让她去扎老师，这样她进步肯定快。"

"跟你讲，那个老师很照顾我哦，每个操作都让我第一个示范，他仔细观察我的动作，然后认真指导很长时间，就好像后面排队的同学不存在。"

"所以？"

"那个老师好像对我有意思。"

"哈哈，你不是向来单纯看人吗？怎么这样揣摩你们老师。"

"本来我不在意的，但是林湘湘这么说，我感觉倒是有点那意思。"

又是林湘湘，她的存在让易北在小护士心中毫无权威性。易北欠起身，认真地说："不要什么都听她的。"

"她看人很准的。"

易北扑哧冷笑了一声。

小护士看看时间说："我要去跳舞了。"然后像泥鳅一样钻进衣服里，蹦跳着出了门。

易北勾出身子在窗口望见小护士拐入下个路口消失掉，便急匆匆地下楼往学校商业街跑去，查晓曼已经在那等候多时了。查晓曼不知道易北在谈恋爱，自从易北和小护士确定关系以来，她就没见过易北，更不知道小护士这个人的存在，好几次约易北都被他推掉。今天她先斩后奏，到了学校才给易北发短信。易北见缝插针地回消息拖延，还好小护士整天也只顾低头玩手机，才让易北撑到现在。

"你给我买束花吧。"晓曼指着商业街的花店对易北说。

易北没有给女生买花的经验，对花的品种也不甚了解。更重要的是，他认为这个殊荣应该留给小护士。站在花店前，易北有些犯愁。

"你没给她买过花？"

晓曼这一问一石二鸟，打得易北措手不及。既坐实了易北现在的恋爱状态，让他对之前晓曼不置可否的暧昧和对自己恋情的隐瞒，蒙上一层欺骗感情的嫌疑，同时又暴露了自己没有给女友买过花的事实，增加了一项不浪漫的罪名。易北顶着内心的挫败感在各色花朵中犹豫不定。

"说谎的人要被狼吃哦。"查晓曼看出他的纠结，"我要这支。"晓曼说罢径自取了一朵黑色的曼陀罗。面对女生讨花的要求优柔寡断，罪加一等，这是晓曼给他的惩罚。易北只好付了钱，变得坦诚。

"没给她买过花，当然，春熙路那种死皮赖脸的小孩儿硬塞给我的不算。"

晓曼苍白地笑了一下，脸颊的肌肉挤出生硬的曲线。

"你知道这朵花的花语是什么吗？"晓曼依旧不依不饶，想让易北彻底认输。

连续的击打惹怒了易北，也唤醒了他的男子汉气概，他想长痛不如短痛，用破釜沉舟的口吻说：

"我有女朋友了，以后不要单独见面，怕她误会。"

之后是长长的沉默，两人之间是四月细碎的阳光，易北低头看见自己的球鞋，当下流行不系鞋带，鞋带蓬松地伏在鞋面上。他抬头，透过一圈光晕，看到查晓曼眼中愀然的神情，然后是那朵花向自己砸来。以前上学时候老师教过——赠人玫瑰，手有余香；用泥土扔别人时，自己的手也会脏。查晓曼想，我用鲜花扔了他，自己手有余香，一举两得，想到这心里就解恨。她确实得逞了，易北的心被重重地击了一下。

"绝望的爱。"晓曼远远地丢下一句话。

"什么意思？"

"这朵花的花语。"她的声音已经飘远。

易北怔了一下，然后垂头丧气赶去一教学楼上课。他发消息问小护士那边情况，她没回，课间易北给她打电话，结果对方诡异地关机。最后一节课易北心不在焉，发了很多短信，让她开机后第一时间回复。但直到晚饭时间，对方依旧是关机状态。易北隐约有些担心，他回旅馆询问，小护士没有回来过。他想去舞蹈室找她，但不知道地址。他想联系她朋友，才惊讶地发现他没有她任何朋友的联系方式。小护士突然变成一个神秘的存在，像一座缥缈的岛屿，她主动伸出码头时，易北才得以靠岸，她要是亮出孤冷的一面，便可以消失得无影无踪，让易北迷失方向。但转念一想，她不是小孩，兴许手机坏掉，找不到易北，所以正在回寝室的路上。她一向不习惯主动报平安，每次分别，易北都主动询问她是否安全到寝室。现今没有别的办法，他几经周转联系到小护士寝室，让她室友在她回寝室后第一时间通知他。

一天之中丢掉了两个女人，易北内心空空荡荡。他到校车站，守到最后一班回老校区的车钻进夜色，也没有看到小护士的身影。他把 Q 哥叫出来，一边打台球一边继续等消息。Q 哥最近苦练球技，又知今晚易北心烦意乱，感觉一雪前耻的时机已到，早早在台球室摩拳擦掌。果然，易北一来就是一杆暴力地开球，红球堆哗啦一声炸开，各自乱窜。眼花缭乱的机会在 Q 哥眼底铺开，他似乎看到了一杆清台的希望，眼角泛起一丝笑意，用粉笔在杆头摩擦了许久，心里设计好每一步的走位，然后犀利地出杆，不料母球套袋。随后易北一杆杆把杂乱的红球归入袋中。夜色在浓缩，易北内心也如黑夜般惨淡。寝室那边依旧没有消息，事到如今，不是遇到事情，就是有意躲避。她和老狼吃饭，难免有觥筹交错的场面，她向来是个不懂拒绝的孩子，接到推销电话都能让别人说上十分钟，要是有人劝她喝酒再带出去玩，后果不敢想象。易北脑中闪过一些画面，倒吸一口凉气。他更情愿是后者，但是又有什么理由让小护士躲避自己呢？莫非她知道自己找过查晓曼，在赌气，如此一来，易北内心又升起一股罪恶感。想来想去都是闷海愁山的念头。

老板居然同意他们玩通宵的请求，提前收了钱，交代几句，便把他两锁在灯光摇曳的台球室。

整晚易北都心不在焉地出杆，Q哥总在眼看可以拿下一局时，失误断送大好势头。每过一局，易北便给小护士发一条短信，在易北创造机会和Q哥浪费机会的交替中，东方泛起苍白的鱼肚。七点钟的时候，易北给小护士打电话，依旧关机。他又给她的寝室打电话，寝室人确认她昨夜没回来，电话两端的人顿时都紧张了起来。挂掉电话，易北有了报警的念头，突然电话响了，是小护士。

确认小护士安全后，易北大骂一通，然后是小护士无辜又甜美的声音。

"昨晚手机没电，联系不到你，便自己回老校区，太累忘了报平安，到寝室倒头便睡着了。"

易北睁大了布满血丝的眼球，不敢相信自己的耳朵，他长长地呼了口气，努力平复自己的愤怒，决定再给她一次机会。

"再问你一遍，你现在在寝室？"

"是的，刚刚睡醒呢。" 小护士声音没有丝毫颤抖，依旧甜蜜俏皮，甚至嘟哝出赖床的呢喃声，听得人不容争辩。

不动声色的谎话像一阵出人意料的倒春寒，在四月的早晨，易北的心一下凉透了。易北脑袋一阵晕眩，印象中那个单纯的女生突然变得陌生又可恶。易北恼羞成怒，终于在电话里爆发，当场揭穿了她。电话线送去他炸裂的质询声，一阵沉默后，便是小护士簌簌的流泪声。他冰冻的心立马又化了，于是夜不归宿的原因也变得暂不可追究。"说谎要被狼吃。"易北说完，便挂断了电话。哐当一声，他把黑球清入袋中。

越是单纯的人，说起谎话就越逼真，毫无设防的易北溃不成军，伤痛惨重。他满腔的怒火找不到出口，索性把自己也封闭起来。接下来三天，他没有理她。

他趁机回了趟老家，发现家人都在。妈妈把他拉到一边悄悄说："外公查出了癌症。"病床边，众人你一言我一语地劝慰，闪烁其词地隐瞒着病情，无非都是哄骗外公并无大碍，教他放松心态、安享晚年的话。但亲人反常的齐聚和过分的紧张都显得欲盖弥彰，加之疼痛让外公暴躁难耐。终于，在大家聒噪的讨论中，他啐了口痰，说："老子怕不晓得是癌？"然而第二天他就出了院，和几个老年人自在地打着字牌。他从今年开始觉得吃什么喉咙都痛，只能靠喝粥维持。即便如此，年初生日的时候，他照旧要办酒碗，把全村的人请来胡吃海喝，他坐一旁看大家吃得热闹红火，心里便高兴。他表示吃东西会痛，但喝酒不会，举着酒杯和大家畅饮，家里人哭笑不得。外公心态就是这么乐观。不管在家门清苦的早年，还是行将就木的晚年，他都表现出如山峦般的豁然，随着生活的跌宕起起伏伏，绵延一生，给亲人莫大的宽慰。

易北跟妈妈在茫溪河边散步，妈妈说起以前的故事。易北的外高祖母，即易北外婆的外婆，早时家境贫寒，最艰难的时候把仅有的一把米，藏在米缸。食不果腹的年代，贼盗四起，救命稻米不翼而飞。全家人只好上山挖野菜充饥。外高祖母吃了一口野菜到嘴里，实在气不过，头一低，趴在桌上，含恨而终。外公娶了外婆后，发誓不让一家人受苦，在盐井上辛勤奋斗一生。在潦倒的粮关年代，外公到处借米，领了工钱再还，拆东墙补西墙，硬是让一家人挺了过来。

茫溪河边有座五层小楼，外墙瓷砖剥落，苔藓霸占了裸露的石灰墙体。这里是家乡的证券交易所，小时候易北跟着妈妈混迹在一堆大爷太婆堆里，盯着大屏幕上滚动的数字，感受大家浪潮般的唏嘘。妈妈已经很久不炒股了，不知是急流勇退还是壮士断腕，每当易北询问曾经的战绩，妈妈总是云淡风轻地说："没什么输赢。"这句熟悉的总结，同样来自小时候每次妈妈打牌归来，易北询问她战果的时候。后来渐渐明白：如果赢了，妈妈自然要说赢了；如果输了，便会婉转地表达为没有输赢。上学期和电子学院踢球，被对方七比一强势碾压，易北悲愤交加，被 Q 哥问到比赛结果，他也说，没什么输赢。散户无赢家，在股市里面，没有倒下就算是赢。妈妈目睹过无数人被套牢，前仆后继地倒下。春娃妈开饭店赚够钱后，曾一度关门停业，大举进入资本市场，可惜没多久又悻悻地重新开张。妈妈说，你现在进去都可以看到很多熟人，只是他们从曾经的意气风发变成如今的垂死挣扎。这几天有雨水，交易所外墙的排水管形同虚设，天台的积水顺着墙缝而下，滴在墙角下的一个人头上。"春娃，口水流下来了！"易北喊。春娃赶忙撩起衣角擦拭，顺带用手抹去头顶的水渍。

冷暴力对小护士非常管用，得不到易北回应的她近乎发疯，短信和电话轮番轰炸，在家的几天，他的手机屏幕一直没熄过，但他置若罔闻。他回到学校是第四天。小护士出现在新校区校车站。"我等到最后一班回老校区的车才走，然后第二天接着来等，直到你出现。"小护士给易北的短信如是说。黄昏时分，易北在长凳的另一端坐下。小护士的瞳仁中涌动着被冷落放弃多日终于被救赎的希望，望着易北，但依旧说不出话。

"你不打算解释一下吗？"易北直勾勾地盯着小护士，开始了最后的诘问。

小护士避开易北的眼神，抽动着嘴角说不出话。

易北失望至极，起身要走。

小护士泪珠子滚落下来，但依旧不出声。

易北只好主动开口，用家长的口吻渲染了一番外面世界的凶险，还有这次她玩过火的严重事态。见小护士眼神飘出一丝不屑，他的腔调愈发愤懑，开始破口大骂。小护士缄默不语，但眼泪已串成了线，周围投来对易北谴责的目光，易北像做错了事，赶紧把她送上了校车。

女人的眼泪就是她们洗白的工具，只要女人哭，所有的问题都是男人的问题，所有的错误都是男人的错误，所有罪名的逻辑瞬间瓦解得一干二净。真正的争吵隔日才到来。易北从市井中的男生堆里长大，深知男人那些龌龊的心思和下流的伎俩，迫切想给小护士描绘一张防御图，但他无法用有限的社会经验合理勾勒人性善恶的边界，保守起见，也是出于对她的疼爱，他只好一棒子打死，将接近她的人都判为好色之徒。而小护士恰恰讨厌他那种性本恶的有色眼镜，用对抗大人般的叛逆将易北的话抛之脑后。昨天在车站，小护士被易北逼得只知道哭，翌日头脑清晰了，便觉出易北逻辑的荒唐。在电话里，双方以为对方好的名义，大吵了一架。小护士最后撂下一句，你不在的时候我就要出去玩，你管不着，便挂了电话。易北对她满心的疼爱却受到冷落，竟然也委屈地哭了。易北生平第一次为女孩子哭。躲在厕所隔间里，涕泗滂沱，哭到一半发现没带纸，只好敲隔板，让隔壁的哥们儿从地缝递了一包纸过来。小护士倒好得快。隔天又荡漾着俏皮出现在易北面前，对伤心的事避之不谈。小护士就是一个性格开朗，能够很快调节负面情绪的女孩，旧愁还未消，又把两人带入了新欢。毕竟该是耽溺于良辰美景的时光，谁愿意沉沦在不开心的事情上。

易北开始去老校区看她。窗外的景致从城乡接合部一路繁华起来，这是小护士搬到老校区后，易北第一次去看她。由于路不熟，下了校车后，小护士在电话里给易北指路。易北路过钟楼，按照指引，右拐来到自行车棚，小护士却没如约在那等候。

"我在自行车棚，没看到你。"

"我也在自行车棚，没看到你啊。"

"有两个自行车棚？"易北困惑起来。

"就一个啊，怎么回事？"电话那头小护士似乎更加疑惑。

"这个车棚旁边是一个小卖部，你看有没有。"

"是的，我就在小卖部门口，看到我没？"

"没有呢，你穿什么衣服？"易北左顾右盼，慌张起来，周围空气变得黏滞，鬼片中的场景，科幻片中的平行宇宙，诸如此类的概念在他脑海闪现。

"嘿！"小护士突然从旁边窜出来，吓易北一跳，一脸的古灵精怪。

沉浸在惊慌中的易北被惊吓到，一脸怒火，随即又湮灭了。因为小护士环住了他的脖子，那双柔软的手比紧箍咒还管用，瞬间熄灭了易北的怒气。

"我可以把你抱起来。"她蹦跳着说。一双天然妙目像星星一样闪烁。

"那你试试。"易北脸上还挂着没有消解的怨怒。

小护士张开双臂圈住他的腰，用力试了一下，涨红了脸，又笑着说："我力气小抱不起。"然后两个人一起笑了起来。

陪小护士去上了一堂免疫课，讲课的是一个刚毕业留校的博士生，看上去充满智慧的宽大脑门，大框眼镜后面躲着两颗豌豆一样的眼球。他个子不高，上半身努力从讲桌上冒出来，说着一大堆 CD 字母开头的抗原名称，听得易北云里雾里。易北很想努力去听懂，左右请教，发现所有人都一样腾云驾雾，顿时恢复了自信，心安理得地继续神游。直到老师闲扯到妇科病，集体云游的思绪才被倏地拉回讲台。老师讲阴道发炎注意事项，不要吃辛辣的东西，不要抓挠，不要干那个。说到那个时全教室的人都会意地笑了，小护士一脸茫然，转头发现易北一脸笑，就是那个啊，易北重复了一遍。小护士后知后觉地也笑了起来。初尝人事的小护士依旧保留着纯情的一面，凡事都不会往那方面想，生活中突然而至的成人笑话总是让她一头雾水。

医学院南门外是大学路。梧桐成荫，阳光好的时候，葱茏的枝叶间漏下的光线，在地上投射成星海。五月漫天飞絮，随车流漂浮，天上地下，一动一静，相得益彰。他们随着人潮走出校门。护理专业女多男少，易北混在其中异常惹眼，小护士会得意地挽紧易北的胳膊。他们在大学路边吃钵钵鸡，预先煮熟的食料经晾冷，由竹签串制，浸泡在汤浓味美的汁水里，由碗钵盛放，浓郁入味。易北喜欢吃荤，小护士喜欢吃素，他们把钵钵里的菜拨成两边，各取所需。小护士还喜欢要碗清水，荡清白菜上的油腥，露出素清的叶肉，再放进嘴里。残留在经脉间的汁汤渗入味蕾，味道鲜而不重，恰到好处，使两颊生香。

"他就是我说的那位。" 小护士扑扇着乱舞的飞絮，生怕掉到碗里。

"哪位？" 易北有点摸不着头脑。

"就是那位……"

小护士喜欢说一半的话，另外一半让易北猜，尤其是一些羞涩之言。但小护士害羞的阈值相当宽泛，日常琐事几乎有一半需要易北玩猜谜游戏。

"直接告诉我吧。"

"就是林湘湘说的那位……"

小护士故意含糊其词，加之提到林湘湘，有点惹恼易北。

"不说算了。"易北像拍蚊子一样把一朵飞絮拍在桌上。

小护士为易北的不解风情叹了口气，然后对他的怄气摆出一副置身事外的态度。

易北有超乎成年人的心智，却时常表现出孩子气。小护士心地稚拙，却又喜欢故作老练。他们相互嫌弃对方幼稚的部分，殊不知，他们加起来，就是彻彻底底的两个孩子。两人默默地吃着，有飞絮飘到油汤里，像一朵白色的花葬身火海。一会儿，小护士吃饱了，独自去了下午的实践课。易北便也没趣地坐车回新校区。

翌日，Q哥捡到一张饭卡，神神秘秘地拉着易北去食堂，让他把卤菜窗口的肉全部端走。见平安无事，班里的人瞬间从四面八方冒出来围成一桌，开始狼吞虎咽。

"我刚刚一直在脑补一个画面……"

Q哥急着喝可乐，说话时呛了一口。

"我脑补一个画面，这卡一刷，一副手铐便咔嚓一下铐在手上。警匪片里都是这么演的，所以我让你去试试看。" 说完就狡黠地笑了，又补了一句。"这张卡是我捡的。"

易北意识到做了帮凶，顿时没了胃口。

小护士打来电话，说老师跟她表白了。易北彻底吃不下了。小护士遇到这种急事，说话时又变得吞吐不清，林湘湘抢过电话转述。

老师在实践课后把小护士留下谈话，内容从专业知识过渡到情感问题。他问了一通易北的情况，聊了一些大学生恋爱的局限，以及这种狭隘的感情走向婚姻的渺茫。再拿几个身边离婚的同学做了一番论证。最后他把重点放在自己身上，用相亲的口吻，把自身条件一一罗列：刚买的房子、留在成都的决定、良好的工作态势，以及小护士毕业后留校所必需的人脉。每一句话都在期待女嘉宾留灯，但他显然低估了小护士的傻萌。小护士不明白他话语迭进中的意图，以致最后听到他突兀的表白，慌乱地逃跑了。

易北这才反应过来。林湘湘说喜欢她的，小护士昨天难以启齿的，课堂上看到的，是同一个人，那个长着豌豆眼的老师。易北回想，课堂上他确实特别关注小护士。当小护士对他隐晦的笑话发出迟钝的笑声时，他也被这个单纯的女生逗笑，眼神在台下的学生当中飘忽，但不经意间总是在小护士脸上多逗留一些，这些易北都有觉察，当时没多想，现在恍悟，竟遇到一个跨龄的对手。

"这些人真是奇怪，他买个房跟我有什么关系呢？"

小护士对物质的意识尚且朦胧，对男人用房子给她抛出橄榄枝的做法，发自内心的困惑，实则也宽慰了易北。

"那你跟他说清楚没有。"

"说清楚了，但他认为没说清楚。"

"什么意思？"

"他要今晚约我出去吃饭，说清楚。"

"别去。"

"他位置都定好了，又是老师，我不好拒绝，林湘湘会陪我去做个了断，别担心。"

小护士去意已决，但又不想像上次一样欺瞒，主动交代今晚会和林湘湘一同赴约。易北心想断个屁，男女之间这趟水，不搅则清，越搅越浑。整个下午，易北的心脏像是被一只手攥住，憋得发慌。小护士的不懂拒绝，加上林湘湘的怂恿，像是瞌睡碰上枕头，让小护士随时准备倒在别人怀里，易北心乱如麻。

高中谈恋爱和大学谈恋爱的相同点是：高中老师会拆散你们，大学老师也会拆散你们。

易北纠集了班里几个男生赶赴医学院，准备和豌豆眼短兵相接，但小护士死活不说餐厅地址。

易北辗转弄到了豌豆眼的号码，刚好在他们吃饭的时候拨通。电话里易北不断质问对方想怎样，努力克制愤怒的口吻，像极了台湾片。而作为外地人的豌豆眼，则用一口憋脚的四川话重复着"你是哪个？"豌豆眼和小护士的约会被易北搅散。小护士才意识到易北对此事的情绪，电话里说声"对不起"，然后泣不成声。小护士的眼睛像吸饱水的海绵，可随时挤出泪。每次两人出现问题，正要讨论个清楚，就因她的眼泪戛然而止，问题也不了了之。像两个国家的关系，他们搁置争议，不久后又重归于好。他们相信这些异地造成的困扰，等易北搬到老校区便会烟消云散。

他们小心翼翼地等着大三的到来。

建设路都没有人

沿着花盐街向西走，途经佑君街，茫溪河一路逶迤相随。在四望关口，茫溪河汇入岷江支流，门牌改名建设路，路边陡然生出鳞次栉比的工厂，管道纵横，烟囱林立，让建设路沙尘飞扬，家乡工业重镇的真面目终于在建设路展露。

工厂把河水抽去当原料，再把污水排回河里，大有"反哺"母亲河之意。厂区的烟囱像吃了白加黑，白天冒白烟，晚上冒黑烟。天气不好的时候，整条建设路灰蒙一片，天气好的时候，你可以看到阳光稀释在浮尘中，橘色的朦胧一片。

易北的高中就在建设路，这是镇上唯一一所重点高中，大家挤破头想进去。二肥也想上这所高中，为此他参加了体育特长生的考试。碳渣地铺就的跑道，碰到雨天变得湿滑，二肥想来个弯道超车，入弯后丝毫没有减速。由于没有重视牛顿第一定律，二肥在弯道处沿切线飞出，摔了个狗吃屎。但二肥就是牛逼，他立马起身回到跑道，最终还拿到了好成绩，让他的中考成绩加了 100 分。即便如此，他还是和这所高中失之交臂，因为总成绩还差 100 分。他去了隔壁镇的高中。而一哥天资聪颖，初三最后几个月加了把劲，去了市里的一所高中。

易北成绩好，进了这所高中，暂别了一哥和二肥。人们会因为自己的优秀而失去儿时的伙伴，继而失去家乡，有一天也会因此失去自己。由于成绩分化严重，每次月考，班里前几名和最后几名都比较稳定。他们分别坐教室的第一排和最后一排。第一排的人整天思考清华和北大的问题，最后一排通常思考清华同方和北大青鸟的问题。最后一排有个娃，他已放弃希望，课本被他卖掉换成散烟躲在厕所抽，他喜欢上课睡觉，大家称他为觉主。觉主酷爱看小说，总是穿一件脏烂的巴西队球衣，睡醒就窝在座位上看。有次被班主任逮着，强行缴书，他扯着不放，说交了押金，很贵的。

易北坐第一排，高中学习紧张，所有事都被压缩了时间，上厕所也如此，上一秒解腰带，下一秒就听见冲马桶的声音，然后在走廊上一边走一边提裤子。早读课，在爽朗读书声的掩护下悄悄啃几口饭团。上午课间操，他会饿得胃痛，然后去小卖部吃一串烤肠。觉主这时会醒一次，问是第几节课，然后继续睡。觉主功力深厚，睡觉时坐得笔直，双眼微阖，眼神不好的老师在讲台上根本看不出。午饭时间大家围着食堂电视看体育新闻。姚明和麦迪联手的火箭队如日中天，全民追捧，新闻

报道也取巧，若姚明得分高，就说姚明砍下了多少分，若姚明得分不够，就说姚麦组合联合砍下了多少分。午饭后晕饭，众人在满教室的汗味中酣睡，易北只眯一小会儿，就赶紧把习题册翻出来练。每次模拟考试，考学校的前几名都暗自较劲，大家相互熟络，长期霸占成绩榜前几个名额。从高三开始，复读班有人声名鹊起，名次迅速攀升，当四个字的名字赫然出现在榜首时，易北惊住了。易北寡见少闻，之前认识四个字的人大多是女人，并且都住在硬盘里，当这个叫郭家栋梁的名字跃然眼前时，易北感受到一股正义凛然的威胁。易北更加投入学业，切断了很多信息来源，失去了一些人的消息。他觉得脚下的路愈发沉重，像被按压在弹簧上，为有一天的远走高飞蓄势。

晚自习前的黄昏是学子唯一放松的时刻，各个班球队会约比赛。高中踢球不是件容易的事。不像篮球深得女生簇拥，足球规则繁杂，一个越位就可以劝退大部分女观众。相比之下，观赏篮球门槛低许多，她们只需在球进筐后欢呼雀跃就行。足球比赛有时苦守九十分钟颗粒无收，篮球一场可进上百个，女生就喜欢在这种反复刺激下尖叫。觉主有次打篮球，刚上场急于建功而犯糊涂，带球往自己篮下冲，在女生的疯狂助威中过人上篮得分，之后他就被劝改踢足球。加之打篮球的男生通常高大帅气，篮球项目几乎垄断了女生人气。少了女生围观，踢球剥掉哗众取宠的成分，显露出竞技较量的内核，男生变得单纯而专注。打篮球时，后半场松散的防守可以让人神思游离，耍几个花哨的运球动作照顾场边女生的眼光，踢球的男生则没有包袱，唯一需要分心的是脚下坑洼的草坪，一不小心可能会坐球车。

每个班踢球的男生少，一支烟在每人嘴里可以转好几遍，凑一个八人制球队实属不易。打篮球，3对3斗牛，2对2防守，1对1都可以叫单挑。要是踢球，1对1大概就只有相互颠球了。能够放弃自习、放弃小憩、放弃小说，去踢一场没人看的足球赛，这是一件多么孤独而浪漫的事情。有时候人不够，只好从篮球场拉几个凑数。问题是，这些人看到球掠过自己头顶，会忍不住一把将球摘下。

这天理科班和文科班进行一场较量。大家提着双星鞋，翻过钢丝密布的围栏，偷摸进球场。原以为艰苦的条件能够劳其筋骨，练其体魄，磨其脚法，强其意识。后来才知道寒门难出贵子的道理。野路子出身决定了大家无法翻身。小学的水泥地变成初中的炭渣地，再变成高中的杂草地，但脚法依旧参差不齐，潦草的战术，零星的配合，混乱的场面，像建设路的烟尘一样肆意飞扬。

　　每个班会踢的就一两个，其余人负责陪跑和接受队长声控指挥。比赛实际就是双方领袖过招。这颇有点玩游戏的意味，满屏幕二十二个人，其实就两个玩家操控。文科班核心球员，绰号巴蒂斯图塔，射门力量奇大。他带球杀入本方半场。不会踢球的人很容易吃晃，他假动作轻松过掉几个人，队友在他四周成护驾阵型，一边陪跑一边要球，像足球小将里的画面。但巴蒂从不给球，射门的欲望蒙蔽了双眼，他只会一个人莽带，球丢了队友也并不责备，还会拼命把球抢回来再交给他。大家很清楚，把所有的机会都给核心球员浪费，才是最好的珍惜机会。

　　易北和觉主所在的理科班队实力偏弱，大家靠跑动弥补。尤其是觉主，整场比赛几乎碰不到球，但满场飞奔，他说这叫无球跑动。巴蒂斯图塔晃过最后一个人，准备临门一脚，门将裸露的双手在颤抖，按照惯例，毫无操守的门将准备躲闪。关键时刻，关键的人出现在了关键的位置，那就是觉主。所谓技术不够，态度来凑，堵枪眼之类的脏活累活都由他包揽。他一个跨步封堵，球打在小腿上，由于力量太大，他失去重心，倒下的时候单掌撑地，身体的全部重量瞬间丢给那只手，他的手咔嚓一下就没有了知觉。"用你的手拿住我的手，我手好像脱臼了。"觉主说。易北像举圣旨一样托着他的手送他下场。

比赛临近尾声，理科班奇迹般领先一球。但拥有多名校队队员的文科班势如破竹，对理科班的后防线狂轰乱炸，觉主看到场上险象环生，不顾劝阻坚持再上，他用右手抓住软泥一般的左手，在场上扭曲地跑动，把领先守到了最后。

比赛输赢的是可乐，一人一瓶。太阳烘烤一天的草场有干枯的气味，被球鞋摩擦后释放出鲜草的腥香。但所有的碰撞跌倒，最后尝起来都是可乐的味道，觉主让易北帮他拧开瓶盖。扑哧一声，迫不及待享受碳酸对喉咙的刺激，糖分榨干口腔的水分，觉主欲罢不能地一口接着一口。高中大家都很痴迷可乐，所有的事情都用可乐当筹码。觉主喝得心满意足后才去医院，勇敢地告诉医生手脱臼了，麻烦接一下。医生说："哦，不是脱臼，是骨折。"

晚自习是万众期待的时刻，觉主会从一天的沉睡中苏醒，给大家自编自导自演一集《中华英雄》。觉主跟二肥一样有浓重的华英雄情结，不同的是，觉主更具编剧和表演天赋。他把这部电影改编成连续剧，每晚自习课间表演一集，一人分饰不同角色，准备一直演到高三毕业。起初他尝试演香港警匪片，但台词总是出错，有时候演警察，他会说"你已经被逮捕，我可以保持沉默，但做人最重要的就是开心"，又或者他演廉政公署，喜欢说"我是来自 ICU 的觉主"，易北纠正他说廉政公署是 ICAC，ICU 是重症监护室。通过不断尝试，他终于在《中华英雄》上找对了自己的戏路。今天他带伤演出，观众格外热情。今天剧情是华英雄和鬼仆对战日本五术士，为了演出日本忍者的瞬移术，他让同学把教室灯反复开关，每次灯亮起他都出现在不同位置，低成本特效获得满堂彩。觉主的表演收放自如，总是在班主任赶到前组织大家恢复平静。

归宿假是让人兴奋的事情，对于无人监管的一哥尤其如此。一哥骑着他的"一二五"，从市里一路飞驰到建设路。他的后座不再有梁小红，他很久没见她了，有些人一升学就像升了天一样不见踪影，没有人知道那些好看姑娘的下落，但她们终究会躺上某些人的床。一哥思考过很多这样的道理，似乎已经释怀，所以此刻他尽情把摩托车骑出哈雷的感觉，把嘴里五毛钱的散烟抽出古巴雪茄的风范。

建设路工厂背后是连绵的青龙山，民居依山而建，高低错落，工人子弟安居其中，其间便有二肥的家。一哥先去二肥家，发现二肥正在理发店，他又轰一下油门，去校门口接上易北，再调头去找二肥，二肥刚好理完发。二肥理发速度很快，他跳过了洗头时的按摩环节，他说躺在沙发上被人按着耸动，有种被日的感觉。但他其实是为了省钱，他最近闯了祸。二肥上月创造力爆发，他捡了个方向盘安装在自行车上，模仿货车司机过弯时两手交替打盘子的帅气动作，但他的机械方向盘揉了四分之一，车头就横了起来。为了达到效果，他把螺丝拧松，让转向轴打滑，车头变向幅度变小，过个弯够他揉好几把。结果过弯时车头转太慢，直接撞毁了杆杆的烧烤摊。杆杆说："我这是要去美国上市的烧烤企业，你要赔。"

工厂第八车间的后山有个荒废的篮球场，大家喜欢来这里踢球抽烟。平时在学校厕所逮抽烟的教导主任，有一次跑到这来，招架不住众人怂恿，从学生手里接过一支烟抽起来，兴起时放大话说："老子当年在这里踢球没人防得住。"此处也是打架频发地。学校里有好战分子，精力过剩，为打架而打架，每天打听是否有人约架，看熟人面孔临时决定加入某一方，久而久之便在学校打出了名气，别人打架也会主动带上他。觉主就是战争分子之一。

篮球场再往上是青龙山脊，草木葱茏间掩映着一个废弃的防空洞，幽暗阴森。好的东西总是兼容黑白，广纳雅俗。比如关公，黑白两道皆膜拜；比如明日，贵贱共享，同施恩泽。再比如，这个防空洞，由于地形隐蔽，学校里的渣滓败类常在那里聚集，抽烟喝酒打枪打炮。好学生也把那儿当作雅聚畅聊的好去处。二肥属于不好不坏的青年，经常在两群人之间恍惚摇摆。有次他跟一群朋友去防空洞探险。随着队伍行进，不断有人退出，行至洞内幽深处，只剩二肥、东洋刀和一女的。东洋刀把女的拉到拐角一边，吹灭了蜡烛。光线迅速抽离，二肥眼前一片漆黑，忙乱中撞到了坚硬的岩壁，发出惨叫。女的被逗笑，二肥寻着笑声摸清了他俩的方位，悄悄靠近。他听到一阵窸窣的衣服摩擦，然后是湿嗒嗒的吮吸，伴随着粗重的鼻息声。二肥不禁偷笑，随即又生出一丝尴尬。两人缠绵得越发激烈……他们的肆无忌惮让二肥胆怯得不敢出声，他想溜但辨不清方向。二肥听着声音，瞳仁向他俩的方向搜寻，竟无半点光线。云雨翻滚的娇喘加上低频的附和，在洞壁的折射下，声音清晰而持久。

他们在篮球场上踢了一会儿球。二肥点燃一支烟给一哥。一哥没要，他拉开裤链，对着工厂的方向尿尿。二肥说："你挺住。"一哥说："一泡尿挺不了多久。"二肥说："我说个事，你要挺住。"一哥转身，二肥左手背打在右手掌，两颊的肉挤成一团说："梁小红被东洋刀日了哟。"

一哥那晚酩酊大醉，酒桌上谁也拦不住他，他死死抱着酒瓶，嘴里不停喊叫："来呀！喝死我啊！"最后一句清醒的话他说："我省吃俭用，刚给她买了一双耐克鞋，还没打听她的收货地址。"回家路上他看到个水洼就趴下去四肢比画，嘴里喊着游蛙泳。

觉主主动请缨为一哥出头，结果被东洋刀反杀。一天晚自习，易北听说彩虹桥头有群人骑着摩托手持棍棒经过，留下一个人躺在地下，每隔半小时吐一次血。觉主被医院下了病危通知书，终于如愿住进了 ICU。大家很久都没见到觉主，有人传他死了，有人说他脑子坏掉退学了，有人说他康复出院后转学了。不管怎样，让人遗憾的现实是，《中华英雄》停播了，每到晚自习，大家就陷入了一阵空虚和焦虑。语文老师善解人意，默许大家在晚自习课堂吃东西。大家也愈发放肆，从最初偷偷在桌下吃狼牙土豆，演变为后来围成一圈吃火锅，餐后分西瓜，大家会好心地递一块到讲桌上。语文老师不管，照常讲她的课，师生间一派和谐。

猖獗的东洋刀染上了毒瘾，为筹集毒资铤而走险，被公安盯上，在公安局实习的火药枪正好参与了那次逮捕。东洋刀被警察围追，情急下抢了一辆路边的卡车，开着卡车满城逃。警车最后把他逼到建设路工厂后山的山坡，他一脚油门踩到底，卡车冲上山坡，却在半山腰熄火。东洋刀猛拉手刹，欲跳车，这时警察已将驾驶室团团围住。穷途末路的东洋刀咬破舌头，满口鲜血往靠近自己的警察身上吐，大喊老子有艾滋病，吓得警察后退了几步。他摸出一把杀牛刀，准备杀出重围，一声枪响，东洋刀想说什么，但喉管的血喷涌而出，呛得他痛苦地咳嗽起来，倒在了地上。火药枪上前，用手扶着他，东洋刀瞳孔在虚弱地跳动，他说好痛。火药枪按住他的伤口说："不怕，打个针，不疼不疼！救护车马上就来。"东洋刀伸手想解开衣扣，但失去了力气，火药枪一把帮他撕开衣襟，胸前陡然亮出了一片东洋刀的纹身，青色的文理，凛然而冷峻，但随即就被淌下来的鲜血覆盖，东洋刀挣扎着抹掉血迹，火药枪赶紧帮他，刺青重新跃然眼前。东洋刀苦痛地望了眼胸口，再看看火药枪，满意地笑了，没多久，那笑便凝固在暗淡的薄暮中。

外婆和外公身体开始不好，上山下山已显得吃力，且山路险长，恐出事。家里人力劝，老两口终于同意搬下山住。外公继续去集市和朋友喝茶打牌，可外婆闲不住，家务之余，依旧上山弄她的瓜果蔬菜。每次去外婆家发现她人不在，易北就知道要去地里找她。远远望见山坡上，外婆锄禾，天空清远，山川魏丽，天地清明而人在其中，一派端然爽朗的样子。她锄禾的时候很专注，加之耳背，易北每次走到她身旁时她都察觉不到，直到易北大声喊"婆婆"，她方才从自己的世界回过神来，笑眯眯地带他下山做饭吃。

　　从小到大，易北从来没有把草木飘摇的瓦窑村走遍过。高考之前，他约上一哥、二肥，往深山走，去那一片以前从未涉足以后也未必有机会的地方看看。行至半路，一条湍急的河沟挡住了他们的去路。春娃不知从哪里冒出，说："你们过不去了。"易北大喊："春娃，你口水流下来了。"春娃赶紧抓起衣角在下巴上擦拭了一下。易北评估，若蹚水过去，湍急的水流加上水中滑腻的石头，人恐怕被冲走，下游有几米的落差，地势十分险峻。倘若冲跳，距离太大，可能直接跳到沟里，最终是同样下场。一哥建议撑竿跳，示意一旁的竹竿。所有人的目光都落在水边的竹竿上，那竹竿切口整齐，明显是人为砍伐，且两根一捆，头上带尖，尖的一头有流水腐蚀的痕迹。很明显，两根捆在一起是为了承重，尖头是为在乱石交错的湍流里扎稳，这就是用来撑竿跳的。瓦窑村的人民原来如此彪悍，过河都用跳的。"跳吧。"一哥说。二肥问："你敢跳吗？"一哥说："有啥不敢，不管是撑竿跳、立定跳，还是仙人跳，老子从来没怕过。"

二肥说："锤子哦，你弄么厉害！"

一哥打头阵。他回顾了电视上看奥运会的经验，确信对每个技术环节了如指掌。他握住竹竿后退一段距离，起步，助跑，一气呵成。竿子前段扎入湍流中的石碓，身体开始腾空。一切都很顺利，周围人屏气凝神，生怕有一丝声响干扰他的技术动作，要等他落地后才敢欢呼。眼看一哥身体荡到了最高点，但由于前期助跑速度不够，一哥在最高点停住了。是的，在最高点，一哥的水平速度变为零，竹竿托着他在原地矗立了两秒，保留着向任何一个方向倾倒的可能。一哥反应也快，单手擎住竹竿，另一只手举过头顶想要控制重心往前，有那么一瞬间，感觉他像骑着金箍棒的孙悟空。最终一哥靠着微弱的前倾，顺利地摔在对岸。一哥指着下游说："哎！下面有座桥。"原来，那个竹竿是个箭头，指向下游的桥。

高中三年就像打游戏升级，一年一关，每过一关升一层楼。终于到了高三，教室搬到了顶楼，眼看就要触摸到自由的天空，大家兴奋难耐，就等毕业的最后一声铃响。曲终但不想人散的大家，想留些什么。有人开始用纸飞机写些话往楼下飞，旁边班看到了开始效仿，很快整层楼云集响应，无数纸飞机弹射而出，再后来，大家懒得折飞机，把书本撕成纸屑往外扔。楼下黑压压的人群在观赏天女散花，为楼上的人加油呐喊，有对情侣在漫天纸屑中接吻，掀起一波高潮。再后来发展为直接扔书。天空中飞舞着屈原、苏轼、李清照、笛卡尔、鲍林、侯德榜、牛顿、法拉第、麦克斯韦、达尔文、沃森和克里克，他们在阳光的折射下熠熠生辉，高二的娃在楼下哄抢，争相预睹神秘的高三课本，突然楼下有人喊："扔本历史书吧！"楼上有人答："我们是理科班。"校长在一旁看着漫天飞舞的纸花，痛心地说："现在的学生真不懂感恩。"觉主不知从哪里冒出来说："老子交了学费，还把书还给你，这还不感恩？"

觉主回来啦，举班沸腾，他说："大家好，我是来自ICU的觉主，来给大家演最后一集《中华英雄》。华英雄准备与无敌决战，一掌打碎了中华楼外的石狮，随着华英雄一句"老朋友好久不见"，赤剑于乱石中惊鸿再现。易北躲在讲台下，将一把红色的伞缓缓举起，觉主摊平手，想象用内力让宝剑腾空而起，旁边同学端着风扇，他潇洒飘逸地握住宝剑，跃过讲台后杀向教室中央等待的无敌。扮演无敌的同学主动把胳肢窝张开，让宝剑穿刺而过，随后合拢，苦痛倒地。可能是脑子真被打坏了，演完后，觉主还为自己举办了一次金像奖颁奖典礼，他用拗口的粤语说：最佳电影——《华英雄》；最佳男主角——觉主。然后从主持人变身为演员，重新上台领奖，发表感言。那天的欢笑毫无节制，格外持久，班主任也悄悄出现在角落，有人笑着笑着就哭了，随后是雷鸣般的掌声，大家喊着：觉主，我们支持你…… 直到最后一声铃响，大家依依惜别，消失在没有温度的建设路上。

高考后，那些知识很快还给了老师，易北才恍悟觉主口中说出的真理，感觉学校又狠狠地赚了他一笔。他们又爬上青龙山头，疯长的杂草已经堵住了防空洞的入口，经年的草木也覆盖了篮球场，那里终究不再是年轻人的娱乐场。杆杆在烧烤摊被二肥撞倒闭后，去当了兵。火药枪检查出了糖尿病，退出了警队，在家休养。二肥没有考大学，家里已经给他找好了化工厂的关系，很快就能成为一名光荣的工人。一哥和易北静静等待着大学的录取通知书。白云苍狗，年轻人逐渐流散，远赴前程，那些狂躁的、期待的、梦碎的、赤裸的、失落的、偏执的时光，一下子显得空空荡荡。太阳的光线在遥远的地方与地球相切，把世界分成黑白两部分。他们在山头整整坐了一夜，直到晨昏线出现在天际。

街道的烟尘开始翻滚，一哥突然指着远处说："看，建设路都没有人。"

林荫街 17 号

　　小护士从小是乖乖女，直到大学，叛逆期才姗姗来迟。早期的乖顺蜕变为长大后的疯狂报复。不接父母电话，欺骗家人，挪用助学贷款，夜不归宿，她在各种忤逆亲人的刺激中越走越远。大学中碰到一个叫易北的男生，她享受了一番甜蜜。但他总摆出一副家长施教的姿态，把人性描污，痛斥世道的险恶，用大灰狼吃小红帽的故事吓唬她，阻止她去探索花花世界。她讨厌易北把外面的世界越描越黑，把每个接近自己的男人都贴上图谋不轨的标签。像每一个叛逆期的孩子，易北的每一次劝诫和责备都会激发她进一步的反抗。而全世界唯一支持她的林湘湘，便成了她的闺蜜和护法。她和林湘湘结伴纵情，对于易北看似幼稚的告诫置若罔闻。

　　和老狼吃饭那晚，小护士第一次体会到了微醺的快乐，席间男生俗套的笑话把她逗得直捂嘴。晚饭延伸到消夜，继而是凌晨的 KTV。林湘湘带来几个成熟男人的加入，让聚会平添了暧昧的气氛。包房摇曳的灯光下，充斥着轻佻的语言和大胆的游戏。她从未享受过酒精带来的急促心跳和把自己放纵在男人堆里的快乐，那个呆板的易北早被她抛在脑后。凌晨三点，人群散去，街上的凉风让她恢复了清醒。开机后，易北的短信瞬间轰炸了屏幕，意识到玩过头，担惊受怕的她只好跟着老狼去了他校外的住处。只是自己太不小心，被易北识破，易北照例又给她一顿痛批。明明感受到了彻夜的欢愉，易北却要散播人心险恶的阴谋论。这让她不屑于易北灰暗的世界观，更加笃定自己眼见为实的快乐。

在医学课上，老师对自己投来青睐目光，虽不喜他的年龄和平庸的外表，但被男人追捧始终是件愉悦的事情。老师邀请自己共进晚餐时，本来小护士是拒绝的，但林湘湘在一旁吹风，说熟络下感情总归是好事，关键是那家餐厅十分有名，林湘湘垂涎已久，便拜托小护士带着她一起赴约。只是他们吃到一半，易北的电话便打到老师那里。再次见识易北激烈的反应，小护士变得小心翼翼。易北不在时，她耐不住寂寞，随着性子跟林湘湘去疯玩，贪欢的同时，不得不承受欺骗躲闪带来的愧疚。

好在大三来临，易北搬到老校区，距离小护士的医学院仅一街之隔。两人约会回归合理的频次，彼此内心的空虚和猜忌也云消雾散。那些花样男生像星星一样迷离了她的双眼，而易北才是那颗让其他人黯然失色的太阳。小护士内心是喜欢易北的，即便在跟别的男生消磨时光时，她心里也挂念着他。医学院南门在林荫街 17 号，从这里到小护士宿舍最近。小护士时常盼望着易北的身影从那道门闪出来，然后带他躲到侧门旁的废弃车库，把起伏的胸部贴在他胸膛上，紧紧拥吻。女生宿舍十点关门，她会留恋到最后一分钟，然后把易北拦在铁门外，目送他在小卖部买只鸡腿啃着离开。那小卖部的老板是个色鬼，收女生钱的时候总是纸币嫩手一把薅。有次和林湘湘去游泳，她俩扶在岸边胆怯地尝试，被泳池里的小卖部老板看见，刚开始热情地教她俩，有板有眼，没多久，扶在腰间的双手就慢慢往胸部移。像这样的骚扰小护士不知遭遇了多少次，她自然不敢告诉易北，因为她薄弱的自我保护意识总是惹怒易北。

易北开始准备考研，而早已无心念书的小护士，开始做兼职挣钱。周末她在一家托管中心辅导小朋友学习。托管中心有个叫陈子豪的小男孩，和小护士"一见如故"。刚见面时，两人足足对视了一分钟。小眼睛晶莹剔透，像一汪清泉，毫不掩饰对小护士的好感。小护士也用她那双翦水秋瞳含笑而视。他每天指定要小护士辅导。两个人一起讨论老师布置的作业题，小护士偶尔也会教他几个英文单词，更多的时候则是听他讲班上的事情，直到他爸开来一辆巨大的普拉多，把他瘦小的身子载走。

学校有个考研自习室，里面的桌位横七竖八，已被各路人士占为己有，放眼一片全是水杯、外套、毛毯和洗漱用品，还

有浩如山海的书本。易北在角落捡到一个空位，如获至宝。百叶窗投射进一束束的光线，空气中隐隐有股酸臭，大家像挤在一列废弃的火车厢，沉默的蓄力，等待一年后火车发动载他们去不同的地方。

　　傍晚是每天仅有的甜蜜时分。小护士工作的地方挨着易北校区，每天工作结束便去学校找他。易北学校南门有很多小吃，一家叫重庆森林的小店，跟那部电影没半毛钱关系，但卖的钵钵鸡地道美味。钵钵鸡分红油和藤椒油两种，他们总喜欢吃红油汤。长期以来，钵钵鸡和红油相得益彰，良缘已久，相比之下，藤椒味更像是个妖艳的第三者。易北喜欢点上一碗鸡汤饭，用钵钵鸡下饭。鸡汤饭鲜美软糯，味香且养胃，配上钵钵鸡的麻辣爽口，十分过瘾。

郡肝片小巧玲珑，入口先是汁水满溢，待牙齿切入弹嫩的肉质，浸润其中的味道便随着咀嚼释放到味蕾。吃钵钵鸡的第一口理当挑选久泡的郡肝，让寡淡的口腔接受一剂猛然的冲击，为这场饕餮盛宴来个锣鼓喧天的开场。然后是鸭心，一颗鼓胀圆润的心子，被一剖为二，更入香入味，三两下嚼完一瓣，味足而不冗余。其次是毛肚，脆嫩滑弹，爽口化渣，味觉和触觉融合得天衣无缝，难怪火锅、串串、干锅、冒菜等川食都要将这道菜品收入囊中。接着是各种内脏外肉，凤爪、鸡尖、鹌鹑蛋、鸭肠、猪皮、牛肉、黄喉、鱿鱼、脆皮肠、肝把、肥肠，一个个都是爽滑柔嫩、肉汁四溢的货色。等大开荤戒后，再辅以素食，清肠刮油。脆生生的土豆和藕片，香味浓郁，最得易北的心，而小护士依旧专拣素食，用清水涮白，细嚼慢咽。

南门外的街市，有许多女生的饰品店，小护士只顾把头埋在篮子里翻弄发卡，把嫩白的乳沟暴露在宽大的领口处，旁边的人，总是偷瞄几眼。易北想提醒，但碍于情面，只好紧挨着她，封死走光的角度。

"你刚刚又走光了！"走出商店易北有点生气。

"哪里？"小护士睁大了眼睛，往下看，自己穿的是牛仔裤。

"是你的胸口。"

小护士赶紧捂住胸口，惊讶地问："被人看见了？"

"也许吧，反正我是看见了。"

"那好不好看？"小护士收起了惊惧，露出精灵古怪的表情。

"好看得想要动手。"易北也毫不示弱。

"这里！"小护士指着街边的钟点房的广告牌，提高音量说，"我们去讲价，还能再便宜，然后让你摸个够。"

有几个路人在窃笑，吓得易北赶紧拉着她逃跑。

他们往校内走，体育馆外的草坪上有外国留学生在玩飞盘，一手握着啤酒，一手掷飞盘。飞盘飞得四平八稳，像沿着固定轨道滑行，只要抛得好，站在原地也可接住。有时候飞盘太正，外国人还刻意增加难度，翘起一只腿，从胯下去接。小护士来了兴趣，主动向外国人要来一个，让易北跟他一起玩。小护士小脑极其不发达，她跟易北打过几次乒乓球，捡球的时间比打球的时间长。乒乓球像是寻着她的指缝蹦跳，就是不落在她掌心。她就像只小猫，追几步捧一把，再追几步再捧一把，直到球不再弹跳，方才从地上捏起，此时已全身汗津津。小护士打不好，所以经常要捡球，后来捡球就成了易北的任务，再后来他们就改打羽毛球了。所以小护士此时提议玩飞盘，易北心头又是一紧。飞盘像片羽毛，乘着晚风，轻轻飘飘地滑翔，似乎被调慢了速度。披散着光晕的飞盘朝自己而来，小护士兴奋地踩起脚，全身都在为跃跃欲试的两只手帮忙。

远端的易北一副松垮的姿态，这一抛一接，哦不对，是一抛一捡的时间，够他思考一阵的。他似乎有些厌倦这稀松平常的日子，每天喧扰的人流，食堂千篇一律的饭菜，基教楼晕眩的钟声，还有关于未来亦步亦趋的期盼，每一样都用无可无不可的态度，消灭着生活的每一点可能。只有眼前这个人，每一次看到她，都有新的发现。他经常凝视那张久看不厌的脸，从不同的角度挖掘她新的样子，像看一个陌生的姑娘。有时候刘海儿垂在她明亮的眸子上，有时候头发盘起亮出白皙饱满的前额，有时候穿吊带露出性感的肩胛骨，有时候她颧骨柔和的线条从侧面凸显，他会心里咯噔一下，原来她是这个样子的。有时候小护士觉察到，便转头问他在看什么，他总说，你很漂亮。关于长得漂亮这一点，小护士向来是不自知的。她并不清楚这样的相貌会引来路人的注目，更不知在特定场合有意收敛，所以总招致一些异性和麻烦，造成两人的困扰。她总说自己不漂亮，而且长得像男生，并拿出全班的合照让易北鉴定五官。小护士的单纯安抚着易北关于未来的焦虑，让他甘于浸泡在终日的平凡中，但每当小护士贪玩而引发两人争执，他又会想：这不过是个俗气的女孩儿罢了，未必能承载自己今后的人生。易北像个钟摆，在两种心态间摇晃，时间就这么流逝着。而此刻的小护士，又是一个易北未见过的她。她望着飞盘，也望着易北的方向，眼睛放着光，像明天的太阳肯定会升起那样坚定。飞盘在逼近，她轻轻跃起，像只小狗一样扭动身子，挥舞着双爪，但飞盘还是擦身而过，坠在草坪上。

易北收起了思绪。小护士也捡起飞盘，咯咯地笑。她说换我扔，你来接。效果显然。不管小护士抛得多烂，易北总是灵巧地接住。累了，易北说："我不接了，怪尴尬的。"小护士问："为何？"

易北说："你看，外国人手里拿着啤酒，而我没有。""那有什么关系。"小护士说。易北说："你看旁边叼飞盘的小狗，我若不拿点什么东西，跟它就像。"小护士说："原来我在遛狗。"

渐渐地，小护士发现陈子豪有点孤僻。他对中心的其他小朋友毫无兴趣，用超脱年龄的口吻给小护士讲述学校的事情。诸如某某同学是校长的亲戚，班主任就优待他。两个同学打架，其中一方家长是学校的重要捐款人，所以处罚落到了另一个学生身上。末了，他会轻蔑的总结道：他们都是妈妈宠坏的孩子。

这天下雨，陈子豪爸爸的车早早地等在了楼下，小护士撑伞把他送进车，正转身离开，他爸爸摇下窗户说："送你吧。"因为太多次不懂拒绝男人而造成和易北的困扰，已让小护士心有余悸，她礼貌回绝后，像做了坏事仓皇而逃。拐过一个弯后，确定看不到他的车，她才放心地慢下脚步。人行道上松动的石板暗藏杀机，一不小心踩到就吧唧一下溅起一滩污水。小护士懊恼地看着裤腿的污渍，心情低落到了极点。这时一阵爆裂的引擎声奔着身边的一滩水而来，小护士想：完了，这身衣服等着泡汤吧。她把伞横过来，想最大面积保护自己。不料车子稳稳地停了下来，车门打开，陈子豪的爸爸走下车。子豪想跟你吃顿饭，请赏个脸吧。陈子豪探出脑袋，满是祈求的眼神。小护士怔在原地，雨水在伞沿下串成了线。"再犹豫我就成落汤鸡了，上车吧。"子豪爸爸说着帮她开了车门，自己躲进了驾驶室。

硕大的包间里就他们三个人。子豪似乎对这顿饭的人员配置很是满意，胡吃海喝起来，还不断给小护士夹菜。为了消除小护士的局促，子豪爸爸主动打开了话题。

"老师是学护理专业的吧？"

"是的，但是我不喜欢这个专业。"小护士的注意力全在子豪身上。

"护理专业很累哦，经常熬夜，工作环境也不干净，不小心还有感染疾病的危险，还要忍受各种无理取闹的病患。"

小护士听得眼睛一亮，转头说："我有位学长就不小心在医院感染了艾滋。"

"哦，那好造孽哦。而且女生做护理多，会有很多烦恼吧？"

小护士眉头微蹙，使劲点头。

子豪爸爸接着说："确实是个辛苦的行业，混到护士长会好点，但那都不知是猴年马月的事情了。"

三两句已把小护士说得心悦诚服。小护士开始健谈起来，说起医院实习的事情，就像个孩子分享幼儿园的故事一般。服务员上了一份香菇炖鸡，小护士正想盛汤，子豪爸爸伸手拿她的碗，两只手碰到了一块。两个人都笑了，只是子豪爸爸笑得温文儒雅，而小护士绯红了脸。七分饱意后，子豪似乎不满这不着边际的谈话，向爸爸递了个催办的眼色。爸爸像得到了命令，赶紧把烟熄灭，子豪也识趣地借故上厕所离开。子豪爸爸微微欠了下身，说，"是这样，都怪我平时忙生意，没有时间关心子豪，和他妈妈感情也不好，其实我们两人已经分开了。子豪平时在学校像个没有妈妈的孩子，上学放学都是我接送，时间久了，其他的孩子都笑他没有妈妈，他内心也越来越孤僻。这段时间子豪在中心很开心，一直向我提起你，说他很喜欢你。所以我在想，能否请你……"

小护士再单纯，这样的旁敲侧击她还是明白的。她急忙说："不行的，我有男朋友，而且你年纪太大了。"说这些话的时候，喉咙像火灼一般难受。子豪爸爸扑哧一声笑了，给她的杯子续了些水。小护士端起杯子大口喝起来。"不是你想的那样。最近要开家长会，子豪是想让你冒充他临时的家长。"见小护士犹豫，又说："你看我这么忙，哪有时间？就当帮子豪一个忙。"子豪爸爸摊开双手，一副无辜的样子。

小护士把这件事告诉了易北。易北觉得十分有趣，表示她可以尝试一下当妈妈的感觉。而林湘湘则兴奋得多，说这难得的机会一定要把握住，说不定实习的就变转正的了。林湘湘把衣柜翻个底朝天，给她搭配了一身最合适的着装，帮她预演了各种情景的对话。林湘湘说："争气些，你帮陈子豪过这关，你自己也就过关了，女人奋斗得再好都不如嫁得好，懂吗？"末了，林湘湘自己惆怅起来，说自己为何遇不到这么好的人。林湘湘最近频繁接触社会男人，挑来选去，能够相互看得上的，就剩一个骑机车的中年大叔。机车大叔带她兜过几次风，尽管也很酷炫，但林湘湘受不了自己的小脸蛋风吹日晒。小护士看着镜子里突然成熟的自己，陌生而激动，那是在易北的眼里永远看不到的自己。她转向林湘湘，用学习委员鼓励差生的口气说："你肯定会找到意中人的。"但她不知道的是，姐妹间的感情有时像块令人作呕的土壤，向阳就开花，背阴便生虫，姐妹间际遇的落差让两人关系蒙上一层阴影，嫉妒的蛊虫已经在荼毒林湘湘的内心。

易北自习得愈发投入，对他来说，存在着另外一种可能，即大三期末考好，用前三年闪耀的 GPA（平均学分绩点）获得保研资格。然后离开那间火车皮，和小护士远走高飞。为此两人约会减少，有时一周都不碰面。男人们见缝插针般在易北和小护士之间制造着障碍，两人性格的差异和聚少离多带来的困扰再次凸显。

这学期接下来又发生了几件不愉快的事。一件事是小护士被托管中心骗薪。当初易北建议她先和老板谈好待遇，但她觉得机会难得，抱着信任别人的心态稀里糊涂地做了两个月，结果没拿到几个钱。易北带着她上门讨薪，但面对老练而蛮横的老板，他们束手无策，无奈之下，易北再次对小护士进行了不听老人言般的严厉施教。还有一件事是小护士又背着易北和其他男生出去通宵 KTV。她乖巧的外表下有一颗稚嫩而贪玩的灵魂，内心对妖娆的世界十分向往，飞蛾扑火般不明就理地去体验。不同于一般的轻浮，她只是不懂漂亮女生应有的自持，更缺乏甄别能力和自我防护，所以任谁都可以去撩拨她一下，经常被一些花言巧语逗得哈哈大笑，男人们的诡计很快让她晕头转向，一阵迷糊便被约了出去。易北发现后，两人狠狠地吵了一架。小护士就像茨菇一样让人垂涎，谁都想吃一口，但要剥开外壳却十分麻烦。她总以自己没有越过红线而据理力争，易北也毫不示弱，每次一吵架，小护士就胃痛，易北最终也只好草草收场。

渐渐地，两人的感情有些破罐子破摔。但怎么摔也摔不破，像小时候吃饭用的搪瓷碗，就是为防摔设计的。易北通过摔碗吃饭长成男孩，他们的感情也好似让他多摔几个跟头，长成男人。小护士记性差，难过的事哭一次便忘了，隔天看见易北就很容易开心起来，而留下的问题却堆叠在易北心头，逐渐厚成了一本账，他忍不住想翻。六月的一次吵架，易北说了些狠话，小护士以泪洗面，她寝室的人也气愤难平，拨通电话挨个讨伐易北，足足一个小时。

为了修复这一次重伤，暑假里易北带她回了家。易北妈妈对她的喜欢让她内心多了份把握。他带她去走儿时的街道，看熟悉的黄葛树，闻墙角卷起的青苔腥味。街上碰到春娃，他教她喊"春娃你口水流下来了"，看春娃慌张地擦拭下巴。夏日暴雨，雨水浸进鞋底，濡湿难受，他们索性脱掉鞋子。街边沟渠满溢，他俩光着脚享受漫出的雨水，小护士总是怕水里有螃蟹夹她的脚，走得担惊受怕。小护士要提前回学校实习，惜别时，她隔着车窗对易北做怪动作。司机探出脑袋，打趣地对易北说："对不起哦，拆散了你们的爱情。"

小护士离开没多久，外公去世了。

外公患病的这段时间心态一直很好，外公的乐观就像翻滚的海水一样永不停止，除非地球冰冻。在这个夏天，他终于被病魔冰冻了。他少了笑容，脸色日渐凝重。他住院了，在病床上大口大口地吐着黏液，因为疼痛不停地咒骂。那几天，易北习惯性地在和老妈闹矛盾，为了一点小事冷战了好几天没说话。那天下午突然接到她电话，前一秒还在琢磨要怎么用"嗯""哦"来尽少说话以保持高冷，下一秒就得知外公快不行的消息，一时间他竟真说不出话来。

易北进屋的时候，陆续有人从屋子里出来，面色沉重，眼眶含泪。外公侧躺在床上，蜷缩着身体，眼睛浑浊无神，处于半昏迷状态，整个屋子弥漫着压抑晦暗的气味。易北突然明白，电视上原来全是骗人的，以为人之将死都会紧握你的双手，意志坚定地给你交代一些重要的事，然后撒手人寰。实际上人在弥留之际，已处于半有意识状态，只能微弱地感受外界，根本无法正常交流。易北凑到他跟前，大声地报自己名字，说："外公，我来看您了。"外公全身抽搐了一下，表示他听到了。姨妈在旁边大声跟他说："你要等着你大儿子，他在赶回来的路上。"外公艰难地点头，脸色痛苦。外婆兑了一碗医生给的止痛药，被外公暴躁地一把掀翻，她也毫无怨言，重新去兑。

那晚易北守着外公，听着他麻绳般粗糙的呼吸声。他每吐三口气，才急促地吸一口气，如此反复，直到凌晨舅舅进屋叫了一声爸爸，他喉咙一阵咕哝，像在呼唤心爱的鸽子，然后连吐几口气，再也没有吸气。妈妈闻讯赶来，试了下他的气息，抬头一脸惶恐的表情，像个找不着爸爸的小孩。

守灵的晚上，亲人一拨拨地回来，一轮轮的哭丧，易北疲惫极了，眼睛也因流泪太多干涩而困乏，终于倒在沙发上睡着了。外公不知什么时候来到了他身边，他问外公有什么要交代的，外公说也没什么，就是不知脚有没有放正。凌晨时易北醒来，起身打量灵柩里的遗体，脚是端正的，便落下了心。

白天法师忙个不停。法事仪式需要亲人参与，当中环节会因众人的手脚不麻利，出现拖沓，法师口才了得，从不冷场。"老者在生为人，死后成神，福佑子孙，兴旺家门"。大家一听，外公已位列仙班，方从悲恸中寻得一丝安慰。出殡前法师让大家绕棺木三圈，见他最后一面，众人举哀。守灵三天后，外婆已经筋疲力尽，复山那天她还坚持要去。法师用乡音咿咿呀呀地说唱着，都是一些让仙人眷佑子孙的话，外婆听着听着便眼泪如注，敛声屏气静静地哭，被道士发现后连忙劝慰，说老人是寿终正寝，是好事，哭不得。妈妈也不免责怪起她。

似乎被那个司机说中了，小护士回学校后变得冷淡。整个暑假易北沉浸在失去亲人的痛苦和恋人的疏远中。她说她和林湘湘找到个挣大钱的方法，可以很快买房，然后开始变得神秘。开学后他们见了一面，林湘湘陪同她。比起当初易北羞怯地向小护士要电话时她在一旁的笑，如今林湘湘的神态中多了几分挪揄。小护士把暑假里穿走的易北 T 恤还给他，三人喝了一点东西，便匆匆散了。

他们的感情变得破碎，时好时坏，朝不保夕。刚刚才甜蜜地吃了一顿火锅，转眼就吵架了，隔天更是联系不上人。他开始多疑，对于她日常的行踪，但凡不确定的，他都倾向做出一些有罪推论。她对此的表现先是气愤，渐渐是无奈。她接触的男生越多，易北提醒的越多，给予她的关心带来的边际效益也在递减。易北觉得自己永远有数不完的隐形情敌。她的消息开始断断续续，她的扑朔迷离、真假难辨，让易北十分难受，像吃药时药片卡在喉咙。

易北有些失落，时常带着一副曾经沧海的格调看荷花池的人钓龙虾。他想打台球，但 Q 哥最近情场得意，无心约球。无助时他会想起查晓曼，但再无联系的理由。他一个人去锦里闲逛，经过张飞牛肉店门前时，他和张飞对了下眼神，但这次张飞再也吓不到他。易北心里准备着张飞大喊的那一声，但迟迟没听到，等走过了一段，突然有人拍他肩膀，他转身一看，是张飞。张飞向他打听晓曼的近况，原来他就是当初在学校为了晓曼打群架的人。他说他要结婚了，想找晓曼道别，他给易北看他的未婚妻照片，易北觉得眼熟，想了很久，终于记得在晓曼手机上看过，是那个骗她钱的闺蜜。

寒假回家，黄阿姨正在家里给爸妈传教。易北看苗头不对，不断诘问后得知这种叫"三赎基督"的邪教在家乡很流行，截取了基督教部分教义，胡乱篡改一通就出来招摇撞骗。易北在网上搜到了国家对这个邪教严厉打击的新闻，把这个女人赶走了。从妈爸处得知，火药枪的糖尿病恶化很快，在病痛拖垮火药枪的身体之前，母子之间的亲情提前被消磨殆尽。病急乱投医，黄阿姨开始拜谒各种歪门邪道，但信了这个教也没能挽救儿子生命。在一次母子争吵后，火药枪自己带着一大包白糖去了深山，隔了很长一段时间警察才找到他的尸体。

易北低潮的状态持续了很久。那段记忆中，林荫街的梧桐叶青黄交替，棱角分明。小护士神秘地消失一段时间，又落寞地出现，不可避免的吵闹后愤然离去，却又在孤独难耐时和他言归于好。她出现的频次越来越低，她的电话开始打不通，偶尔回一条疑点重重的短信。记忆的线条像是和情绪纠结在了一起，易北寝食难安，伤痛与喜悦交替。雨后，梧桐树斑驳的树皮会散发出潮湿的木香，易北盯着树干上的洞出神，像是在等一只不会钻出来的狐狸。阳光携带抑郁倾泻而下，他在大太阳底下等得汗水淋淋，却等到她从别人车里下来。他故意装着没看见她，绕到她前面，幻想她像以前那样偷偷在背后狡黠地吓他一跳，但余光瞥见她故意躲着他，然后又悄悄地回到那人车上。

最终她以他不再像以前那样爱她为由，彻底从他的生活中消失了。

一号线的离开

　　易北被人流推上了 K1158 的站台，他感到胸口发闷。一哥一路帮他扛着箱子。易北说："箱子有轮子，可以放地上滑的。"一哥说："以前我就是相信滚滚儿，才从摩托车上摔下来，以后要相信自己。"上车前，一哥出其不意地拥抱了他一下。这是从小到大他俩第一次拥抱，两个男人的体味在逼仄的月台上纠缠了一阵，突兀，尴尬。好在火车鸣的一声开动，一哥很快就从窗口渐渐后退，消失不见。易北突然很难过，探出窗外对一哥喊："放心吧，混不好我就不回来了。"一哥用盖过人群的声音回喊："要混得好，你就留那边吧！"

　　易北平复了心情，回到座位。旁边的民工兄弟一脸好笑说："你朋友意思是要你无论怎样都别回来了。"说完咧开嘴大笑，露出满口牙渍，脸上牵扯出干瘪的皱纹。

　　"这是我第一次坐火车，感觉列车比想象中平稳多了，列车都不起伏的吗？"民工兄弟兴奋难耐，从一上车就说不停。

"你估计把列车跟翻滚列车搞混淆了。"易北说。

"你去上海干什么？"

"读研究生。"

"哟，那以后一定能分配个好工作。"

"现在都不管分配了。你是做什么的？"易北觉得这话问得多余，他棕色的皮肤和粗糙的双手已经说明一切。

"打工的。"

"打工辛苦吧？"

"苦锤子，不苦。"说完又咧开嘴笑了，颧骨下两道深深的沟壑。

车厢里的人开始脱鞋，钻进自己的铺位。空气中瞬间弥漫起一股脚臭。还需要在火车上待三十个小时，天光敞亮，易北毫无睡意，他的铺位在促狭的上铺，他决定不到万不得已不爬上去。易北原本和民工兄弟并坐在他宽敞的下铺，打算和他闲扯到无话可说为止。但民工兄弟也顺应大势脱掉了鞋，易北立马无话可说，只好起身串车厢。

车外烈日当空，阳光猛烈地打在轨道边残垣的玻璃碴上，折射出耀眼的光亮，在车窗上闪烁。走廊上坐着一排人，易北脑海中浮现起在幼儿园吃药的一个片段。老师喊着"排排坐，吃药药"的口号，把药挨个灌入每张小嘴。老师的"排排坐"是个万能口号，可以根据应用场景随时变换后半部分，并且保

证押韵，至少四川话发音是顺口的。发零食的时候是"排排坐，吃果果"，生病的时候是"排排坐，吃药药"，幼儿园玩具有限，为避免哄抢木马，老师会说"排排坐，骑摩托"，连女生如厕的时候都是一人一个痰盂，老师喊"排排坐，上厕所"。易北深深地怀疑，女生扎堆上厕所的习惯都源自幼儿园时的奇特引导。

易北排在第一个，理当做个勇敢的表率，但苦涩的滋味让他舌头打战，一下就吐了出来。换第二个小朋友，老师特意把药捣碎，和了糖，掺了水放在勺里，一口气让他咽下去。小朋友吐出一滩黏液。轮到第三个小朋友，是个女生，老师已经不抱希望，把几颗药囫囵往嘴里一塞，喂口水，静观其变。良久，不见动静，老师谨慎地问："吞下去了吗？"女孩蠕动着小嘴巴说：

"等等，还在嚼呢。"

小女生的勇敢让易北着迷，他记住了她的名字——牛婷婷。哦，这个可爱的女孩牛婷婷，她被拐卖后，不知身在何处，过得怎么样。也许买她的富贵人家把她培养成了一个知书达理的淑女，抑或是在某个偏远的村庄，她正双脚沾满泥巴，浮想着她的身世。最不济，也顶多在一个边陲的发廊，妖媚地坐在沙发上，勾起食指招揽客人。但想到很多小孩被拐卖后被割掉器官，易北头皮一阵发麻，猛地把思绪抽了回来。他已身处另一节车厢，正值晌午，旅客们纷纷打开了泡面，大多是酸辣味的，给空气中纯粹的脚臭平添一份酸爽，混成了酸臭。易北赶紧逃回了自己的车厢，发现情况并没有好转，全然此起彼伏的吸面汤的声音。民工兄弟正吸溜吸溜地吃着泡面，嫌不够辣，还拧开了随身带的辣椒罐往面里倒。对面下铺的大叔，从上车到现在一直没说话，也没有吃东西，此时望着窗外，一副了然于胸的样子，开口道：

"已经到达州了，翻过这片山就出川了，下一站就是安康了。"

"安康，好好听的名字，是在哪里？"易北抓住周围唯一一个没有吃泡面的人，用聊天来弱化自己的嗅觉。

"在陕西省，小地方罢了。"

"你去过吗？师傅。"

"去过嘞，很多地方我都去过。"

"哇，什么时候去的？"

"上次坐火车，在安康经停的时候，我下去站了会儿。"

易北顿时觉得无趣，遂也望着窗外，铁路铺设在山腰，下方有一条河与列车蜿蜒并行。列车继续东进，把故乡熟悉的一切远远地丢在后面。繁华东流，二十出头的易北就这样随波逐向大海的方向，留下熟悉的事物和心爱的人儿，天各一方。想到心爱的人，小护士的身影又在内心中翻滚起来。本不打算想起她，但眼下顾影自怜，过去几个月的点滴又涌上了心头。

临近毕业，天气开始燥热。易北穿过七楼宿舍喧嚣的楼道，去厕所冲了个冷水澡，然后坐在天台上俯瞰烈日下疲惫的校园。热气从每栋建筑上面升起，抖动着空气。冷热交替间他感冒了，身体虚弱时暑火攻心，惹了肺热，开始了漫长的咳嗽。晚上咳得尤为厉害，会在睡梦中把自己咳醒，然后把寝室其他人咳醒。室友带着怨气说一些表面上关心的话，易北只好起床喝水，兀自去阳台吹风。电话响起，一个陌生的号码，他挂掉了。电话又响起，他依旧挂掉。等第三次响起，他按下了接听键。

这是小护士消失近一年后，第一次出现。她和林湘湘在校外合租了房子。林湘湘出入各种社交场合一年来，并没有钓到金龟婿，想想始终需要个男人依靠，就把远在甘肃教书的男友骗到了成都。那男的吃了迷魂汤，走的时候一声不吭，让学校凭空消失了一个老师。小镇上出了一对私奔的男女，这让学校和家里都颜面扫地，家人一路寻到成都，狠狠闹了一阵，最终还是拗不过倔强的儿女。小护士看着他俩整日在家卿卿我我，自己独守空房寂寞难耐，终于想到了易北的好，鼓起勇气打给了易北。

当然这是小护士的说辞，尽管几句话就把遗失的一年时光一笔带过，但易北还是很开心。小护士的声音永远那么甜美，情意绵绵，不管真话谎话，都好似迷人的情话，让易北深信不疑。尤其是再次看到她清新的身影，依旧楚楚动人，易北又晕头转向与她重归于好，开始了同居的生活。

拥有自己的居所是两人从前一直憧憬的，加之久别胜新欢，强烈的幸福感轰然而至。两人没事就在家中收拾摆弄，嗅到了未来一起生活的气息，内心充满希望。尽管与人合住，但关上卧室房门，便是他们私密的天地，所以他们还是狠狠地幸福了一阵儿。

她胃不好，需要合理的膳食调养，对于不辨菽麦的易北来说，柴米油盐确是个难题。他分不清当季的水果和蔬菜，去菜市场经常犯错，有时候把韭黄误以为蒜苔，上桌后一尝才发现，买错了。她喜欢吃白菜，他便试着做，把厨房捣得叮当作响，嗫嚅说："你看我这烩白菜怎么样？"她倚在厨房门口说："够呛。"

酒足饭饱，他会突然凑到她面前，严肃地看着她，直到她惶恐不安，然后轻轻地吻她一下，再把她抱上床。她总是猴急地自己解掉内衣，这时他总要止住她，让内衣留在她丰挺的乳房上，感受柔软的面料在他胸口摩擦激起的兴奋，待欲火难耐时再一把摘掉，然后进入她。

　　为表明和易北在一起的决心，她带他回了家。没有父母，孤巢的爷爷奶奶就是把她拉扯大的家长。易北理解了小护士性格缺陷的原因，更加心疼她。爷爷像一个父亲一样和易北聊天，询问家里的情况，然后背地里和小护士探讨。晚上睡觉时小护士溜进易北房间，小声兴奋地说："爷爷觉得你基本过关。"

　　列车进入隧道，游龙般轻盈矫健。四周的光线突然抽离，气压的变化让易北的耳膜鼓胀，他使劲儿吞咽口水。"嚯，好鸡儿黑。"旁边的民工兄弟异常兴奋地说，发出鬼怪般的笑。

　　易北想起小护士怕黑，睡觉时不准易北先睡着。她不喜欢空调，总是把卧室门窗打开，在穿堂风带来的凉意中入睡。易北一直没告诉她，其实他也怕黑。他们住在十八楼，因为房租便宜而选了这里，晚上总会有怪声响。听说之前的住户找风水师看过，师傅眉头紧锁，没收钱就走了。易北每晚守着她香香软软的身体，等她睡着后，独自看着屋子里被风掀起的鬼魅光影，心里也怕。他忍不住去看那道开着的门，总担心门后那一团漆黑中突然冒出个影子，不敢闭眼睛，直到难抵睡意，才坠入梦中。

　　火车轰隆一声钻出隧道，骤然的曝光让易北一阵晕眩，他感到胸口发慌。民工兄弟又惊呼："好鸡儿亮人。"午后，车厢里相互陪伴的人们纷纷躺下午憩，转为相互陪睡。而毫无睡意的易北，只好找到民工兄弟，相互陪聊。

　　"你们毕业怎么分配？按籍贯还是按学校就近？"

　　"现在已经不管分配了。"

"哦,不管分配了,那你多大?"

"二十三。"

"嘿,跟我一样。"

易北错愕地看着他粗糙的脸盘。

"长得提前了些。哈哈。"

"没有,我们一样年轻。"易北赶忙收起不礼貌的表情。

"我爸妈更着急,一直催我生孩子。"

"你结婚了?"

"对啊,在我们农村,父母养育你,到年龄后接受基本的教育,然后早婚早育,结果万万没想到老子是不孕不育,哈哈。"

"那你老婆呢?"

"老婆在家,医生说我有问题,但可以治好,要吃中药。"

小护士一直在吃中药调理,但她的胃还是终日抱恙,饿了就发酸,吃点就发涨,吃多了就吐,还经常胃痛。易北决定陪她做个胃镜。她担心手术台太脏,就穿上平时实习的护士服,还诡异地别上了护士证,躺进了胃镜室。服务的护士以为是领导派人来检验工作水平,异常热情,动作很专业,温柔地给她戴上了呼吸机,告诉她吸几口氧,放松一下。小护士说,我知道这不是吸氧,吸的是麻药。小护士看到她眼神流出尴尬,脸一点点糊掉,不知不觉便失去了意识。

易北按照小护士的交代,在隔壁的等候室焦急地望着。不断有人被推进这个房间,像吃了一针镇静剂的精神病人,绑在担架床上。这些人先后醒来，等候的亲人陆续扶他们离开。有个妇女醒来，丈夫不在身边，用虚弱的语气请易北帮她拧开瓶盖。以前易北和小护士吵架，他会把家里所有的瓶盖拧紧，然后绝不帮她，直到她让步，他现在明白这个做法有多残忍。

终于看到一身白褂的小护士被推过来。易北守在旁边，像病人绑架了医生。她侧脸躺着，苹果肌上的皮肤随着眼睛轻微颤动，然后慢慢睁开了眼。他扶她去坐电梯，但走到一半，她实在太晕，就地坐在走廊上，靠着易北肩膀，像喝醉了酒一样说胡话。往来的医生和病人都在看，医生的心思大约是抱憾肥水外流，病人的眼光则是大加赞赏。

在小护士之前，易北认识的护士都是四个字以上的名字，且仅限于隔着屏幕互动。认识小护士后，易北周围的男性朋友炸开了锅，纷纷献上良策，建议他让女朋友在特定的场合着工作装。有次易北真的提出了这个奇怪的要求，小护士说："你疯了吗？这衣服上面都是病菌，惹上病怎么办？"易北这才发现影视剧和现实生活的差别。而且护士倒班，易北常常半夜醒来发现身边没人，看着满屋妖风四起瑟瑟发抖，或者一觉醒来身边从天而降一个美女，她会坐得端直，鞠躬说："先生您好，我是7号小护士。"让人惊喜不已。

列车进站，易北猫腰从窗口往外看，月台上人头攒动，有些民工低头扛着比身体还大的编织袋，背脊弯成了驼峰，手里提着桶，桶里胡塞着衣架、拖鞋、洗衣粉等杂货，看样子为了尽量多寄钱回家，他们准备尽量少在新的城市购置生活品。新一波的乘客鱼贯而入，车厢又喧嚣起来。列车员过来查票，用换票证换掉新上车的人手中的车票。夕阳西斜，余晖洒进车窗，把对面大叔油腻的脸照得金灿灿。

"十堰到了。"大叔又发话了，他似乎只对报站感兴趣。

"十堰是属于哪个省？"民工兄弟好奇地问。

"属于湖北。"

"师傅你来过湖北吗？"

"来过啊。"

"哇，什么时候呢？"

"上次坐火车经停时，我下去站了一会儿。"

小护士站在海子边的栈道上，托起右手，在易北的镜头中，远处山坡上的巨大佛像正好落在她的手心。咔嚓一声，画面定格。这是他们的毕业旅行，在学校里报的超级廉价的康定购物旅游团。做代理的学生直言不讳，说："肯定会要求购物的，不必理他就好，要是为难你们就打投诉电话给我，祝你们愉快！"果然，一路节衣缩食的他们，受到导游的冷眼相待。

大巴车上导游声情并茂地讲述自己的亲身经历。他曾经带过一个男士游客，抱着一幅画，黑布遮住，一路缄默不语。行至景点，游客纷纷下车拍照。他也抱着画来到景边，把相机交给导游，请他为自己拍照。黑布掀开，一位温厚知性的女性跃然眼前。"这是我的妻子，以前一直想和她来川西旅游，总是借口工作忙，一拖再拖，直到她患病去世，如今我想完成这个心愿，请为我们拍张合照吧。"讲到此处，导游声音哽咽。易北眼中泛起泪光，回头看小护士，已在抽泣。导游一鼓作气，继续道，人生无常，应该及时和家人享受生活，分享快乐，不要在乎一时的工作与得失。紧接又论述一番自己远离妻儿，在外打拼的辛苦。最后图穷匕见，说我们准备了精彩的藏家活动，原价每人多少钱，徐导关系好，给大家折扣到多少钱，进藏家大碗喝酒大口吃肉，感受地道的藏家人生活。然后开始挨个收钱。易北急忙拭去小护士的眼泪，表示不参加。导游不甘有漏网之鱼，悄悄告诉易北，哥给你俩单独加个折扣，不要告诉别人。易北惊呼水分如此重，表示坚决不去。导游威胁晚上不安排他俩住宿，以此相逼，气得易北和他吵了一架。

撇开了集体活动，两人溜去傍晚的磨西古镇闲逛。头顶是宝石蓝的星空，脚下是青石板的老路，沿街的门户已经关闭，青色的木板门回荡着虫的叫声。小护士在幽暗的小路上肆意地转圈，易北打开相机抓拍模式捕捉她裙裾扬起的瞬间。

第二天导游带他们参观了藏庙，有讲解员带他们依次参拜，到最后一个点，煞有介事地推荐起开光法物。动辄几千元的金饰，让人瞠目又难以启齿，只好婉称没带钱。谁知讲解员反咬一口，说："你敢保证兜里真的没钱吗？佛祖面前不要打妄语，不买就请出去。"说得两人哑口无言，灰不溜秋地回到了车上。

他们没骑过马，最后一天勒紧裤腰带去感受了一次马背上的颠簸。驿站里全是牵着马排队的藏民，排到他们是一匹红色的瘦马，驮不得两个人，只好让小护士一个人骑，马夫在前面牵着，易北一路步行护驾。易北问："这马叫什么名字？"藏族师傅说："叫 hong chi。"易北以为是藏语，便问："什么意思？"师傅说："红色的奔驰。"

天擦黑，车厢内亮起了灯，天际的残霞一点点被黑暗吞噬，近处的景物已模糊了轮廓。民工兄弟已经躺下，由于铺位逼仄，他艰难地翻身，暴露出了破洞的红色内裤，即便这样，也难抵他双脚上那双肉色丝袜的风骚。易北胸口还是不舒服，而且大半天没吃东西，此时胃已在痉挛，赶紧从书包里翻出饼干啃了两口。他意识到对面下铺的大叔从上车到现在也粒米未进，主动把饼干分给他，但被他婉拒了。他发现大叔旁边不知什么候坐了个女学生，戴着耳机轻轻晃脑袋，待高潮时随音乐哼出声来。

"DIAMONDS AND RUST？"

女生没听清，睁大眼睛给了个疑惑的眼神，摘掉了耳机。

"DIAMONDS AND RUST，这首歌。"易北又说了一遍。

"是的。"这回女生听清了。

她欠身的时候，从中铺投下的阴影中探出头来，易北看清了她的样子。五官平庸，但一头干练的短发，别在小巧的耳朵后面，恰到好处，把脸盘衬得温润成熟。说到底，男女第一眼还是看外貌，自己有几分姿色，合什么样的人，各人心里都有数。

大部分女生对外招展的程度和自身条件很对位，所以漂亮女生不主动搭讪，主动搭讪的女生不中看。当然，也有自我认知偏差的，造成的结果是男生要么捡到宝，要么遇到困扰。此刻女生也看清了眼前这个眉目疏朗的男生，自觉矮了一分，脸上挂着主动凑趣的笑。

"你也去上海读研？"

"是的。"

"哪个学校？"

"中科院。"

"哦，我上海师大。学经济？"

"学经济以后肯定会分配个好工作。"民工兄弟突然起身补充道。

"现在不管分配了。"女生笑了。易北也跟着笑。

女学生继续笑，易北便向她斜着眼神白了一下民工兄弟。

"不是的，是你衣服。"女学生指着易北的领口接着笑。

易北低头看胸口，没有想象中泡面飞溅的痕迹，不明所以。

"反了。"女学生再次笑道。

易北这才意识到衣服穿反了，T恤凸起的图案硌着胸口的皮肤，难怪一天都不舒服。男人少了女人，有时候一件没有领标的T恤都会分不清正反。离开小护士不到一天，生活的自理能力就出现问题。

小护士喜欢收拾，家里衣物像图书馆一样井然。她受不了另一对男女邋遢的生活习惯，总是轮到对方打扫之前，就忍无可忍地拿起了拖把。她在家穿着宽松吊带，拖地时一条嫩白的乳沟在林湘湘的男朋友前晃荡，惹得易北和她吵了一架。

像每一个没有规划的毕业生，小护士陷入了长期的迷茫。她不想从事本专业，故意缺席了资格考试，放弃了唾手可得的护士证，为此易北又和她吵了一架。易北认为从她细心的操作和单纯的性格，留在医院会是最好的选择。小护士则天真地以为世界之大任她闯，徘徊于一些反复无常的想法。她做事三分钟热情，心血来潮想考个营养师，看了几天书，便放弃了，转而对旅游证提起了兴趣。彷徨一阵儿后，终于决定当一个室内设计师。于是用剩下的钱报了个培训班。至此，家里人给她还助学贷款的钱已全部亏空。小护士让易北保守秘密，待她上班挣钱还上便是，然后每日坐车去培训中心学习。有次坐公车，小护士穿着清凉的夏装挤在人堆里，有个男人有意来回穿梭，用顶起的帐篷往她身上蹭。易北听得咬牙切齿，无处发泄，把无知的小护士痛骂了一顿，旋即又觉得不应该，口气一软说："明天开始我骑车送你。"

她在培训中心交了很多新朋友，又开始了从前那样疯狂地玩耍。为了晚归，她还是会撒谎，而易北则一次次地揭穿，然后两人吵架。小护士要空间，易北要她收敛，小护士缺乏自由，易北缺乏安全感。相信爱又不懂爱的年纪，只好把爱变成不断的需索，强加给对方，他们都像一个贪婪的感情资本家，不断压榨对方。

大学几年的分分合合，易北不得不承认，他改变不了这个爱玩的孩子。既然无法像个家长一样严加看管，那就放手吧。他经常半夜守着凉菜等她回家。一天夜晚，易北玩电脑时无意间看到她的 QQ 在闪动。一连串和男人的聊天记录跃然眼前。暧昧露骨的字眼像无数根针，扎进易北的心脏。最不堪入目处，她把自己大尺度的照片发给对方欣赏，勾引对方低俗的挑逗。她甚至把两人毕业旅行的照片也分享给这个男人，让易北感觉到这场背叛的伤口如此新鲜，血肉模糊。

易北打给她，她谎称中心今晚加课，要晚归。但易北不会再受骗了，电话里传来隐约的夜店喧闹声。"不要骗人了，你那包间门不隔音，快回来吧！我有重要事情要说，我很难受。"易北轻声说完，挂断电话。窗外烟青色的云层层叠叠，像是从缝隙中要冒出天兵天将。易北静静地坐在沙发上，他等待的夜已深，但她贪欢的夜还未央。

车内已熄灯。夜黑如墨，雨水在车窗上滑出一道道倾斜的轨迹。火车轱辘撞击着轨道，发出有韵律的金属声。只剩易北和女生还没有睡，他们坐在过道的凳子上。女生靠着车窗，头发散乱，看不清脸，加上看久了，易北竟觉得她有点美。时间总是把人的审美往反方向推，美丑都变得麻木。想必此刻女生也觉得易北难看死了，只顾望着窗外漆黑一片不说话。她像个欲擒故纵的猎手，易北不甘被冷落，果然主动找话。

"你研一吗？"易北突兀地开了口。

"什么？"

"我说你是研一吗？"女生还是没听懂，易北又说，"刚上研究生吗？"

"哦，是的，你呢？"

"我也是。"

"你头发有东西。"女生突然说。不等他开口，女生伸出手来，在他头发丝中捏出一个杂质，在他眼前摊开。

"你看这是什么？"

易北看不清，摸出手机照在她手上。

"一朵毛絮而已。"易北说，"还不睡？"

"火车上太脏，而且不安全，我白天补过觉。你赶快睡吧，看你困了。"

易北揣起手机，爬到了逼仄的上铺躺下。女孩手指摩挲他头发时，留下一股熟悉的劣质香味，他想努力回忆起，但自己疲倦至极，合上眼很快睡着了。

易北闭着眼睛，等着小护士开口，一旁的电脑在闪烁，像一双审判的眼睛。事到如今，她不得不坦白。一年前，林湘湘开始带她出入各种声色场所，最终托关系介绍她在一家会所上班，教她傍富豪，挣快钱。她和易北的联系便日渐疏远，谈话内容也开始闪烁其词。

第一天上班，透过一个包间门缝，看见一排排身姿妖娆的女郎，对着兽欲毕露的男人们，彻夜嬉笑迎送。她小时候以为公主住在森林里，那天她才知道，公主原来住在包间里。她开始相信易北口中那个丑陋的世界。她被要求在一群男人面前熟练地说出："先生您好，我是 7 号小护士。"

她的单纯可爱在一群职业技术人员中显得清新脱俗，异常惹眼。尽管不自知，她天生拥有一股吸引男人的气质，这种气质要是放在精明的女人身上，必成大器。奈何小护士内心纯善，对于自身的魅力无法驾驭，时常招致一些老练男人的猥琐刁难，好在险象环生。她开始后悔了，不知道悬崖勒马是否来得及，林湘湘怂恿她坚持，坚信状况会有所好转。

在一次紧张的局面中，几个喝醉的男人围着她，上下其手，小护士惊恐万分，害怕地闭上了眼睛。

"老师！"小护士突然听到其中一个男人的声音，然后所有人都停下来。小护士睁开眼，看到了陈子豪的爸爸。那天她第一次知道了他的名字——张波。此后每晚张波都来护着她，直到劝她辞掉了这份工作。他请她去高级的餐厅，开越野车带着她兜风，陪她游海洋公园，给她补习社会中的人情世故。受够了校园男生稚气未脱的低拙表现和女生间小肚鸡肠的钩心斗角，他身上那份成熟凛然的气质，令她倾倒。和张波的沉稳相比，易北的幼稚和暴躁相形见绌，他书生气的形象瞬间渺小得如唇边的一粟，她不经意间就抹去了，然后开始饱食眼前新鲜美味的大餐。年近不惑的男人，被世俗捆绑得透不过气。老人的赡养，家庭的支撑，职场的斗争，亲情的维系，每一样都耗尽了他的精力，像慢性的毒，让他一点点倒下。而小护士的不染风尘正是他最好的解药。面对张波的追求，她彻底沦陷。最终她换了号码，从易北的生活中消失掉。

男人的战斗有两种。为下一代的战斗和为下一代的战斗。前者是在下一代出生之前，后者是在下一代出生之后。有了小三的男人，两种兼得。小护士找到了相见恨晚的依靠，张波也焕发了第二春，两个人偷偷摸摸地缠绵着，一直到临近毕业。张波给她在校外租了房子，她把家人给她还助学贷款的钱挥霍了，买了相机，添置了家居，从此她的生活便透支着财力，也透支着一个女人未来的命数。两居的房子，林湘湘和她男友一间，小护士自己一间。张波毕竟是有妇之夫，终究给不了她未来。林湘湘又开始给她物色，无数男人想要填补她那张空缺的双人床，但走马观花，没有一个小护士看得入眼。看着林湘湘和他男友在家成双成对，她终于开始想念易北。

她又出现在易北的生活中，在和张波没有断干净的情况下。易北和张波，一个张狂有力，一个成熟稳重，就像方便面里的两袋料包，一包调味，一包调色，她浸润期间，感觉自己浓郁鲜美，充满活力。但再美味的夹心饼干也有被扭开的时候，她不得不取舍，她背着易北和张波偶尔联系着，把一年前对易北若即若离的那一套，又用在了张波身上，想循序渐进结束掉这段关系。

只是她还未来得及摆脱张波的死死纠缠，就被易北发现了。

火车上人声渐起，易北睁开眼，以为还沉浸在静谧的黑夜中，而此刻橘色的阳光早已投射进窗，路边不断闪过的建筑在他身上跳跃，火车已经驶入了这片国境内最先沐浴光辉的东方大地。民工兄弟发现自己钱包不见了，发出怪叫。易北摸摸裤兜，手机也不在了。大家一阵慌乱，相互核实财物。易北想起那个女学生，但她早已不见踪影。对面的大叔又发话了：

"肯定是昨晚在固始经停时作的案，固始属于河南，我去过。上次坐火车经停的时候，我下去……"

"行了，我知道你下去站了一会儿。"民工兄弟恼怒地打断他。"我们东西都被偷了，你说这些有球用！"

易北又想起那股劣质的香水味，是在哪里闻过，始终想不起来。乘警走过来，大家七嘴八舌地讲述着情况。

故事讲完，她没有安慰他，反倒要他守口如瓶，尤其是对她家人，这让易北冷了半截的心彻底凉透了。易北提上早已收拾好的行李，把她拦在了电梯外。她抢着说："我真的很喜欢你。"易北说："可惜了，我也真的很喜欢你。"电梯门旋即合上。易北拖着行李箱四处晃荡，想把悲伤藏在深夜的街道上。可四处都闪烁着人们贪欢的灯火，映亮了夜空，这个浮躁的城市，连黑夜都黑不尽。他经过了查晓曼的楼下，房间依旧亮着橘色的灯，就在他犹豫是否上楼的时候，一个男人出现在了窗口。他继续游荡，楼宇间穿行的风，将他的头发掀起。很快雨点就打下来，他狼狈地躲进了二十四小时开放的一处麦当劳。

一直以来，易北像一个家长一样对小护士严加看管，不愿意让她因幼稚受到伤害，但她终究以自己的方式去成长了。易北突然觉得这个女孩陌生得可怕，曾经无数次的欺骗与原谅交织在一起，思绪万千。男人擅长用花言巧语蒙骗女人，但女人要是伪装起来，那才叫深藏不露。她们有时连自己都没意识到前后的变化。或许她们从未曾欺骗，她们只是从最开始的刻意保留，变成原本的风云莫测，只是男人一厢情愿地以为，女人就该是橱窗里的海报，永远千娇百媚，对自己情有独钟。

祸不单行，易北接到了奶奶去世的噩耗。老天爷好似要用最残忍的磨砺，让这个刚毕业的男孩长大成人。外公去世时，小护士从自己生活中消失，奶奶去世时，小护士带着谎言出现。这段感情像是用亲人的生离死别做标记，因此倍加苦楚。命运张狂地拉扯着一个未经世事的少年，他委屈得像一个被欺负的孩子，向小护士的妈妈告发了她的劣迹。电话里他情绪失控，言辞激烈，对方认为他在诋毁自己的女儿，反把他骂了一顿。

事到如今，有一件事是确定的，这个城市没有什么值得他留恋的了。几天前还在情意绵绵中考虑放弃异地深造的机会，但此刻他心中已笃定，是时候启程了。出发前，他们平心静气地吃了顿饭，在那家成就他们第一次的火锅店。那晚他们吃完火锅，错过回新校区的校车，留在城里的酒店，温存了一夜。那时的小护士还未经人事，当易北喷薄而出时，她被全身痉挛的易北吓坏了，还以为他生病了。现在说起，两人都不免觉得好笑。

易北的莽撞告发招致了小护士所有朋友和追求者的舆论讨伐，大家群起而攻之，这几天易北电话响炸了。小护士说："我欺骗你，你揭发我，咱俩也算是扯平吧？"热气氤氲间，易北夹起一片耗儿鱼，说："现在我是耗儿，人人喊打；你是耗儿鱼，人人都想吃一口。"说着易北手机又响起，屏保是小护士在川西草原上灿然的笑。易北如今才觉得，小护士的情场幅员辽阔，随意一弄姿就能收割一大片，而他只是山坳中不起眼的一束杂草。他们的爱情也像极了这片草原，盛极而衰，枯荣有时。

曾经，他对她讲过无数真诚的忠告，她都不听；她对他讲了许多的谎话，他却轻易信了。她没来得及学会如何去爱，他也没有足够的能力保护她，只好眼睁睁看着心爱的女孩沦落。他们都没能逃脱这场命运的捉弄，只是在宿命的罅隙中偷得空欢喜一场。所幸，他们也真真切切地拥有过彼此。

易北拨动手机按键，嘀的一声，照片删除。

火车铆足劲做最后的冲刺。车厢内有只蚊子停留在他皮肤上，他想这或许是一只来自四川的蚊子，没有驱赶它，让它吸干了她留下的最后一点温度。一夜之间他便离开了那个让他伤心的姑娘，来到了一个陌生的城市。这一切如同洗发水和方便

面的广告一样不真实。他看够了西南边陲无休止的日落，这里
每天都是崭新的日出。没人知道他的名字，他的伤心也不被了解，
他可以重新开始生活。民工兄弟有些兴奋难抑，早早地收拾好
行李，准备完成从车厢到站台雀跃的一跳。易北以为他此行一
定计划周详，不料他问：

"你知道哪里有招工？最好包吃住的。哦，算了，你去读书，
你也不知道。"

"没有工友给你介绍？"

"没有哦，我一个人，出来闯闯。" 说完望着窗外月台，
目光坦荡。易北感到前所未有的震撼与鼓舞。

"加油读书，兄弟！争取以后分配个好工作。"民工兄弟
闪出了车厢。

"这就是上海站了，我来过上海……"对面大叔说。

"我们都算来过了。"易北说。

人群鱼贯而出，耳旁开始萦绕着吴侬软语，这提醒着易北，
旧的生活真的过去了。他望着林立的高楼，最后回忆了一遍，
一天之前，2153 公里的另一头的场景。那是通往火车北站的地
铁一号线，小护士表示不忍火车站离别，就此别过。扶梯下行，
易北回头，看逐渐抬高的地平线一点点噬掉她的身体，最后消失。
从前小护士总是在那间火车皮般的自习室门口等自己，一切想
来，恍如昨日。火车皮真的开走了，只是这一次不再有小护士。

再见了，我心爱的女孩。

往后的时光，你会遇到各种男人，有的真心，有的假意，也许有人予你温暖，也许你会遭受玩弄。你必须独自穿越人情冷暖，直到成熟那一天，可能会恍悟年少时的过失，但切莫追悔，切莫悲伤。

毕竟，我们已经错过了。

上海 2012

　　研究所的第一学期全是理论课，由于教授们课风诡异，大家几乎在自学。教核磁共振的老师，碰到难解的图谱，便丢下激光笔，额头顶着自己的电脑屏幕，沉醉在自我演算中，得出结论后猛然抬头，对台下茫茫一片脑袋大笑说："这不就出来了嘛，下课。"教计算化学的老师倒是愿意答疑，但恃才傲物。有一次才疏学浅的易北问了个匪夷所思的问题，他当即表示："如此肤浅的问题别问我。"又有一次，易北自觉发现高深问题，找他请教，不料他听后脸色大变说："老子刚回答前面一个人，重复问题不回答了，我要赶回家给老婆做饭。"也有风趣的老师，有男生举手上厕所，他大喊憋住，说男人不坚持个二三十分钟都算阳痿早泄。

　　可能是冷僻的科研环境使然，每个人都被塑造得沉闷古怪、毫无生气。路遇教授时礼貌的招呼，对方会认为你打断了他的思考，抬起头狠狠白你一眼，然后低头走开。有次电梯门开，易北正好如厕完毕，电梯里的同学按着开门键等他，怎料电梯里一位老师甩手而去，说："你们慢慢等，老子走楼梯。"覆巢之下，焉有完卵，这里的学生也生得孤僻怪异，不喜交流，擦肩而过时常躲避对方眼神。

研究所唯一的娱乐设施是一个篮球场，被大家发展成为足球场。这让易北想起了小时候，在小学后山的部队篮球场踢球的场景。他每次回家都翻出那时的球队合照，一群长得奇形怪状的少年，刚踢完球都涨红了脸，相互搂着肩膀在夕阳下对着镜头傻笑。那时候踢球不讲章法，场上很快就扭作两团，围着皮球哄抢。但研究所的球风更为惊奇，一群偏执的研究生踢球，无论是敌是友，每个人都要把球抢到自己脚下，孤注一掷地往前带，然后寻求射门，直到被对手或者队友抢断，如此循环往复，所以整个场面是扭作一团。易北亲眼看见队友在场上相互厮杀，三观遭受重击，为避免自己人性扭曲，果断退出研究所球坛。

他在附近上海交大觅得一块好场地，每周末和一群外国人切磋。有个叫Jon的英国人，据说之前去切尔西试训过，俱乐部没有要他，愤然出走，来到上海当教练，教小朋友踢球。他说每当下雨天，韩国人的孩子照常来上课，英国人的孩子照常来上课，中国人的孩子就会请假。有几个中国孩子踢得特别好，但有次比赛碰到下雨天，他们队因为人数不够被自动判输。Jon不仅技术细腻，而且球风彪悍，有次对脚，直接把一个美国人对成骨折。美国人甘拜下风，并没有追究，用蹩脚的中文说：

"乖，我菇头不够硬。"

易北很享受在学校踢球的时光，校园的氛围惬意，人与人之间友善，连球场管理员都很有素养。有天管理员想要清场，分别用中文、英文、日语，赶走了场上的中国人、欧美人、日本人。管理员是上海人，他发现易北是四川人，用标准的四川话说："外校的在这里踢，要不得。"

徐家汇有家树袋熊酒吧，踢完球易北喜欢跟外国球友在这里喝一杯。这里是一个英语协会的基地，一群女生围着一个屌丝老外不停地尬聊，这个老头很会带节奏，拉着女生的手不断问问题，讲各种笑话，逗她们笑。这是易北第一次看到那个高个子女生，她没有参与讨论，独自蜷缩在角落，但修长的身材显露无遗。光是她头上那几簇挑染绿色的头发，就让人望而却步，更何况一身孤冷的气质，加上面前一大扎男生分量的啤酒，没有人敢去和她搭讪。

英国人 Jon 好像看出来什么，走到她面前说：

"He has a crush on you." 然后回头看了眼易北。

易北急忙远远地说："不是的，不是的。"

那女生站起来了，走进易北时果然足足高出半个头。她没有和易北说话，径直出了门。

尽管没有期待，但易北内心竟有一丝失落。他沿着肇嘉浜路走回宿舍，来上海近半年，没有朋友，新鲜感也退去，走在

高楼林立的街头，经过摩肩接踵的人群，一阵不经意的发香，就撩拨起了他心头的那个人。曾经千百次以为已经忘掉，这一刻的嗅觉竟然如此诚实。他想起从前陪她买洗发水，她会打开瓶盖挨个闻一遍，再选择喜欢的味道。他想念她汗湿的鬓角，想念她脖颈上浅埋的蓝色血管，想念她脚踝上的一串红绳子，想念她说话时的口吐香兰，想念在巷子口帮她悄悄收紧胸带时，头发上的香味。

他又摸出手机看她的社交网络。她不时发一些状态，字里行间和图片的一角，都能嗅到男人的气味，他知道她是故意给他看的。朋友圈理应有期待的读者，万不可泛滥。很多人习惯把个人感受盲目放大，比如对食物的喜欢，对宝宝的宠爱，对风景的沉醉，延展至社交圈，殊不知泛泛地分享那些无关他人的小情绪，只是徒劳的哗众不取宠。所以在易北看来，此刻她有意针对，虽说是一种刺痛，但究竟目的分明，比起往日那个神叨叨的她，此刻的她竟心机得可爱。

从研究所回宿舍要经过一条巷子，刷白色的漆、斑驳坑洼的墙体，如果贴着墙体走，衣服会被划破。不知名的藤蔓和花从墙里垂下来，阳光碎在空气中，发出银铃般的声响。风沿着肇嘉浜路拐进小巷，和煦而舒坦。易北每次经过时都有一种时间弥散变慢的错觉。只是巷口那家不洗脚的洗脚店，总会把他从慵懒的幻觉中生生拉回来。每当经过这家洗脚房，都会嗅到一阵熟悉的廉价香水味，但易北怎么也回忆不起在哪里闻过。久而久之，每经过这里，他就会习惯性地陷入思索，但始终无果。

之后每周他都去交大踢球，然后去树袋熊酒吧。英语协会的盛况在持续，屌丝老头因为是唯一的外国人，所以仍是焦点，尽管简陋的衣着昭然若揭，脸上也布满褶皱，但当下的教育形式为外国人创造了天然的优势，只要他说着一口纯正的美式英语，身边就会簇拥着源源不断的单纯女生。而剩下一些没有伴的男生就只好相互"How are you？""Im fine，thank you."

每次那个女生都在，孑然一身，喝一大扎啤酒，不时盯着老外笑，然后离开。他们一直没有说话，直到这天，她凑近他说：

"化学生要勤换衣服。"

易北一脸惊愕。

"你身上有乙醚的味道。"

易北这才恍然大悟，赶紧闻了下自己的衣服。

"不是乙醚，是石油醚。"易北纠正她。

她个子太高，脖子也长，可能声带比一般女生宽大，讲话声音有种偏中性的酥脆感，加上她语气中有种哥们儿般的爽气，易北觉得轻松下来。他注意到其实她并不算太漂亮，透过那层薄薄的粉底，他甚至隐约看到皮肤上的坑洼和痘痘，这让易北增加了和她说话的自信。

"你也是学化学的？"

"谁学化学，别他妈诅咒人！"

"那你怎么知道？"

"我妈学化学的。"

"那我不小心诅咒到你妈了。"

"没关系，我妈不是人。"

易北哑口无言。只好转向英语角的方向。此时老外带领着她们正达到一波高潮，欢笑一片。

"他有时还挺可爱。"她盯着老外说。

易北方才领会到这女孩儿的犀利，决定也要展露一下自己锋芒，挫挫她锐气。

"这个糟老头不过是拥有一副用家乡话捕捉无知少女的皮囊。"

"至少他灵魂也挺有趣，你看她们被逗得多开心。"

"她们渴望学习而又无知，所以他纯正的美式口音才像塞壬的歌声一样让她们着迷。"

"塞壬可是个不害人的妖怪。"

"那他就是人鱼吧，一条很丑的人鱼，比丑鱼还丑。"

"那应该是鱼的部分比较丑，鱼丑不能怪人。"

"他是人鱼，但是比鱼还丑，显然应该归咎于人的那部分。"

她发现自己被带进了对方的逻辑陷阱，翻着白眼思索了几秒说："这么说，他的丑都怪罪于他是个人，他要是条鱼就好了。"

"也许是吧，你看他说话时候嘴巴飞口水，跟鱼吐泡泡一样。"

她扑哧笑出声来，说道："其实他记性更像鱼，每次都忘记时间。"

说罢女生起身，对着老外喊道："Dad！ Time to go home."

老外从人群中冒出头说："Wait a minute."

然后易北一脸错愕地看着他俩走向酒吧大门。出门前女生回头说："对了，我叫 SUMMER。"

研究所的教授大都出身贫寒，励精图治，寒窗数十载，终于跻身学术界上游，国家和社会的资源在慢慢向他们靠拢。所以有些教授身价不菲，甚至有开法拉利来实验室监工的，完全颠覆科研工作者艰苦朴素的形象。但这种学术界暴发户式的显摆，终究粉饰不了骨子深处的草莽气，不管如何与过去两相忘，这些人隔着裤子抓屁股沟的动作就是对自身草根性的最好坦白。他们一方面深谙发表论文之道，一个实验结果拆分成两篇文章发表在高影响因子的期刊上，给科研履历刷出漂亮的数据；另一方面选题密切跟踪热点，确保所做工作能最大概率地赢得科研经费。

在教授的督促下，大家夜以继日地做实验，生怕一不留神对手就抢先把科研结果发表在期刊上，下一轮的经费落入别人手中。加之有机化学原本就是一个不断试错、以量取胜的学科，学生只能无穷尽地开反应、提产物、做表征。结束第一学期的课程，正式进入实验室后，易北也被卷入了朝八晚十二的疯狂实验生活中。

他的导师叫方强，一个很会联络政企关系的材料化学研究员，终日在外游说金主，偶尔会带着酒气和一身怨念出现在实验室。当初自由选择导师的时候，相比所里其他疾言厉色的偏执科学家，方强的和颜悦色算是一股暖流，立即俘获了易北的好感，谁知板上钉钉后立马变脸，易北后悔也来不及了。

几十个课题组像创业公司一样瓜分了实验大楼，俾夜作昼，彻夜灯火。抽风机组夜以继日地旋转，但通风效果依旧不彰，整个楼像是永远在装修，一进大厅，就弥漫着如油漆一般的刺鼻味道。在这栋科研版的写字楼十楼里，易北拥有自己的一个格子间和一个通风橱。但他必须时刻坐在通风橱前，把双手伸进去捯饬那一堆瓶瓶罐罐。尽管有时候他需要看文献，但只要教授发现他坐在格子间看电脑，会像工厂资本家发现工人偷懒一般，不由分说一顿谩骂。所以大家都习惯称呼所里的教授为老板。每周末的聚会，各个组的学生也会像受气的厂工，相互吐槽自己老板刻薄的为人。

但也有例外，在一群冷漠尖酸偏执暴躁的老板中，隐匿着一位奇人，他是隔壁材料组的一个老师。此人实属老顽童系列，经常搞出各种奇葩动作。他骑车的时候，会耍杂技一般，把屁股挪到后座上，两只手像长臂猿一样抓住把手，还问一旁的学生能不能做到。有次在电梯口碰到他，他二话不说跳上易北拉气罐的小拖车，人和车随惯性一起滑进电梯，他手指着前方，嘴里喊着"走你"。

他手下有个学生，聪敏过人，和易北要好，名叫张超。张超除了名字俗气点，讲话喜欢带"尼玛"，其余方面质量上乘。他脑子活络，在外面接到一些私活儿，帮别人合成一些中间产物，平时铆着劲儿做实验，不明真相的老板大加赞赏，他也悄悄挣了不少钱。他经常请易北吃饭，两人在寝室用电饭煲煮火锅。易北拿出四川带的油辣子，起初两人都吃得和谐，只是到最后，来自北方的张超总是往锅里打几个鸡蛋，丢一把面，让易北难以接受。

易北索性放下筷子，说起了自己的导师。

"昨天我跟他请半天假，学生要集体搬宿舍，你知道他说什么？他说就你屁事儿多！嘿，说得好像就我搬宿舍似的。"

张超呼啦呼啦地吸了口面。

"天下乌鸦一般黑，所里老板都这样，脾性古怪，智商淹没情商，缺乏管理能力，与手下人关系时常搞得很僵。早八晚十二的作息，老板们还是觉得不尽兴，痛恨这些廉价劳动力太懒惰。尼玛可知道，大部分学生都强忍着一口气，一直憋到毕业，然后出国继续深造……"

易北垂下眼睑说："前途渺茫啊。"

张超用筷子戳了一颗鸡蛋，咬了半口，继续说：

"而且不光这样哦，化学科研这条路，至少混到三十多岁才瞅得见出路，在这之前，别想摆脱贫穷的命运，就眼见着周围的同学挣钱成家吧。等到终于云开见日的时候，挣些钱了，哟呵，突然发现这么多年搞有机化学，结果尼玛身体整垮了！你看我们所里那些教授，哪个身体没问题？说些近的，我们那些学长，天天闻有机试剂，呼吸系统出毛病的，免疫系统出毛病的，生殖系统出毛病的，甚至尼玛得白血病的。"

易北手掌拍在额头上，"我怎么进了这么个行业哦？"

"你能享受到这些算不错了！在这个行业，有时候能够坚挺不死，就算一种幸福。就你们课题组，方强以前一个学生，不知承受了多大压力，有次从他办公室出来，直接从十楼跳了下去。"

易北仰头倒在自己的床上，盯着天花板，若有所思的样子。

张超继续说："所以啊，珍惜生命，对自己好点。像我，'穷'

极思变,这么好的实验条件,接私活儿啊,补贴下荷包,吃好玩好。
老师分不清, 看我忙不停, 他也满意。"

"哦对了, 你帮人合成的是啥玩意儿? "

"简单,甲苯上加个取代基,没技术含量的活儿。"张超吃完,
麻溜地收拾了碗筷。

五 月 份, 易 北、张 超 和 SUMMER 一 起 去 了 音 乐 节。
SUMMER 爸 也 去 了。尽 管 她 左 口 一 个 DAD 又 口 一 个 DAD 喊
得跟亲爹似的,但身上没有丝毫金发碧眼的痕迹。

"他不是你的亲爸爸吧? "

"要是亲的,我的绿头发就归他了。"

"哦……"

"我爸妈离婚后,我妈带着我改嫁给他了。开始他说要带
我们去美国,但后来发现他的车和房子都是借朋友的,他每天
靠教小朋友英语混日子。"

SUMMER 老爸拿着啤酒独自去电音舞台下面扭屁股,他们
仨往大舞台的方向走。经过一个副舞台时,台上的主唱一边唱"去
厦门玩泥巴……"一边用 Mono 相机给自己的乐手拍照。人群
中有人撒了一把水过来,惊得 SUMMER 发出了男孩般的吼叫。
他们挤到了摇滚舞台的人海里。所有人跟着节奏晃动,高潮的
时候相互碰撞,开火车,膝盖以下全是扬起的烟尘。有个乐队
整首歌只有一句歌词, "中南海中南海,抽烟只抽中南海",

人声落下，贝斯和鼓躁起来的刹那，全场人都在抛撒中南海香烟，等下一个曾轶可上场时，大家随意地捡起点燃，顶三支在头顶上，全场膜拜。晚上是最嗨的时候，SUMMER 在人群中被挤来挤去，甚至有人从背后抱住她，她满不在乎，大大咧咧像个男孩子。在人满为患的厕所里，她会绕过长长的女生队伍，溜进男厕所。张超异样地看着 SUMMER 的背影，又看看易北，说："你不会好这一口吧？"

来上海前就对江南的梅雨季节有所耳闻，不料却如此的阴郁绵长，扰人意志。六月中旬开始，像有只手摁住了房门，易北在实验室连续待了一个星期，直到闻到墙角生霉的味道。这个霉菌是有多厉害，能够在化学物质弥漫的室内生长。但反过来想，正是这种极端的环境筛选出了这种超级霉菌，就像火山口的高温细菌，盐湖里的嗜盐放线菌。

他每天在实验室，把原料投进蛋形瓶，注入溶剂，然后丢颗磁子，把瓶子浸入硅油中，下面放台磁力搅拌器，搅拌加热。监测原料反应完全后，停止反应。然后用溶剂萃取，合并有机相，加入硫酸钠干燥。然后过滤，滤液通过旋蒸除去大部分溶剂。得到的粗品柱层析。最后旋蒸得到的产物去分析科做表征。

老板说过，学术界是个弱肉强食的世界，大家为了一点经费撕得不可开交。所里的教授都是社会达尔文主义者，除了眼前的事业和利益，其余一概不闻不问。小时候看到心爱的兔子被杀掉会落泪，长大后，看着它不小心跌入锅中，会默默地开一瓶啤酒。那些若有似无的怜悯从来不属于成年人。弱者在这里不被同情，易北只有趁老板去开啤酒的间隙，偷偷脆弱一下。他喜欢坐在工位上盯着窗外。几只鸽子站在远处的屋顶上，近处的电缆将它们白色的羽毛切割成一段一段的，像飞翔的斑马。他开始郁郁寡欢，什么事都提不起精神。分析科有个漂亮女生，每个送样的男生都找机会和她说话，他也懒得开口。他持续情绪不振，每天疲惫地回寝室，却失眠到深夜，然后起床去研究所外的零陵路上吃东西。世界上关系再好的情侣都比不上兰州拉面和沙县小吃如影随形，走遍全国各地，都有它们成双成对的影子。易北也是两家换着吃，果腹一餐后，回到寝室继续失眠到凌晨。第二天一大早又拖着疲惫的身子去实验室。把反应开好后，趁着老板不在，坐在工位上发呆。这样的状况持续很久，有时候看着灰蒙蒙的窗外，会想象自己漂浮出去。他意识到身体在发出危险信号。

他请了一天病假。医院人满为患，他好不容易挂上号，排了很久队，提示器终于喊了他的名字，从未看过心理医生的他却犹豫了。就像薛定谔的猫，没推开医生的门之前，抑郁或不抑郁顶多就是个概率问题，倘若走进那扇门，自己塌陷成医生诊断书上的那个病人，这事儿就实实在在地定下了。他把挂号单丢进了垃圾桶，走出了医院。他决定自己熬一熬。他冒雨去参加户外活动，踢球，骑车，甚至加入英语角，和大家一起围着 SUMMER 的老爸群聊。夜深人静的时候，他抄写经书，一遍一遍地给自己强调，受想行识，亦复如是。但是这该死的抑郁哦，《心经》也救不了。

老板估计也受了梅雨天气的困扰，最近尤其暴躁。他经常朝令夕改，告诉易北专心把这个A做好，把路线拉通再说其他的事情；第二天拿一篇不知名期刊上的烂文章说把B和C试一试，这两个东西是好东西；然后第三天问易北A做完了没有。他强调说实验过程中每一步捣鼓出的汤汤水水都留着，不能随便倒掉，要严谨。过几天看他做实验责备说："做一步就要收拾一步，堆那么多废物在那儿干嘛呢！"课题会上他说："不管产率，哪怕投一千克得到一毫克，把产物得到就好。"结果易北真把产物得到了，他看着零星的结晶，表情夸张地说："产率这么低！"他心血来潮时亲手示范实验操作，实验室所有人围观，他把双排管的气开得超级大，蛋形瓶瓶盖被吹起在瓶口旋转，然后拿开瓶盖把试剂加进去。第二天易北依样操作，他在门外看见冲进实验室大骂："这样空气不就进去了吗？还能有什么产物！"他兴致大发时会随手拿着一大瓶味道很重的试剂在通风橱外往小小的子弹头里倒。第二天易北效仿，他看见后大吼："子弹头口那么小你就直接倒干吗？拿根滴管不行？"他会问易北一些婴儿级别的问题，比如$Sn1$和$Sn2$区别，易北答对，他会有一种自己的学生才华横溢的得意。然而他却始终弄不明白双排管的原理，屡次斥责易北的操作。

可恨的是，实验室两个有头有脸的博士，一个是外来的联合培养学生，一个是领工资的职工，都是老板不好骂的。唯独剩下易北，年轻资浅，看似脸厚，不可避免地成了老板宣泄暴戾的唯一出口。易北忍受够了也会顶撞，指出老板的出尔反尔，老板就会突然凶恶地否认，并向易北要当时的对话录音。

梅雨季节的最后一个周末，受够了的易北决定出逃一次。原本应该出现在实验室的周六早上，他跳上了去周庄的汽车。和其他的古镇没有两样，石板路和木板房，各种文创品和烤肉的气味。易北惶惶不安地逛了一天，生怕听见电话响，直到晚上才放松了警惕。

夜晚的周庄很静，老远就能听见桥洞下水波叮咚，易北在盘根错节的小路上胡乱穿梭，经过了很多青石桥。他感觉周庄就是个缩小版的家乡，惬意地徜徉其间。他方向感很差，加上没记路，很快迷失了方向。夜晚清冷，周围一个人都没有，乌鸦的叫声和鬼魅的树影，让他内心生起一丝惊惧。但转念一想，再怎么可怕能有被捉回去做实验可怕？便平复了心情。他在小镇上逛了好几遍，细至每个角落，一点点靠排除法，最终找到了客栈。刚进门，老板的电话就来了。

旧社会的周扒皮为了压榨劳动人民，也只敢偷偷摸摸地学鸡叫，如今的资本家明目张胆让人"九九七"，还能编出一堆实现梦想的谎话，他们就是用这样倒行逆施的方式，向人们贩卖着无谓生活的生活方式。易北一边摸着青旅老板的金毛狗，一边听老板在电话那头不停强调，这个项目一定要弄好，不然下次没有经费拿，嘴里嗯嗯个不停。挂了电话松口气，幸好老板没有要求立马回实验室，当时易北已经想好，如果老板态度强硬要求立刻回实验室，他就用乐山话骂他"哈雀儿"。

熬过梅雨季节就相当于熬过了这学期。组会上老板说后天就放假了，明天我们好好把实验室整理一下，实验不做了，安全第一。第二天易北去实验室，发现大家把实验做得热火朝天。但学期终究是结束了，就像伤口上终究会脱落的结痂，马路上的雨水被太阳烘干，零陵路的梧桐上蝉叫得很认真。这学期张超赚了不少钱，邀 SUMMER 和易北一同去西藏玩，易北从来没有看过海，便拒绝了，一个人就近去了崇明岛。

在崇明岛，他看到了浑黑的海水，彻底幻灭。他在海边坐了一下午，直到乌云压到了头顶，像懒惰的羊群一样移动着。海平面的风很大，他多希望自己是一头长发，跟此刻的思绪一样随风漫天飞舞，但这种浪漫的想法是不切实际的，因为他刚剪了一个可笑的寸头。易北慢慢站起，感受风掠过耳朵的呼呼声。

他经过一片湿地，把自己藏进芦苇里，随意拨通了一个家乡的号码，故意不说话，听对方用乡音咒骂："喂，说话，怎么不说话，哈雀儿麦？"他会觉得亲切。

过了一会儿，电话响了，他吓一跳，以为对方还要骂他，结果是张超打来的，他在电话那头兴奋地叫着："这里太尼玛漂亮了，你不来真的太可惜了！"SUMMER 也在电话旁补充：
"不来真的可惜了。"

易北说，"哦，还有什么吗？"

张超接着说："尼玛，还有哦，这里到处都是尼玛食品店，
尼玛服装店……我正在找有没有卖草泥马的店，或许店名叫尼
玛草泥马店。"

易北说："哦，那尼玛你还真去对了地方。"

十月的一天，小护士突然来了个消息，说要来上海陪他过
生日。易北原本波澜不惊的内心，又泛起了一丝幻想。他原本
以为感情是一下子断掉的，现在才发现感情是慢慢淡掉的，像
等待平复的水面，还要经历一些波折涟漪。他心里默默计划，
想带她走一遍每天从宿舍到研究所的无聊路程，感受一下那条
奇妙的巷子。这个城市没有任何一个角落属于他，但他可以给
自己的捷安特装上后座，载她去到每一个角落。这个陌生城市
的神秘感会带给人惊喜，铁定可以增加两个人的亲密。太阳东
升西落，上海的天黑得特别早，他们有漫长的黑夜去挥霍。嘴
角带着深夜豆浆的油腻，大摇大摆地走过灯火辉煌的大街，看
她光影婆娑的脸，但一定要忍住不亲她。去衡山路喝个微醺，
当有女酒托不识相地来拉他时，听她哈哈哈地大笑，但一定要
忍住不亲她。然后去黄浦江边乘凉，听她依旧词不达意的说
话，但一定要忍住不亲她。累了就回酒店，一点一点褪去她的
衣服，但是一定要忍住不亲她。直到欲火难耐，才猛得捉住她

的嘴巴，再把她揉成一滩泥，当生日蛋糕一样一口一口吃掉。

而实际的情况却是，她说临时有事不来了，食言和诺言一样来得轻快随意，就像她以前说谎，不露痕迹。她给了他一星火苗，又亲口吹灭。易北感觉再次被玩弄，也赌气说"不来算尿了"，然后回到实验室继续摇瓶子。每天面对着一个双排管原理都不懂的油腻老板，任凭他自恃博学，颐指气使，尖酸讽刺，但必须忍住不发火。他在有政企人员的饭桌上夸易北多才多艺，回到实验室便劈头盖脸骂他不做实验，但必须忍住不发火。他觉得易北理论偏弱，让他平时多上课，但实验室见不到人，又打电话讽刺说他是"学"生，只上学不做实验，但必须忍住不发火。他会因为易北一些初级操作而大加赞赏，比如蒸溶剂时加点干燥剂，而全所通用，唯独他不知道的操作方式，易北采用了却遭他恶言相向，痛批他用山寨的方法，说他是山寨的研究生，但必须忍住不发火。他偶尔会想拉拢人意，关切地说，我带你去实习，然后在第二天的组会上发脾气，实验结果这么差就别想去企业！但必须忍住不发火。

一个只懂点材料不懂合成的人指导一个不懂材料也不懂合成的人去做合成，结局是悲惨的。科研的方式就是易北自己不断尝试，方强指导的方式就是不断的呵斥。易北哀己不幸，方强怒其不争。几番交流后易北承认自己的无能，方强却否认自己的无知。易北觉得研究生的路走得愈发艰难了。

方强还是一如既往的偏执。他想在苯环上加一些氰基，让易北买溴化氰做试验。这是种剧毒物质，属于管制药品，研究所不让买，易北被他逼着去黑市购买。易北每天在无防护的情况下和氰化物玩命，有次没注意，在通风橱外旋开了瓶盖，顿时挥发出一股刺激性的气味，易北眼前一黑，差点没站住，缓过来后，赶紧把药物放进通风橱，自己跑到窗边透气。

易北精神状况又变得糟糕，每天打不起精神。实验进展也并不顺利，实验过很多锅反应，依旧得不到产物。这天易北依旧在通风橱前绞尽脑汁，反应瓶里丝毫没有产物的痕迹。老板终于坐不住了，一把揉开他，自己坐下捣鼓了半天，当然最终也以失败告终，他恼怒地摔门而去。易北看着他抖动着肩膀的背影，心中暗喜，却笑不起来。谁知他走到一半猛地折回来，指着通风橱说："你的反应瓶为什么没有出气口？"

双排管技术是一种提供惰性环境和真空环境的系统。由于有机合成反应大多需要在无水无氧的环境下进行，这种两排玻璃管组成的系统，可以自由切换真空和惰性气体，简单高效地创造实验条件，几乎是每个实验室的标配。使用时，将反应瓶接在双排管的支管上，转动活塞，反应瓶便与排管 A 连通，与排管 B 断开，排管 A 另一头连接着油泵，不停地抽气，将反应瓶内的空气和水分抽调，有时候怕水汽跑得不彻底，还可用火焰枪烧反应瓶壁，加速水分的蒸发和抽离。然后转动活塞，使反应瓶和排管 B 连通，与排管 A 断开，排管 B 另一头连着气罐，不断放出惰性气体，被抽成真空的反应瓶立刻充满惰气。然后再转动活塞，不断重复抽气和充气，保证反应瓶内是充分的无氧和惰性环境。最后保持反应瓶与排管 B 的连通，也就是让惰气持续地充入进反应瓶，让反应瓶内保持正压，在这种状态下注入原料进行反应。方强头脑秀逗的地方在于，看到反应瓶有进气口，没有出气口，非常难受，非得要易北开个口子让惰气一头进一头出。这样无非是多此一举，且可能无法保证反应瓶内的正压和完全惰性的条件。

易北试图解释原理，并表示整个研究所都这样操作，但方强十分蛮横。一个寒窗数十载，留学日本，一路艰难困苦拿到百人计划落户研究所的博士，面对一个乳臭未干的硕士生，是绝对输不起的。对话逐渐升级为争执，进而是争吵。

"有理不在声高，我们讲道理吧。"这是易北最后对他说的话。

"我不讲道理，我没有读过书，不知道双排管怎么用！"方强用几乎是狮吼的声量，吐出这些霸道的字眼，身上满溢的痞性让易北感觉到，他已经不是在争面子，而是铁心要当扛把子。他怀疑他平时不是住在卢湾，而是住在铜锣湾。

方强也感觉自己言过了，随即软了口气，说一些打圆场的话。但易北已经无心周旋，在这种平静与暴戾无休止的交锋中，他似乎看到了研究生涯的尽头。他停掉了实验，回寝室里待到了晚上。半夜他接到了实验室师兄发的劝慰短信。他没有回，因为已没必要，这已证实今天发生的不是在做梦，确实已经和老板闹翻了。剩下的就是怎么退学的事情。他起床拿起了笔。

退学申请

沐研究所一年半载恩泽，吾思虑良久，化学专业实乃非我所长，论理论基础、实验操作，都难以望同窗项背，何论科研业绩？奈何本人专业情绪不振，出头之日遥遥无期。加之终日实验，饮污沾秽，致身体羸弱，夜不能寐，朝带暮气，可谓雪上加霜。

念家国利益，不浪费研究所的良好平台和丰富资源，思本人来日，保重身体，珍惜光阴，以谋前程。为全局考虑，遂含泪写下退学书。

承蒙研究生部各位老师往日关照，感谢导师方强老师悉心指导，虽彼此存异一时，还望相互保重一世。

特此申请！

之后几天他没去实验室，既然下定决心要离开，就不必再去想那些破事。易北路过宿舍楼下的镜子，停下来看了一会儿，发现眼睛还有颗清晨的眼屎。天气转凉，这几天阴雨绵绵，走在零陵路上，有雨点滴入背心，叫人难受。零陵路的梧桐树叶子被打在湿漉的地面，这些坚强了一个夏天的叶子，夏天一过，就自己放弃了。

这天他又经过巷子口的洗脚房，熟悉的劣质香水味如期袭来，因为没什么事，他索性停下脚步，决定靠思考香味来打发一些时间。他突然感受到无所事事的快乐，要在平时，这种轻浮的味道顶多引起一些生理反应，但此刻却触发了一段愉悦的思索。这一定来自某段旧时的回忆，它粗制滥造的气息中能闻到精巧，愚钝中带有一丝刁诈，像这个时代节骨眼上，想丢掉又舍不得的塞班手机。

哦，手机！易北想起来了，他想确认一下，又机警地猛嗅了几口，就是这个味道，没错啦！他走了进去，看到了意料之中的她。她全然没有了学生模样，顶着一头浮夸的大波浪，屁股被包裙裹成了一座山，身上有股欲盖弥彰的体味。她没有认出易北，但认定他是个学生后，果断给他普及了一个道理，那就是洗脚跟买菜一样，有荤素之分，问他要哪种。店里依旧放着《Diamonds and Rust》这首歌，易北站着听完了整首歌，然后说：“我要我的手机。”

易北最终幸运地要回了他的手机，诺基亚3110C，因为大家都开始用智能机，这个破手机被她扔到里屋的柜子里，翻了很久才找到，易北甚至还给了她五十块钱作为感谢。打开手机，他看到一哥的照片。那是大一寒假在家乡吃烧烤的某天晚上，易北不经意间抓拍到的，一哥空乏的眼神凝视着远方，迷茫中带有沧桑，颓废中不失希望。

晃荡的这几天，老板并没有找他。他确定自己不再被需要，于是把退学信交到了研究生部。他想去寝室跟张超告别，但出研究所大门便碰到了他，被两名警察架着，一旁的警车在凌厉地闪着警灯。据实验室的师兄说，是他接的私活儿出了问题，他的雇主用他提供的中间物合成甲基苯丙胺，这东西还有个俗名——冰毒。

正值 2012 年的冬天，易北二十四岁的本命年。爱情、事业、学业都衰败得不成样子，他只觉得倒霉透了，但并不知这才是生活的常态。十二月，他和 SUMMER 去看了场电影，散场时夜已黑。他看着上海有些急景凋年的夜晚，方才在影院内笑得多欢腾，现在就有多落寞。有人抬头触到了今冬的第一片雪花，在少雪的南方，这很稀罕，很快街上就充斥着兴奋的声音，没人注意到一个年轻人的痛苦。两人分手后，他独自走着，雪花很快密了起来，大街上寒气刺骨，易北衣着单薄，他双手捂住脸，感觉不到一点温度，赶紧溜进了地铁站，隧道里吹来暖暖的风，拂在脸上，像夏天。易北感到眼睑一阵暖流，眼泪便簌簌地淌了下来。

SUMMER 要去美国了。她妈的化工厂牵扯到一桩毒案，被抓了。她继父答应带她去美国。春节前夕，SUMMER 来帮易北收拾寝室，顺带告别。让一个女孩子帮自己拎东西始终不太好，但 SUMMER 执意要帮忙，易北执拗不过。SUMMER 进门的时候，易北正在厕所尿尿，SUMMER 也尿急，径直冲进了厕所。易北惊慌地叫了出来，SUMMER 一脸惊讶地说："大家都是男生，怕什么？"易北来不及疑惑，就一脸错愕地看着他掏出了自己的阳具。

　　云诡波谲的 2012 年，茫茫未卜的前程，性别莫测的朋友。

再见啦! 上海!

南方有岛

这是一列去意大利西海岸的火车，同伴在目的地接他。在列车上无聊一阵儿后，他开始起身走动，这才发现，逼仄的列车厢立体起来，他不仅可以纵向走动，还可以横向穿越到其他车厢。列车仿佛一个前行的矩阵，盘根错节。他横向朝着尽头的车厢移步，穿过的车厢布置精美，稀疏的座位，宽敞的过道，供单人躺下休息的长椅，喝酒的吧台，应有尽有。终于他到了尽头，发现并没有稀奇之处，准备折返。这时列车开始进站，广播报了一个站名，他不确定是否是目的地，想赶紧回座位翻看行程，但发现已经迷失了方向。人群开始涌动，他拿出手机想跟朋友打电话但没有信号，他着急起来，找到旁边一个讲普通话的华裔女孩儿，说他想去海边的一个村庄，是否该在这站下，但女孩儿表示他没有表达清楚目的地，抱歉不能帮他。一阵忙乱后，列车又启动了，而他来到了另一节车厢。车厢明亮，因为四面采光的缘故，车头处有个女孩儿，口头播报着接下来的站名。他突然意识到，这不是车厢，是辆公交车！天啊，其他车厢连同自己的行李，去了哪里？和售票员女孩儿沟通一阵儿后得知，在上一个站，列车分离成两路，奔向不同方向，他们是独立出来的一辆车。然后整车人都沸腾了，因为有一半人都在车上乱窜找不到自己的车厢了。这让易北想起来了一个乐队——丢火车。

司机把车停在路边，和售票员一起联系车站，想办法把大家送回去。易北打量四周，这是个多民族混合的嘈杂地带，路边有群韩国人和一群中东人在干架，起初是象征性地推搡几下，后来大动干戈，一阵骚动，刀光四溅，便见有人脖子开始喷血。那人使劲捂着脖子，血液从他的指缝滋出，他一脸凶煞地朝公车走过来。通常这种情况下，都是人在死之前想找几个垫背，车上人开始惊呼。

就在那人用脚踹门的时候，列车颠簸了一下，易北醒了。周围很平静，旁边的大叔正在看报。他花了很长时间才想起自己在一条地铁上，由于时差，他刚才睡着了，地铁 M1 号线行驶在米兰的城中心，列车头没有驾驶室，而是一片透明的落地窗，坐在前排的易北看着自己在黑色的隧道中穿行，然后逐渐有光亮。Lima 站到了，广播开始用意大利语报站，易北猜想着内容，"尼玛站到了，请去尼玛的乘客，赶紧下车"。然后列车又一头扎进黑暗，他在下个站换成 M2 去中央车站，坐上了一辆南下的列车。

没有梦境中的暴乱，也没有人在终点等他，列车顺利到达罗马，他独自一人。南部的人长得更靓丽，每个人看上去都很幸福。他去斗兽场看了看，跟电影中的场景不太一样，有小偷趁他不注意拉开了他的书包，他机警地发觉，对方一闪身就不见了。他惊慌失措地检查，相机、钱包、电脑，被他一一拨开，直到在书包底看到那个瓶子，才松口气。为防止再次发生意外，他赶紧去了就近的 OSTIA 海滩。地中海的风吹拂着亚平宁半岛，他在闪着金光的沙滩上静静地等待。

命犯天煞孤星的二肥结婚了，妻子是一个善良的小镇姑娘。

有时候微小的力量能激发强烈的反应，就像夏天的一只飞蛾落在脖颈上，总是把人惊得跳起来。二肥的一个小蝌蚪游对了方向，激发了他奋斗养家的决心。他拼命工作，在家乡买了房。小时候以为把钥匙扣挂在腰上就算男人，后来发现，要把钥匙交到另外一个女人手中，才算男人。

他在工厂里干得越来越出色，成为技术骨干，被委派到东南亚一个岛上负责项目。每天工作完都会骑着摩托车环岛一周，直到夕阳沉入深色的海水，然后去同一家饭店吃晚餐。第一次来的时候，对方知道二肥是中国人，上菜的时候故意用中文哼唱《甜蜜蜜》，对他机灵地眨眼睛。他尝了一口菜，说"阿若意"，这是他会的为数不多的单词，好吃的意思。对方又问了句什么，

他又说一句"阿若意",以后不管对方问什么,他都回答"阿若意",大有一种以不变应万变的得意。对方被逗笑,便不再说话。他这样一天天地重复着,不时拿出瓶子透过阳光看,等待着那天的到来。

杆杆的逆袭之路让所有人惊叹。他当兵回来在易北曾经的高中当门卫,白天在校门口逮着放学的老师请教问题,晚上挑灯苦读,无数的日夜只有泡面和台灯周围的飞蛾陪伴,最终成功考上大学,毕业后又拿到美国一所高校哲学博士的录取通知书。

当飞机盘旋在纽约上空时,他惊喜地望着窗外。下飞机后第一时间打给易北,兴奋地说:"曼哈顿地形跟家乡很像啊!它们都是大河流域中的一个小岛,一个依傍在岷江边,一个矗立在哈德逊河旁。"杆杆每天穿梭在曼哈顿的大街上，每一脚都有儿时踩踏在家乡土地上的步调。学习的生活单调乏味，但他很享受。在耸入天际的大楼间，在潮水般的人群中，在彻夜灯火的自习室，他始终带着那个瓶子，静静地等待。

晓曼成了一名职业导游，每天带领一大群游客往返厦门和鼓浪屿。由于不喜欢捆绑客人购物消费，挣钱一直不多，在公司晋升也受阻，但也因此获得大把的闲散时间。晚上的鼓浪屿静得出奇，只有鸟叫和海潮的声音。她在岛上租了个小房子，休假的时候就在岛上睡个安稳觉。鼓浪屿上有学校，一大早很多孩子坐着轮渡去岛上上学，街尾巷末开始充斥欢笑，这是她的闹钟。她会起床到校门口看学生鱼贯而入，尽管是千篇一律的校服，但她一眼就能从人群中辨出那个孩子，然后目送他进教室。当然，孩子不会知道妈妈正注视着他，他的妈妈应该是送他上轮渡后便一脚油门奔向公司的那位。

她沿着石阶在岛上散步，把自己累得气喘嘘嘘，然后回家洗个澡，去学校守着放学，目送孩子离开，然后去美华沙滩等落日。她就这样在悄然的陪伴中等待着。

一哥大学辍学后，在成都浪荡过一阵儿，生活很糟糕。他始终向往着与浪涛搏斗的海上生活，后来真的应聘上了船员，跟随货轮启航，穿越马六甲海峡，进入孟加拉湾，徜徉在印度洋温暖的怀抱，划破神秘的阿拉伯海，途经德曼海峡进入红海，穿过苏伊士运河，一头扎进地中海，抵达欧洲。

他在海上整整漂泊了三年，见过了无数的日出日落，有时候刚吃饱，遇到风浪一摇晃就吐了，有时候还没吃就晃得没胃口，所以始终没吃饱过。他变得消瘦，但精神饱满，眼神果敢而热情，永远都像个第一次出海的水手。船离港四五天后，蔬菜就开始腐烂，只能靠吃冻肉过日子。男人们从相谈甚欢到相视无言，话题干涸后，只能打开手机里的动作片自我娱乐。

船上生活无聊，手机没有信号，卫星电话又贵，他把一本小说整段整段地背下来，对着海平面念给海鸥听。当他把标点符号都倒背如流的时候，他知道该上岸了。

问题是，船上的技能在陆地上一点用没有，他必须重新开始。他在家待了一段时间，每天沿着岷江边走边思考。小时候以为生活就像这条江，你只需要顺着它走，它就会带你历经沿途境遇，世界之大任驰骋。后来才知道，你需要选择，选择在什么时候从桀骜不驯的野路上急流勇退，转身融入苟且世故的洪流。

一哥的生活举步维艰，维持不下去时，他不得不去工作，穿得周吴郑王奔走在写字楼之间。好不容易面试上一家互联网公司，结果很快公司倒闭。一哥不禁感叹，人要发狠，天又不肯。他换了很多份工作，每次想放手一搏但终究困于人事。对此他愤懑不平。毕竟，谁都是一腔热血地闯入这个世界，以为能上天入地呼风唤雨，誓言要掀起一番新波澜。后来发现办件小事都要递烟送茶的，奋斗的途中，每一记势在必行的出拳都打在棉花上，时间久了，终于也收起了目空一世的眼光。

他在数码广场卖电脑，为了凑业绩，把一台电脑违规低价卖了出去，被公司暗访的稽核员查到，把他开除了。这激起了他的报复心理。2013 年的春季招聘会人山人海，他把简历丢给了一家酒企的稽核部门。

大公司内部人事复杂，指手画脚和越俎代庖是常有的事情。生活中一群人结盟多半为了好玩，职场上一群人结盟多半为了利益，公司内部围绕着利益斗争衍生出不同派系。所有人都是一副努力奋斗事业的样子，但不过是忙于人情世故和政治斗争裹挟下的生计。

对此一哥已淡然，只是男人深陷社会打拼的枷锁，必须拿捏好自己的劲道，不然不是孙子，就是莽夫。一哥自然不想当孙子，但他不掩锋芒的脾性早已被驯化，连最后一点棱角也行将就木。面对别人的挤兑和欺压，他主动退居边缘，把坐总部的好差事留给别人，自己背上行囊，成为一名检查全国市场的稽核员，辛苦又惬意游走于祖国山水之间。

在蒸笼一般的重庆，他在索道上俯瞰泛光的江面，白皙可人的美女不用打伞，大摇大摆走过朝天门码头。

在风沙漫天的河南乡镇，他尿急了，就着南方的习惯对着池塘撒尿，农民拿着锄头追打他。然后才知道，池塘里的水除了养鱼，农民还要喝的。

在辽阳的高铁站台上，他感受东北平原的风从耳畔呼啸而过，旁边的美女说："哎哟妈，这风老大了。"

在大连的星海广场，吹潮湿的海风，看辽阔的海面，想一眼望穿渤海海峡，无果。

去北京天安门看升国旗，在冬天的长城打赤背，脚步在结冰的石梯上瑟缩地试探，发现自己并不是好汉。

去上海的金山卫，听品鉴会上一个当地醉酒的领导骄傲地说："成都的石化厂是我指导修建的。"

去南京，看蒋中正旧时办公地，遥想当年邦改朝迭的风起云涌。

唐山的冬季，他惊喜地发现了一家乐山甜皮鸭店，经常光顾。一个人在长包房里面待了一个月，零下的温度，单薄的被子，垫一半盖一半，冻皱了皮肤。

从唐山乘车一路南下往石家庄。行至黄昏，道路靠海，海风夹着泥腥味灌进窗缝，他靠着车窗眼泪忍不住流了下来。

在石家庄发现一家乐山麻辣烫，被辣椒精调制的锅底辣得难受，但仍为能尝出一丁点家乡味道而欣喜。

石家庄往南几十公里有赵县，见到了小学课文中的赵州桥，桥下已结冰，他站在结冰的河面，往河中心走，听到脚下的冰面咔嚓咔嚓地响。

他又辗转去到东北，大雪天去拜访终端，掀开烟酒店的棉门帘，抖落身上的雪渣子，店主刚打扫的地面顿时又是一摊污水，他还没开口寒暄，对方就忍着气把他请了出去。

去秦皇岛。一个干净清爽的城市，一扫北方城市风沙漫天的形象。沿着秦皇岛港背后运煤的铁路一直走,去海边,望向灯火的桥,等待孤独的海怪,想和他分享自己的难过。

到了山海关。看到长城像一条口渴的龙,一头扎进渤海。一哥在那里第一次看到湛蓝的海洋,内心也辽阔起来。

去心驰神往的拉萨出差。西藏办事处常年就两名同事,清冷孤苦,相依为命。见到公司同事来,如同看到亲人,热情地招待一哥。一哥目睹了宏伟瑰丽的布达拉宫,朝拜了香火鼎盛的大昭寺。客栈老板叫格桑,他妹妹叫卓玛。卓玛每天笑嘻嘻地啃着米粒,一哥问她吃的什么,她用汉语蹩脚地说"不知道",转身问她哥。格桑上过大学,用标准的普通话说:"你一个藏族人不知道自己吃的青稞吗?"

去了趟杭州。西湖边上有人竞相模仿白娘子和许仙,有人称自己是高仿的,只是后来又乱入孙悟空和猪八戒,让人瞠目。夕阳下的游船上,一群外国人围着圈用拉丁文唱世界杯主题曲,手舞足蹈。

又是一年冬季,飞去合肥。南北交界,北方的气候,南方的过冬装备。去一个叫 *ON THE WAY* 的 LiveHouse 听演出,在没有暖气的城市待到过年。

去感受了黄山,但并没有从此天下无山。只是那六十块钱的索道悬了很久,高空风大,车厢左右摇摆,让他的心绷得紧紧的。

去武汉,听夜市的嘈杂,油锅哗啵作响,吃龙虾到凌晨,全身发痒，奇痒难受。然后去长江边吹风。

去广州，在出租车上听司机讲他背着老婆，租了一艘游艇，带着比基尼美女出海的故事。

他把中国跑了个遍，省吃俭用，去了无数城市，常州、苏州、南通、启东、厦门、泉州、福州、济南、烟台、青岛、宣城、芜湖、阜阳、淮南、洛阳、登封……有些模糊了，有些记忆犹新，有些是有业务实地出差，有些是就近的城市偷偷溜着去，但全国稽查了一圈，发现没什么好查的，真正需要检查和反省的是人内心的贪婪和商业社会丢失的契约精神。明明有合同约定销售区域和价格，也要低价窜货套利。明明检查出了问题，公司也因和经销商微妙的关系而网开一面。

每到一个地方，他都给大家寄明信片和照片，他漂泊的笑容干瘪又灿烂地出现在上百个城市。一哥感觉自己又完成了一件伟大的事情，对于一些似是而非的原则，他不再坚持。在彰显权力的公司酒局上，他也懂得屈服地端起酒杯。看着一桌的牛鬼蛇神，一哥心里叫嚣着，"来呀！有本事喝死我啊！"一哥酒量好，他肚子装得下人生千帆，一两斤白酒更不在话下。当然，如果酒前不小心吃了头孢，那就是另外一回事了。一顿酒后，他回到酒店午憩，就再也没有醒过来。

一号线依旧人满为患，城市的人始终在奔忙，树上依稀有蝉噪，没有人觉察到，这一切已与他无关。又是一年夏天到了，属于一哥的永远的夏天。

外公不在后，家族逢年过节的聚会便日渐稀少，亲情在聚少离多的生活中一点点切割。外婆精神失去归属，愈发寄托在山腰那片土地上。身体还比较硬朗的时候，她每天去松松土，种点菜，风雨无阻。寒冬腊月，山涧的寒气沁人皮骨，她惹了一身病，卖菜的收入远不抵看病的钱。她心疼钱，常熬着小病下地。对此，家里人颇有怨言，但执拗不过。

易北去外面工作了几年，再回来时外婆一下就老了。她身体不再灵活，像变钝的刀口，怎么也打磨不回去。家里人不用再劝，她已主动放弃了那片土地，老老实实待在家看电视。外婆胆小，那些劣质的抗日剧，会吓得她整夜睡不好觉，她说一闭上眼就是那些机关枪打死人的场景。老来还小，她变得异常缠人，扭着儿女给她买衣服和零食，受了委屈时常会流泪。

她呼吸变得沉重，思维越来越模糊，在最后要离开的一段时间，由于身体机能衰竭，已经茶饭不进，骨瘦如材，一天天倒数着日子。最虚弱的几天很不情愿地去了医院，病床上，易北把钱塞到她手中，妈妈想带动她兴奋一点，说您数数看孙儿给了你多少张，她连手都懒得抬起来。妈妈执意要她数，逼她动脑筋，她心烦意乱，使劲说："我不数，数不清！"易北安抚她，摸了下她牛皮纸一般的脸颊，吓了一跳，因为摸到的竟是一副皮囊包裹下的骷髅，硬邦邦，毫无生气。她喘着粗气不断说："你这么远回来看我，这么远的。"

易北想起小时候外婆给他盖被子，用粗糙的手抚摸他的脸，热量从掌心的沟壑中一点点浸润到脸上，恍惚间，时空骤逝，时光把易北催生成该他给外婆掖被角的年纪，但他再也不能温暖她。

翌日早上外婆在病床上吐了一大摊血，意识到大期将至，和每一位油尽灯枯的老人想法一样，外婆坚持回了家。妈妈试着问她想葬在哪个地方，外婆望着山坡，只是叹了口气说："可惜你老爸的旁边没有地可用了哦。"

易北常常自私地想外婆能熬久一点，这样逢年过节回去能见一眼，即便不能像从前那样一起游山涉水，只要她存在，老家的意义便能拼凑完整。但一厢情愿的需索，却不能恒久地陪伴，对于忍受病痛的她和辛苦照料的父母又是极大的不公。最终在不舍慰藉和尝试放手的矛盾中，外婆还是缺席了他接下来的生命。

至此，爷爷、奶奶、外公、外婆都离开了这个世界。像失去了停靠，易北感觉自己成了一座孤岛，一下子就漂泊了起来。

所有小伙伴都去参加了一哥的葬礼。一哥惨白的脸上化了古怪的浓妆，平静地躺着，有亲人一边重复提醒大家，"眼泪花别滴他身上，眼泪花别滴他身上"，一边自己抹眼泪。大家绕他一圈，做最后的道别。然后他被送进火炉，顷刻间化为灰烬。

丧宴上，易北看到很多熟人，但叫不上名字。他们都发生了变化，挺起的肚腩，升高的发迹线，鼻翼上的油脂，年少时的每一分气质，都在向这个世界缴械投降。饭后是棋牌活动，大家亦是有说有笑。从前在促狭的小屋打牌喝酒到凌晨，大家都是单纯的人，没有坎坷的经历，所以喝醉了没有泪，只有开怀的笑，然后五个人挤一张床睡着。后来各自住着三间四间的房子，但再没有以前那么快乐过。这次相聚，大家喝茶聊天，镇上晃悠一阵儿，就开心得要死，原来长大的生活竟是捡着年少时闲云野鹤的沉渣在活着。

他们去建设路的山腰上。二肥指着远处："看到了吗？这是新一期的化工厂。"原来，当初易北和一哥在工地打工是修的化工厂。他们坐到天黑，工厂的黑烟潜入夜空。黑夜像深色的海绵，将他们温柔地包裹。

隔日，悲伤的氛围很快淡掉，公司的代表来吊唁后，又匆匆回归庸碌的职场。伙伴们陆续回到大城市，家乡变成了一座孤岛，每个离开的人都是散逸出的一点沙洲，渺小的便被时代汹涌的浪潮吞噬，坚韧的便自己雄浑有力地站住脚跟，但终究是一座新的孤岛。人的心再大，也只能活一方水土，他们离开了小镇，到哪里都是流离失所。但世界继续运转，很快就没人在意一个年轻人的离开。一哥又算什么，他不过是苍凉世道的一丝凋敝，多他不多，少他不少，给冬秋不够，给春夏多余。死亡真是个好东西，若没有死亡，个人的追名逐利，公司里的钩心斗角，人群里的派系斗争，会愈演愈烈到一个什么样的地步？因为知道自己有一天会歇菜，所以懂得节制。

易北请了几天假待在家。昨夜喝了老爸的浓茶，失眠一整夜，今天上午易北一直赖在床上。工作以后他就很少回家，以前回家多，母亲总是把家长里短搬出来发泄一通，聊的事不外乎一些乡野鄙俗，听多了也就倦了。倒是如今偶尔一回，她便忙前忙后，心思全在洗衣弄饭上，少了闲言碎语。

下午起床，易北去街上闲逛，有远房长辈碰到招呼他，他觉得熟悉但不知怎么称呼，只能约莫着年纪叫叔叔阿姨或爷爷婆婆，祈求没弄错辈分。关于长辈的叫法，老一辈优良的留风遗俗随着城镇化而殆尽，年轻人便不得要领，最终大概会如西方所云——叔叔阿姨、祖父祖母，将亲戚称呼一网打尽吧。

他路过足球场。曾几何时，大家都以巴蒂、罗纳尔多自居，你穿曼联7号，我穿巴西9号，每周雷打不动地约比赛，以为自己永远是绿茵场上飞翔的少年。后来才知道，他们其实是脚下那颗球，一到社会，就身不由己，被人踢来踢去。你要是问，为什么踢我，别人会说，管你球事。

一哥当初抢小孩儿游戏币的娱乐城，如今变成大商场。易北看到一个熟悉的面孔，他眼角泛起褶皱，正盯着商场电视看《小猪佩奇》。"春娃，口水流下来了。"易北喊了一句。春娃立马掀起衣服拭了一下嘴角，但他已经不认识易北了。

茫溪河边，黄葛树的根深深地扎进河滩里。春娃也像一棵树，他脚下的根四通八达，遍布小镇的每个角落，但始终走不出家乡。而年轻人，都离开了家乡。春娃已经四十多岁了，可以当春叔了。一个中年人的躯壳包裹着一颗单纯的心智，继续日复一日在镇上游走。这些年他把街上沾亲带故的老年人都认识了，但小时候的伙伴却一个也不记得了。

他断定易北是某个熟人，便伸手问他要二十块钱，易北说没有，他就说十块，还是没有，然后说五块、三块……即便愚笨如春娃，也能体会到物价飞涨的经济环境，还能用递减数列的策略来为自己谋求最大的利益。春娃在进步，易北不禁一阵欣喜。

花盐街还是那样，街边的木屋腐旧，用手一碰就能掉木屑。沿街的人们已陆续搬离。这些房子已经老出了审美边际，于是觉察不出它在变得更旧，只觉得它定格了一般。易北走在街上，面熟但叫不上名字的大人，河边飘来的腥味，小巷子里传出的地道的谩骂声，当春娃自然而然坐回街边饭店门口时，所有的事物，像穿过时间久别重逢一般，一切又回来了。易北却只是感叹，自己真善变啊！

送别了伙伴和亲人，生活就只剩下一个"活"字。但回到成都，生活就陷入新一轮的死循环。

闹钟反复响了几次，他挣扎起床，推开窗户，寒风像冰刀一般夺窗而入。他像被刺到一样反弹回被窝。身下的床单已睡得发毛，他没有想要换一套。人到中年，日子就像瞄着他的钱在过，眼看有些存款，花钱的事情立马找上门。此外，朋友每月固定日期还要找他借钱，比月经还准时。他没多余的钱来提升生活品质，就连前几天看病的钱都省了，主要原因还是医生表现太糟糕。他去一个中医诊所，医生把着他的左手，眉头锁成一条线，又换了右手，眉头锁成两条线，然后放开手思考了一阵，嘴里"嗯，额，哦，你这个情况……"最后问道："你觉得哪里不舒服呢？"

他还是爬了起来，对着镜子里疲倦的轮廓胡乱洗漱。小时候总想着自己会长成个一米八的大帅哥，眉目清秀，气宇不凡。到头来还是矮挫穷的混迹在社会浪潮中。而立将近，他逐渐意识到，小时候那些科学家、发明家的梦想，可能这辈子再无法实现，生活开始对年少时的情怀做一次总清算，丢掉那些有的没的，把他一把拉往结婚生子的世俗轨道中，用周围人的稀松平常来驯化他。小时候和人比较获得进步，长大后和人比较获得焦虑。他失去了独立决定的能力，跟其他人一样，他把上一辈的自行车变成了汽车，把父辈的职工房变成商品房，给自己制造出成功和进步的幻觉。没有人和他讨论喜欢的事情，他不渴望出圈。生活往前推，他不断产生新的需索，在填补欲壑的罅隙中探寻生活的正确答案，而周围大多数人已然活成了令人喟然的标准答案。

睡前千万路，醒来走老路。他有了预测未来的超能力，踏出公寓电梯的一刻，他就知道，这又是重复而平庸的一天。还好在萧瑟浑浊的空气中有些小确幸，比如扫到一辆好骑的共享车。起床迟的结果是，他必须加速蹬踩。这辆车真的好骑，他轻松超过了848路公交，主要是因为堵车。中美贸易战已持续半年多，但这场旷日持久的谈判既没有影响他的工资，也没能引发他羞涩的资产的波动。他感到被边缘化，内心骤然升起的焦虑让他必须证明自己一下，于是在清晨喧嚣的街口，用单薄的方式短暂地战胜了一个庞然大物，内心有近乎狂喜的成就感。

终于准点挤上地铁，通往平凡的一天。他机械性地打开朋友圈。看朋友圈跟看春晚一样，人们不断拓展的眼界阈值，使得尽管在提升但仍大同小异的内容很难再博人眼球。现在是早间鸡汤时间，大家都发一些大谈情怀不忘初心的早安段子，好像每个人都灵魂善良，心灵纯洁，不得已才在这个污浊苟且的世界残喘。但回到职场上，那些钩心斗角，居心叵测，暗地使坏，落井下石的，往往也都是这些人。易北清楚，再过一小时，他就会准时和这些人坐在格子间。他也会时常发一些朋友圈，仅对自己可见，这种做法，就像小时候骑车，不断打铃铛自己听响声，是一种消遣罢了，跟路人没多大关系。就当他又开始敲击键盘时，屏幕被一个未知来电霸占了。

自从她说要来上海看他又爽约后，此后几年，音信杳然。尽管他隔年就回了成都，且城市那么小，但他们始终没有遇见。之后有过零星的联系，但她仿佛把他当成了佛祖，总在不顺的时候，发来祈求的短信，而她沉醉灯红酒绿一享贪欢时，是断然不会对他有一丝念想的，大概还会默念几遍酒肉穿肠过。他时常接到她倏忽而至的坏消息，但对于她的困苦潦倒，他却没有一颗海量宽宏的菩萨心，反倒让自己塌陷到回忆中，被往事裹挟，内心百般滋味汹涌翻滚，让自己又遭遇一轮新的伤害。有时候输入法会带出她的名字，想到她的寥落生出一丝心疼，但转念想起她当初的伤害，一阵恶心袭来，瞬间将那一点怜悯冲抵干净。

她提出了见面，语气里祸福不明。

这次距离他们上次见面，已经七年。她已变成了他回忆地平线上的一抹剪影。有时极力去重构她的样貌，竟然是一片模糊。她会变成什么样子，去的路上易北一直在想，是不是变成了熟稔精明的社会人，有用不完的套路。她是否会把他领进事先安排好的餐厅，简单点几个甜点，借故出去打电话后一去不返，然后服务员拿着天价账单让他付钱。

但很快他就为自己恶意的揣测感到羞愧，她很有礼节地款待了他。她皮肤变老气了些，但仍可以不施粉黛，还算素净。可能是衣服穿太多，看不出曾经的纤细。她说这些年，她身边走马灯似的闪现过许多男人，有些惊鸿一瞥，有些绵绵长长。对于男人的死缠烂打，小护士的表现就像小时候领压岁钱，半推半就后总会接受。她被好几个男人骗过感情，兜兜转转始终一个人。小护士的思维还是那么独特，她描述这些遭遇时没有太多受害者的情绪，反倒像个云淡风轻的经历者。

描述一段感情的结束，女生总比男生更感性文艺些。她们会说，他教会了我如何去爱，然后便回到了孤单。

从离别那刻起易北就知道，她必然会遭受命运的坎坷，受到男人的戏弄，就好像穿了一双白鞋子一定会被人踩脏一样。他甚至预料到了她后来的追悔莫及，只是他们已形同陌路。他原本打算这一生就在自己的角落里各自安好，但终于还是碰到流年不利的她。

"你知道吗？"小护士说，"我对你的背叛终于报应到我身上了。我遇到一个想一起过的男人，结婚前我在他手机上发现他出轨的证据。这不是最重要的，重要的是，我发现当爱情变成被窝里的屁臭、牙缝上的菜叶子时，爱情终究是一死，没有爱的婚姻，我不要。"

"所以是叫我来听你感情史？"易北口气中还有些耿耿于怀。

"不是，我怀孕了。"

易北把喝了一半的水又吐回了杯子。沉默了一阵，说："所以是来发请帖？"

"不是，我不知道怎么办。"

"你男朋友不知道吗？什么年代了，未婚先孕也没什么，喜欢就结婚呗。"

"他知道，只是跟他无关了。"

"什么意思？分手了？"

"不是这回事。"小护士说话还是喜欢说一半，让对方猜。

七年未见的新鲜感被她一如既往的优柔寡断击得粉碎，易北有些受够了，准备起身走。

"他是我同事，他有老婆。"小护士的话留住了易北。

"我是想找你帮忙，在手术单上签个字，我找不到其他人。"

小护士说得不容拒绝，易北彻底坐在了座位上，不再说话。他原本计划着回忆当初分手的细节，把散落的片段两人合力拼凑一下，说不定能觉察到天大的误会，然后抱头痛哭。但没想到现实的剧情更加狗血。他已没有更多语言，关于那些爱恨纠缠的经过，往往众说纷纭，莫衷一是。只有最后的结局够客观唯一，时间一到，所有人像发条停止一般，默契地退场，各归自处。

舞台上，有个民谣歌手唱道，"墙角嫁给时间生了青苔，你若嫁给我会生个小孩"，歌词像催泪弹一样击中她，眼泪簌簌地流下。

那晚易北喝了很多酒。面对曾经的伤害，他千百次想过她会有怎样的报应，到头来她真落得潦倒不堪，他以为自己会开心，没想到积压多年的怀恨却被轰然而至的难过打败了。易北喝醉了，脑袋里一摊烂泥在翻滚，令他作呕，感觉牛鬼蛇神在挤压他的身体。他想起初识时的欢喜，那些翻起内心波澜的情话早已散佚，演变为萦绕在耳际的活化石。顺境重当前，逆境忆往事。才发现，原来他如今过得也不尽如人意啊！

这家名叫"南方有岛"的酒吧持续喧嚣着，世界上所有的悲欢是零和的，这个屋子里有多少欢愉，就有多少落寞，有人抱得美人归，就有人匆忙地落单。这些年他眼角也有了褶皱，瞳仁失去了光泽，内心有些扑闪扑闪的念想，但翻过山头，所有的峰峦都意兴阑珊，再没有姑娘能刺激到他。易北想，若真是场零和游戏，这些年他吃了那么多苦，另一端的她为什么幸福不起来了呢？

二月凌晨的街道异常阴冷，冻得易北一阵瑟缩，他把脖子缩到衣领里小碎步过马路，躲进 24 小时便利店取暖，买了杯热豆浆解酒。有辆出租车经过易北，响了一声喇叭，易北没有回应，街灯唰地都灭了，新的一天开始了。

这是一家妇产医院，里面不是生小孩就是死小孩，生不带来死不带走的道理，在这里有最淋漓尽致的体现。医院的消毒工作仿佛也熏染了这份豁然，没有想象中刺鼻的消毒水味道，反倒弥散着一股汗味，易北一度怀疑是回到了大学寝室。她着一身病服在病床上休息，看他来了脸上露出俏皮的笑容，像狡黠的小孩儿。以前每次欺骗他后，她就是这样一副无所谓的态度，他常被搞得心烦意乱，如今没有了责任，单纯地陪伴一下，反倒觉得坦然利落。

医生来了，他很快签了字，然后等在手术室外。没有撕心裂肺的吼叫，但他听到了类似水泵的声音。以前在化学实验室，干燥蛋形瓶时，会用水泵不停地抽空瓶，直到瓶里的水汽抽干，如果水泵不够给力，就会换上油泵。他大概猜到医生在进行什么操作，心里一阵绞痛，路过的人则报以同情和批判的目光。

流年爱恨，随着那一坨死肉，都解脱得干干净净。

病床上她脸色煞白，什么话都没说。易北坐在对面的铺位。他们终于可以平静地坐下来，不会像以前那样争执。恋人之间的争执，跟小时候对抗父母穿秋裤一个道理，一方拼命说为你好，一方拼命说我不要。而感情的世界，犯错的是一方，买单的却是两个人。如今他们都变得温柔，也到了自己加秋裤的年纪，懂了如何去爱，但没有资格再爱彼此，好在他们也算是完完整整地拥有过彼此。

过了一会儿，他想打破沉默，把手伸向她，这些年她受够了男人们的强吻，也讨厌任何可能的怜悯和不明的接触，扭头躲闪，但虚弱的她顷刻间便被他抱住。随即她感到一丝惭愧，因为他只是想抱抱她，像求她卸掉自己面具一样，给她一个大大的释然的拥抱。

他给她买了一些补品，但她说他傻，此时她无福消受，身体机能使得她在接受太多营养后会刺激乳汁的分泌。她只能简单饮食。她没有要那男人一分钱，手术费都是自己掏的，她说休息一段时间后便要开始工作，否则无法维持生活。家里人都不知道，她请了护工照顾自己，为了省钱她提前给护工结了账，易北想给她续几天的护工，她再三推辞，易北深知再执意便是道德绑架，便不再强求。时下的人们精明，在予人一些不咸不淡的馈赠时，总是不顾对方接受与否，一股脑强塞，深知强制让别人欠下人情，是一种社交上的政治正确，最终会以某种利益的形式回馈到自己身上。他们都不希望彼此间有这种社会上的江湖气，所以简单地告别。易北还是有些不放心，她似乎看了出来，催促他快走。在他出门之际她又叫住了他，她说："我可以照顾自己啦！别忘了，先生您好，我是7号小护士哦！"

易北在眼泪淌出之前逃出了医院大门，有点劫后余生的感觉。他跳上了一辆公车，他把车窗摇下一条缝，让冷冽的寒风灌入，缓解眼泪的灼热。随后他哆嗦得摇上窗，但一会儿又闷得头晕。这世上的事大抵如此，很难折中。年轻时候不懂爱，给对方很多伤害，徒留遗憾。而无心的遗憾比有意的伤害更让人痛苦。甜蜜的感情只能一时，或许，相互的亏欠才是一辈子的。车经过林荫街，街口变了样子，所幸医学院烟青色的墙上还在。易北曾每天守候在这面墙外，阳光潮起潮落般打在上面，日复一日。车外寒风大作，吹散了七中放学的人潮，凋零了梧桐树的叶子。而他们就像树上的两片叶子，风和日丽的时候永远不会在一起，只有狂风大作时，才能偶然贴合，然后在萧瑟的冬季，双双坠落。车已经走了很远，他转头向着医院的方向，心想：你一定一定要幸福哦！这样，我们之间，至少有一人不会辜负当初的分开。

地球还在运转，你无法祈求生活一帆风顺，但总可以让自己的潦倒择日而终。当二肥拿着瓶子找到他们，并说出自己的想法时，他们眼睛里都闪现着往昔年少般的灵动，掩饰不住的兴奋。开年的五月，北半球风高气爽，他们背上行囊，启程奔向不同的远方，共同拼凑一份自由。这天是一哥生日，意大利的西海岸刮着湿冷的风，易北摸出藏在衣服里的酒，仰头倒了一口，酒液像把刀子猛割了下喉咙，他不禁咳嗽起来。他打开瓶子，随风扬起了里面的灰烬。与此同时，其余的伙伴也把一哥挥洒在了他们各自的地方。一哥终于又自由了，他变成了自己的船长，乘风破浪，在地中海遨游，在印度洋漂泊，在大西洋驰骋，在太平洋温暖入眠。

易北又去了南方有岛。今天天色尚早，酒吧里空空荡荡的。他望着百叶窗切割后的天空，思绪也变得支离破碎。透过稀薄的云翳，遥想着过去的种种，地坝上扑腾的鸽子，一哥苍然的瞳仁，东洋刀冷峻的轮廓，二肥憨实的肩膀。他感到困惑，开始质疑这些场景，他觉得一切都是主观而徒劳的浮想，连此刻阳光的漫射都是一种臆测……

不一会儿，促狭的舞台上，憨厚的民谣歌手已经轻抚着琴弦唱着：

> 洛丽塔的味道
>
> 卡夫卡的拥抱
>
> 把这个吻变成宇宙
>
> 他就走不了
>
> 我想世界太寂寞
>
> 才有人吵吵闹闹

我听说南方有岛

值得我们寻找

2019 年 10 月 6 日凌晨 第一次修改

2019 年 10 月 13 日凌晨 第二次修改

2019 年 11 月 13 日晚 第三次修改

2020 年 3 月 2 日下午 第四次修改

图书在版编目（CIP）数据

南方有岛 / 薛宇著 . —太原：北岳文艺出版社，
2022.1

ISBN 978-7-5378-6357-5

Ⅰ. ①南… Ⅱ. ①薛… Ⅲ. ①长篇小说—中国—当代
Ⅳ. ① I247.5

中国版本图书馆 CIP 数据核字（2021）第 004869 号

南方有岛

薛宇 / 著

//

出品人
郭文礼

选题策划
刘卫红
李向丽

责任编辑
李向丽

封面绘图
张贝蒙

装帧设计
张永文

印装监制
郭勇

出版发行：山西出版传媒集团·北岳文艺出版社

地址：山西省太原市并州南路 57 号　邮编：030012

电话：0351-5628696（发行部）　0351-5628688（总编室）

传真：0351-5628680

经销商：新华书店

印刷装订：山西人民印刷有限责任公司

开本：787mm×1092mm　　1/32

字数：176 千字

印张：9

版次：2022 年 1 月第 1 版

印次：2022 年 1 月山西第 1 次印刷

书号：ISBN 978-7-5378-6357-5

定价：56.00 元